Das Buch

In einem Park im Kieler Südwesten wird ein junges Mädchen vergewaltigt und schwer verletzt neben seinem toten Hund aufgefunden.

Hauptkommissarin Susann Greve und ihre beiden Kollegen Reiner Groß und Peter Hanke von der Kripo Kiel ermitteln in diesem Fall und finden heraus, dass sie es mit einem Serienvergewaltiger zu tun haben, der schon bald wieder zuschlagen wird. Ein fieberhafter Wettlauf gegen die Zeit beginnt, doch sie ahnen nicht, dass der Täter es dieses Mal auf Susanns kleine Tochter abgesehen hat …

Die Autorin

Sylvia Gruchot ist Deutschlehrerin und lebt mit ihrem Mann in Kiel. In ihrer Freizeit schreibt sie Kurzgeschichten, in denen sie vor allem der Frage nachgeht Was wäre, wenn …?

Die Ideen für ihre Themen findet sie im Alltag, wobei die Autorin in ihren Geschichten die Grenzen der Alltäglichkeit überschreitet.

Bisher wurden einige ihrer Kurzgeschichten veröffentlicht. Das Kleid so rot ist ihr Debütroman.

dco

Sylvia Gruchot

Das Kleid so rot

Bibliografische Information der Deutschen Nationalbibliothek:
Die Deutsche Nationalbibliothek verzeichnet diese Publikation in der Deutschen Nationalbibliografie; detaillierte bibliografische Daten sind im Internet über http://dnb.dnb.de abrufbar.

Lektorat: Michaela Retetzki

Herstellung: BoD – Books on Demand, Norderstedt

Verlag: dco-Verlag, Püttlingen und Redaktionsbüro in Felde

ISBN: 978-3-910513-03-7

Für Jutta.
Wir sehen uns wieder.

PROLOG

»Sabine, spiel mit mir!«, quengelte er. Stattdessen blickte seine große Schwester zum Fenster hinaus, als hätte sie ihn nicht gehört.

Deshalb zupfte er an ihrem roten Sommerkleid, das sie zur Einschulung vor einer Woche bekommen hatte. Er wunderte sich darüber, dass sie noch keine der Süßigkeiten aus ihrer Schultüte angerührt hatte.

Nun sah sie sich langsam nach ihrem kleinen Bruder um. Obwohl sie altersmäßig nur drei Jahre auseinanderlagen, reichte er ihr gerade mal bis zur Brust. Traurig schüttelte sie den blonden Schopf. »Ich mag nicht spielen.« Dann sah sie wieder aus dem Fenster hinaus in den sonnigen Nachmittag. Wie zu sich selbst fügte sie hinzu: »Der Abend kommt.«

Zunächst konnte er mit diesen Worten nicht recht etwas anfangen, denn es war offensichtlich, dass es noch lange nicht Abend werden würde, schließlich war es noch taghell. Es war Sommer, da wurde es erst spät dunkel, das gefiel ihm nicht. Es war so viel schwerer einzuschlafen, wenn die Sonne noch am Himmel stand. Da konnte das Verdunkelungsrollo in seinem Zimmer nichts daran ändern, denn das Licht fand jedes Mal seinen Weg durch irgendeinen schmalen Spalt und erinnerte ihn daran, dass der Tag noch nicht zu Ende war. Dann fielen ihm plötzlich die Geräusche ein, die er seit ein paar Nächten aus ihrem Zimmer hörte. »Hast du Angst vor deinen Albträumen?«

In letzter Zeit schrie sie oft des Nachts und manchmal hörte er sie weinen. Er dachte sich, dass es vielleicht daran läge, dass sie nun zur Schule ging. Vielleicht machte die Schule das mit einem, überlegte er und fürchtete sich ein wenig vor seinem eigenen ersten Schultag, der Gott sei Dank noch eine Ewigkeit entfernt war.

Jetzt schüttelte sie nur ernst den Kopf. »Es sind keine Träume«, flüsterte sie und fuhr mit ihren Händen an den Bauch.

Er bemerkte diese Geste. »Hast du wieder Bauchweh, Sabine?« Doch diesmal antwortete sie ihm nicht.

In der darauffolgenden Nacht waren die Geräusche wieder da und er fasste sich ein Herz, stieg aus seinem Bett und öffnete die Tür zu ihrem Zimmer. Zu seiner Erleichterung war sein Vater schon bei ihr. Fürsorglich hatte er sich zu ihr gelegt. Nun würde sie bestimmt schnell wieder einschlafen, dachte er und schloss die Tür behutsam wieder.

*

Fünf weitere Jahre sollten vergehen, bis er verstand, was er damals gesehen hatte. Seitdem wusste er, was seiner Schwester die Kindheit so früh genommen hatte, und er verachtete sich dafür, ihr nie geholfen zu haben.

Dann kam die folgenschwere Nacht, in der wie schon so oft davor die Diele vor seiner Tür knarzte, *Er* schlich sich also wieder zu seiner Schwester. Unwillkürlich zog er sich die Decke über den Kopf und kniff die Augen fest zusammen. Es war albern, änderte rein gar nichts an dem, was seine Schwester nebenan, keine zwanzig Zentimeter von ihm entfernt, ertragen musste. Nur war es diesmal anders. Diesmal wehrte sie sich. Deutlich hörte er Kampfgeräusche und die verzweifelten Schreie seiner Schwester durch die dünne Wand.

»Halt dein Maul!« Das war die keuchende Stimme seines Vaters.

»Ich geh zur Polizei, du Schwein, ich zeig dich an!« Die wutentbrannte Stimme seiner Schwester, gefolgt von einem dumpfen Schlag – dann Stille.

Eigentlich hätte er jetzt dringend auf die Toilette gemusst, wollte jedoch auf keinen Fall auf den Flur und womöglich mit *ihm* zusammenstoßen. Deshalb presste er die Beine fest zusammen und horchte angestrengt in die Stille. Nebenan wurde einiges bewegt. Es hörte sich so an, als ob sie aufräumen würde.

Vielleicht bezog sie ja ihr Bettzeug neu. Das tat sie oft, nachdem *er* nachts bei ihr gewesen war.

Nach einer Weile hörte er, wie ihre Tür geöffnet wurde. Die Diele knarzte und etwas Schweres rumpelte die Treppe hinunter. Erst da traute er sich auf die Toilette, wobei er es tunlichst vermied, sich ihrer Tür zu nähern. Beschämt über seine Feigheit, legte er sich anschließend wieder in sein Bett. Nach einer Weile vernahm er die schweren Schritte seines Vaters auf der Treppe. Erneut wurde geräumt und gepoltert. Erst als nach einer Ewigkeit die Dusche zu hören war, schlief er endlich ein.

Am nächsten Morgen war ihr Zimmer leer, nichts zeugte mehr von ihrer Existenz. Panisch öffnete er Schubladen und Schränke – nichts war mehr da! Einzig ihr rotes Sommerkleid, das sie damals zur Einschulung getragen hatte, klemmte zusammen mit zwei Fotos zwischen Bett und Wand. Vorsichtig zog er es heraus und drückte den roten Stoff an sein Gesicht. Er nahm ihr Kleid und die Bilder und verstaute alles sorgfältig unter seiner Matratze. Wenn sie wiederkam, wollte er ihr beides zurückgeben.

Doch das geschah nie.

SAMSTAG, 1. JUNI
TAG NULL

»Tschüs, Mama, ich gehe jetzt mit Kasper raus!« Finja hatte sich ihre Sweatjacke übergezogen, denn es war leicht bewölkt und nur im T-Shirt wäre es ihr zu kalt gewesen.

»Nimm Sebastian mit!«, rief ihre Mutter aus der Küche. Finja verdrehte die Augen. Die Dreizehnjährige mochte ihren kleinen Bruder und hatte auch kein Problem damit, sich mit ihm zu beschäftigen. Diesmal hatte sie jedoch gehofft, ein wenig mit Daniel chatten zu können, während sie mit dem Familienhund im Park spazieren ging. Zu ihrem Glück hatte Basti wohl auch andere Pläne.

»Ich will gar nicht raus, Mama!«, quengelte er. »Ich baue an meiner Raumstation.«

Das Zimmer ihres vier Jahre jüngeren Bruders war vollgestopft mit Raumschiffen, Planeten und Büchern über das All. Zurzeit baute er an einem Legomodell mit mindestens fünftausend Teilen, wie Finja vermutete.

»Na gut«, gab ihre Mutter nach. »Wohin gehst du mit Kasper?«

»Zur Moorteichwiese. Ich bin spätestens um vier wieder da.« Finja ging gern in die Grünanlage ganz in ihrer Nähe.

Ihre Mutter blickte auf die Uhr. »Eineinhalb Stunden? Was macht man denn so lange dort? Da läuft man doch höchstens einmal um die Wiese herum.«

Finja blickte schweigend zu Boden.

»Na gut. Dann sei pünktlich wieder zu Hause. Hast du dein Handy dabei?«

Finja hob die Hand, in der sie das Smartphone hielt. Dann knipste sie die Leine an Kaspers Halsband, verließ die Wohnung und eilte mit dem Spitz das Treppenhaus hinunter.

*

Wenige Minuten später war sie im Park angekommen und ließ den kleinen Hund von der Leine. Der lief sofort los und schnüffelte mit seiner Nase über den Boden. Finja nahm ihr Smartphone und öffnete den Messenger. Sie scrollte zu Daniels Profil, das einen blonden Jungen mit Wuschelkopf in cooler Skaterpose zeigte, der verschmitzt in die Kamera blickte. Finjas Herz klopfte augenblicklich schneller. Fast schon zärtlich strich sie mit ihrem Daumen über sein Profilbild Seit fast drei Wochen chatteten sie nun schon miteinander, getroffen hatten sie sich außerhalb der Schule jedoch noch nicht. Bis zu den Sommerferien blieben ihr noch vier Wochen, um ihn endlich einmal gedatet zu haben. Ansonsten würden sie sich ganze sechs Wochen nicht sehen. Deshalb wollte sie sich heute endlich ein Herz fassen und ihn fragen, ob sie sich einmal treffen wollten. Als sie bemerkte, dass Kasper zurückblieb, sah sie sich um und wartete, bis der kleine Hund sich wieder in Bewegung setzte. Dann öffnete sie den Chat mit Daniel und fing an zu schreiben.

`Hi!`

Es dauerte keine Sekunde, da antwortete er bereits.

`Hi ☺.`

`Was machst du so?`

`Chillen, und du?`

`Ich bin mit Kasper draußen.`

`Cool.`

Da Finja nicht wusste, was sie als Nächstes schreiben sollte, hielt sie einen Moment inne, um sich ihre nächsten Worte gründlich zu überlegen. Dabei wurde sie fast von einem Fahrradfahrer umgefahren, der dicht er an ihr vorbeirauschte. Vor Schreck ließ Finja ihr Handy fallen. Als sie sich bückte, um es aufzuheben, nahm sie im Augenwinkel eine plötzliche Bewegung wahr. Außer einigen Kastanienbäumen konnte sie jedoch nichts entdecken. Suchend sah sie sich nach ihrem Hund um. Erleichtert entdeckte sie ihn in weiter Ferne beim Herumtollen auf der Wiese. In diesem Moment knackte hinter ihr ein Zweig. Schnell drehte sie sich um. Nichts.

Jetzt fiel ihr auf, das auf dem gesamten Parkgelände keine Menschenseele zu sehen war. Nicht einmal der Stadtgärtner war noch da, an dem sie beim Betreten des Parks vorbeigegangen war. In den Bäumen sprang ein Eichhörnchen von Ast zu Ast. Erleichtert atmete Finja auf. Dann rief sie ihren Hund heran.

»Kasper, komm her!«

Der kleine weiße Hund schien zu überlegen, ob er gehorchen sollte, und rannte dann wie der Blitz auf Finja zu. Die hockte sich hin und kraulte ihren kleinen Schatz hinter den Ohren. Dabei sah sie verstohlen auf ihr Handy. Daniel hatte nichts mehr geschrieben. Ein wenig enttäuscht schlenderte sie weiter den festgetretenen Sandweg entlang. Mehrmals sah sie sich um, denn irgendwie fühlte sie sich beobachtet.

‚Nun dreh mal nicht durch!', befahl sie sich im Geiste. Ein mulmiges Gefühl beschlich sie. Je länger sie darüber nachdachte, desto deutlicher wurde ihr bewusst, dass sie mit ihrem kleinen Hund ganz allein in diesem Park war. Sollte ihr tatsächlich jemand auflauern, würde niemand sie schreien hören.

»Finja, hör auf!«, sprach sie laut in die Stille. Im selben Moment lief Kasper schnurstracks auf ein Gebüsch zu und verschwand darin. Sofort begann er, aufgeregt zu bellen.

Finja vermutete, dass er einem Kaninchen nachgejagt war, und rief ihn heran. Plötzlich hörte sie ein jähes Aufjaulen, das sofort verstummte. Erschrocken blickte sie sich suchend um, kein Spaziergänger oder Jogger war in der Nähe, den sie um Hilfe bitten konnte. Es blieb ihr nichts anderes übrig, als selbst nachzusehen, wo Kasper abgeblieben war.

Vorsichtig schob sie ein paar Zweige beiseite und versuchte, etwas in dem dichten Gestrüpp ausfindig zu machen.

»Kasper?«

Ihr Hund machte sich nicht bemerkbar. Stattdessen wehte ihr ein merkwürdiger Geruch um die Nase. Unwillkürlich musste sie an das Affenhaus im Tierpark denken, den sie letztes Jahr zusammen mit ihrer Familie besucht hatte. Finja hatte es dort nicht lange ausgehalten, so penetrant hatte sie den Affengestank empfunden. Angeekelt verzog sie das Gesicht und wollte gerade die Zweige loslassen, als sie etwas kleines Weißes am Boden ausmachte.

»Kasper!«, rief sie. Wieso lag er dort? Lauerte er vor einem Kaninchenbau? Kurz entschlossen schloss Finja schützend beide Augen und kämpfte sich durch das Geäst. Nachdem die Zweige sich hinter ihr geschlossen hatten, fühlte sie sich wie in einer grünen Höhle, was irgendwie cool war, bis sie entsetzt bemerkte, dass ihr Hund in einer schwarz glänzenden Pfütze lag. Es war sein eigenes Blut, jemand hatte ihm die Kehle aufgeschlitzt.

Tief holte sie Luft, um zu schreien. Doch dazu kam sie nicht mehr, denn jemand warf sie von hinten zu Boden. Alle Luft entwich aus ihrer Lunge und Zweige stachen in ihren Bauch. Eine große Hand legte sich über ihren Mund und eine andere riss ihre Jeans herunter. Sie hörte das Öffnen eines Reißverschlusses und ein schwerer Körper legte sich auf sie. Vergeblich presste Finja ihre Beine zusammen. Gegen den Angreifer hatte sie keine Chance. Mühelos zwängte ihr Peiniger ihre Schenkel mit einem Knie auseinander und ein gewaltiger Schmerz zerriss ihren Unterleib. Ihre verzweifelten Schreie wurden von seinen Händen unterdrückt, die sich um Mund und Nase legten, sodass sie kaum noch atmen konnte. Panisch wollte sie um sich schlagen, konnte sich jedoch keinen Zentimeter bewegen. Als sie glaubte zu ersticken, war es plötzlich vorbei. Ihr Vergewaltiger ließ endlich von ihr ab. Einige Male ging sein keuchender Atem noch dicht an ihrem Kopf.

»Ich lass dich jetzt los«, raunte er mit rauer Stimme, »Solltest du nur einen Mucks machen, ergeht es dir wie deinem Köter. Also, du bleibst hübsch ruhig liegen und drehst dich nicht um. Hast du das verstanden?« Finja kniff ihre Augen fest zusammen und nickte einmal. Daraufhin nahm er seine Hände von ihrem Gesicht und erhob sich langsam. Sie hörte, wie er den Reißverschluss seiner Hose schloss. Plötzlich griff er in ihr Haar. Sie hörte das Ritsch-Ratsch einer Schere. Es raschelte. Sie hörte erneut das Geräusch eines Reißverschlusses und begann stumm zu weinen. Zu ihrer großen Erleichterung entfernten sich seine Schritte. Das Blattwerk raschelte, anschließend herrschte Stille.

Mehrere Minuten blieb Finja zitternd liegen, den glasigen Blick auf Kasper gerichtet, dessen einst so lebendige Augen nun leblos ins Nichts blickten.

So lautlos, wie er seine Beute überwältigt hatte, räumte er den Tatort auf. Den zuvor platzierten Kot verschloss er fest in einem Plastikbeutel und verstaute ihn in seinem Rucksack, nicht jedoch ohne vorher an seinem Inhalt gerochen zu haben. Der animalische Geruch stimulierte ihn genauso wie der Anblick des toten Tieres. Es folgten die Handschuhe, das Kondom und der Papieroverall. Er hätte brüllen können, so leben-dig *fühlte er sich in diesem Augenblick. Stattdessen roch er gierig an der blonden Haarsträhne, die er um den Finger gewickelt hielt. Dann konnte er nicht widerstehen und tastete mit seiner Zunge danach. Er nahm sie ganz in den Mund und saugte fest an ihr wie an einer Mutterbrust. Dabei sah er auf das zitternde Mädchen hinab.*

Die blonde Strähne fest in der einen Hand, spähte er vorsichtig durch das Buschwerk auf die Moorteichwiese. Niemand da! Er verstaute seine Trophäe in der Jackentasche, stieg aus dem Gebüsch und machte sich davon.

*

Reiner wartete bereits seit Minuten gestiefelt und gespornt im Flur darauf, dass Claudia endlich aus dem Bad kam. Sie hatte ihn am Morgen dazu überredet, zum Asiaten in der Holtenauer Straße und anschließend ins benachbarte Kino zu gehen. Reiner war eigentlich nicht begeistert von ihrem Plan gewesen. Er hatte eine harte Dienstwoche hinter sich und wäre gern zu Hause geblieben.

Doch das hatte Claudia nicht gelten lassen. »Du hast immer eine harte Woche, Schatz«, hatte sie ihn erinnert.

Geduldig hatte Reiner ihre Tirade über sich ergehen lassen.

»Wir verbringen gar keine gemeinsame Zeit mehr miteinander. Was ist denn so schlimm daran, mit mir essen zu gehen? Was strengt dich daran so an, im Kino einen Film mit mir anzusehen?«

Reiner hatte den schrillen Ton erkannt, den Claudias Stimme automatisch annahm, wenn sie sich ärgerte, und sich des lieben Friedens willen schließlich gefügt.

Nun stand er bereit und musste auf sie warten. Ungeduldig trat er von einem Bein aufs andere.

»Bin gleich so weit!«, rief sie aus dem Bad.

Da meldete sich sein Handy. Sofort kam Claudia aus dem Bad gelaufen. »Denk nicht mal dran!«, ermahnte sie ihn. »Du hast heute deinen freien Tag!«

Wie oft hatte Reiner schon versucht, ihr klarzumachen, dass es keine freien Tage bei der Kripo gab. Die Mörder und Gewalttäter dieser Welt hielten sich bei ihrem Geschäft leider nicht an seine freien Tage. Er bedachte sie mit einem kurzen Blick und nahm das Gespräch an. Es war seine Kollegin Susann.

»Tut mir leid«, entschuldigte diese sich überflüssigerweise. »Eine Vergewaltigung auf der Moorteichwiese. Das Opfer ist ein dreizehn Jahre altes Mädchen. Ihrem Hund wurde die Kehle durchgeschnitten.«

»Sind die Kollegen von der Spurensicherung informiert?«

»Schon vor Ort. Ich bin ebenfalls gerade auf dem Weg dorthin.«

Reiner blickte Claudia an, die in Kleid und Make-up vor ihm stand und ihre Hände knetete.

»Bin in zwanzig Minuten da.« Dann legte er auf.

Bei seinem letzten Satz hatte Claudia auf dem Absatz kehrtgemacht und sich im Badezimmer eingeschlossen. Reiner öffnete den Mund, schloss ihn dann jedoch wieder und verließ die Wohnung ohne Worte. Es hätte ja doch keinen Zweck gehabt.

*

Der Tatort war bereits großräumig mit Flatterband abgesperrt. Kollegen waren damit beschäftigt, Neugierige wegzuschicken und sie vom Filmen mit ihren Handykameras abzuhalten. Hinter der Absperrung waren die in weiße Overalls gekleideten Kollegen von der Spurensicherung bei ihrer Arbeit.

Reiner bückte sich unter dem Absperrband hindurch und bahnte sich einen Weg zu seiner Kollegin, die sich im Gespräch mit Heiko Werding befand, dem Leiter der Spurensicherung. Beide begrüßten Reiner mit einem knappen Hallo.

Susann sah mitgenommen aus. »Der Krankenwagen ist gerade mit dem Mädchen weggefahren. Sie wird in der Uniklinik aufgenommen und gynäkologisch behandelt. Der Hund wird auf DNA-Spuren untersucht.« Sie wies auf einen kleinen Plastiksack.

»Ich werd dann mal …«, verabschiedete Heiko Werding sich und ging zurück an die Arbeit.

Reiner empfand die Szenerie als extrem bedrückend. Kinder und Tiere als Opfer brachten die Gemüter besonders in Wallung. »Gibt es Zeugen?«, fragte er ohne echte Hoffnung.

»Jein.« Susann zeigte auf einen jungen Mann in grüner Arbeitskleidung, der in einem der offenen Mannschaftswagen saß. »Adrian Koll, Landschaftsgärtner. Er hat das Mädchen gefunden und den Notruf getätigt.«

»Wurde er schon befragt?«

Susann schüttelte den Kopf. »Nicht wirklich. Der ist ganz schön durch den Wind. Ich habe die Kollegen in Uniform darum gebeten, seine Personalien aufzunehmen, und ihn für Montag aufs Revier bestellt.« Dann seufzte sie. »Gesehen hat er nach eigenen Angaben nichts. Ich glaube, er ist erst eine ganze Zeit nach dem Überfall aufgekreuzt.«

»Und das Opfer? Konntest du ein paar Worte mit dem Mädchen wechseln?«

Susann sah auf ihre Schuhspitzen. »Nein. Sie ist nicht ansprechbar, total traumatisiert. Ich werde später ins Krankenhaus fahren und versuchen, sie zu befragen. Vielleicht ist sie dann ja in der Lage, sich zur Tat und vor allem zum Täter zu äußern.«

Ein Kollege in Weiß trat aus dem Gebüsch zu ihnen, in der Hand einen durchsichtigen Beutel mit einem rosa Handy darin, den er kurz in die Höhe hielt. »Ihr Handy.«

Reiner sah seinen Kollegen an. »Ja. Auswerten. Danke, Tommi.«

»Alles klar. Wir sind auch so weit fertig. Ihr könnt den Tatort betreten.«

Die beiden Kommissare bahnten sich vorsichtig einen Weg ins Gestrüpp und fanden sich in einer Art Hohlraum wieder. Die Blutlache, in der der Hund gelegen hatte, war nicht zu übersehen. Inzwischen hatte der Gerinnungsprozess eingesetzt. Davor war der Unterboden platt gedrückt.

Susann sprach das Offensichtliche aus. »Hier wurde sie überwältigt.«

»Ja, keine Kampfspuren. Sie muss komplett überrascht worden sein. Wo hat der Täter auf sie gelauert?« Reiner blickte sich um.

Dann sahen sie es.

»Da, rechts hinter den herunterhängenden Zweigen.« Susann ging auf die Stelle zu. In einer kleinen Nische war das Gras heruntergetreten.

Reiner unternahm einen ersten Versuch, den Tathergang zu rekonstruieren. »Er wartet im Gebüsch, tötet den Hund und zieht sich in diese Nische zurück, in der Erwartung auf das Opfer, das seinen Hund hier suchen wird. Das Opfer betritt das Gebüsch, entdeckt den Hund, und in diesem Augenblick schlägt er zu.«

»Wie hat er den Hund hierhergelockt?«, stellte Susann die entscheidende Frage. »Hat er auf ein zufälliges Opfer gewartet oder hat er sie länger beobachtet?«

Reiner überlegte. »Und warum hat niemand was mitgekriegt?«

»Das wissen wir noch nicht«, wandte Susann ein. »Wir werden wohl einen Zeugenaufruf machen müssen. Vielleicht hat jemand etwas gesehen, sich nur nichts dabei gedacht.«

Reiner war skeptisch. »Die Hoffnung stirbt ja bekanntermaßen zuletzt. Vielleicht hat unser Gärtner ja mitbekommen, wer hier so seine Runden gedreht hat.«

Vorsichtig gingen sie zurück zur Wiese. Der Landschaftsgärtner hatte offenbar inzwischen seine Personalien angegeben und stand unschlüssig vor der Absperrung. Reiner machte sich auf den Weg dorthin. Nachdem er sich vorgestellt hatte, bat er darum, ihm ein paar Fragen zu beantworten. Der junge Mann war sichtlich mitgenommen, was Reiner ihm nicht verdenken konnte. Einige Male glitt der Blick des Gärtners zum Gebüsch, seine Hände hatte er tief in den Taschen seiner Jacke versenkt.

»Ich hab die Kleine doch noch gesehen, als sie mit ihrem Hund den Park betreten hat. Das war so 'ne Stunde bevor ich sie dann da im Gebüsch gefunden hab.«

»Ist Ihnen sonst noch jemand aufgefallen?«, hakte Reiner nach. Der Zeuge schüttelte den Kopf. Er war nicht recht bei der Sache. Heute war wohl nichts mehr von ihm zu erwarten und Reiner bat ihn, am Montag zur Aufnahme seiner Aussage aufs Revier zu kommen. Dann ließ er den verstörten Mann davongehen.

»Reiner, du kannst doch wieder nach Hause zu Claudia fahren«, bot Susann ihm an. »Ich erledige den Papierkram auf dem Revier. Wir können hier ja nichts mehr machen. Und bei der Befragung des Mädchens sollte eh kein Mann dabei sein, denke ich.«

Susann hatte wie so oft recht. Reiner sah auf die Uhr. Der Film hatte schon längst angefangen. Er hoffte, dass sie noch eine Kleinigkeit zusammen essen könnten.

»Ist gut, Susann. Wir sehen uns dann am Montag«, stimmte Reiner zu und machte sich auf den Weg zu seinem Auto.

Zu Hause angekommen, fand er die Wohnung jedoch dunkel und verlassen vor. Da hatte Claudia wohl jemand anderen gefunden, der mit ihr ins Kino ging. Irgendwie war Reiner gar nicht böse darüber.

*

Es fing langsam an zu dämmern, als Susann Greve die Universitätsklinik in Fördenähe betrat. Vorher hatte sie den Papierkram auf dem Revier erledigt.

Auf der Station wies sie sich aus und wurde von der diensthabenden Ärztin Dr. Helmlich zum Patientenzimmer geleitet.

»Die Eltern haben eine Schweigepflichtsentbindung unterschrieben, sodass ich in der Lage bin, Sie über Finjas Zustand informieren zu können. Wir haben der Patientin starke

Beruhigungsmittel gegeben. Ich befürchte, dass sie sich noch nicht zu dem Überfall äußern kann. Ihr körperlicher Zustand ist den Umständen entsprechend stabil. Sie ist stark traumatisiert, hat bisher kein einziges Wort gesprochen. Ihr Vater ist jetzt bei ihr."

An Finjas Zimmer angekommen, öffnete Dr. Helmlich vorsichtig die Tür. Ein Mann saß am Krankenbett und hielt Finjas Hand. Susann entging nicht, dass er geweint hatte. Leise betraten beide Frauen den Raum.

»Guten Abend, Herr Wolf«, begrüßte Susann Finjas Vater. »Ich bin Hauptkommissarin Susann Greve, die Ermittlerin in diesem Fall.« Sie trat näher an das Bett heran, in dem das schlanke Mädchen mit geschlossenen Augen lag. »Ich möchte Ihnen zunächst mein Mitgefühl aussprechen und Ihnen versichern, dass wir alles in unserer Macht Stehende unternehmen werden, um den Täter zu fassen.«

Manfred Wolf sah kurz von seiner Tochter auf. Er musste sich räuspern, bevor er seiner Stimme trauen konnte. »Danke. Das weiß ich zu schätzen.«

»Ihre Frau …« Susann ließ die unvollendete Frage im Raum stehen.

»Heike und mein Sohn sind zu Hause. Basti, Finjas kleiner Bruder, ist völlig verstört. Er macht sich große Vorwürfe, weil er seine Schwester heute Nachmittag nicht zum Gassigehen begleitet hat, wie meine Frau das gern gehabt hätte.«

Susann beobachtete, wie seine Augen sich mit Tränen füllten. So gern sie ihm seine Privatsphäre und Zeit gegönnt hätte, das eigene Trauma zu überwinden, so sehr brauchte sie schnellstmöglich Informationen, um herauszufinden, in welche Richtungen sie ermitteln sollten.

»Herr Wolf, es fällt mir sehr schwer, Sie jetzt darum zu bitten, aber es ist äußerst wichtig für den Erfolg der Ermittlungen, dass ich Sie das zu diesem frühen Zeitpunkt frage«, hob Susann an und lenkte seine Aufmerksamkeit auf sich. »Können Sie mir erzählen, was geschehen ist, bevor Finja die Wohnung mit ihrem

Hund verlassen hat? War etwas anders als sonst? Hat Finja sich merkwürdig verhalten? Hat sie einen Freund oder hat sie in der letzten Zeit geäußert, bedroht oder gestalkt worden zu sein?«

Finjas Vater dachte eine Weile nach und schüttelte dann langsam den Kopf. »Also, heute Nachmittag war ich beim Sport. Meine Frau hat nichts davon gesagt, dass irgendetwas ungewöhnlich war. Es war auch nicht Finja, die ihren Bruder nicht mitnehmen wollte. Basti wollte nicht mit. Er baut gerade an einer Lego-Raumstation.« Kurz huschte ein Lächeln über sein Gesicht, doch sofort verdunkelte es sich wieder. »Die hat er vorhin abgebaut. Stein für Stein.«

Nun flossen Tränen aus seinen Augen und liefen ihm über seine Wangen, ohne dass er Notiz davon nahm. »Meine Frau meint, dass Finja vielleicht für einen Jungen schwärmt. Sie durchsucht manchmal ihre WhatsApp-Chats.« Traurig blickte er auf seine schlafende Tochter. »Wir haben dauernd auf unsere Große aufgepasst!«

Falls er noch mehr sagen wollte, ging dies in einem verzweifelten Schluchzen unter. Susann fühlte sich wie ein Eindringling und wandte sich der Ärztin zu, die im Hintergrund wartete. »Ich glaube, die weitere Befragung verlege ich auf einen späteren Zeitpunkt.«

Dr. Helmlich öffnete die Tür.

Bevor Susann der Ärztin folgte, wandte sie sich noch einmal an Finjas Vater. »Herr Wolf, ich lasse Sie jetzt mit Ihrer Tochter allein. Später muss ich dann auch mit Finja und Ihrer Frau sprechen. Das verstehen Sie sicher?«

Der hob kurz den Kopf, nickte und blickte wieder auf seine schlafende Tochter.

Die beiden Frauen verließen das Zimmer. »Wie lange wird Finja hier auf der Station bleiben?«

Die Ärztin überlegte. »Zwei bis drei Tage. Die leichten inneren Blutungen müssen erst nachhaltig gestoppt sein. Dann steht ein Schwangerschaftstest aus. Die Pille danach konnten wir ihr in ihrer schlechten körperlichen Verfassung nicht verabreichen.«

Susann bedankte sich bei der Ärztin für die Auskunft und verabschiedete sich. Sie hatte vor, am Montag oder Dienstag noch einmal herzukommen. Dann würde Finja ihr hoffentlich etwas zum Überfall sagen können.

Von der Uniklinik hatte Susann es nicht weit bis zu ihrer Wohnung in der Feldstraße. Ihre Tochter Mirja schlief heute bei ihren Großeltern, sodass Susann die Wohnung ganz für sich allein hatte. Als Erstes goss sie sich ein großes Glas Rotwein ein. Solche Fälle nahmen sie gewöhnlich sehr mit und es war wichtig, ihr Kopfkino abzuschalten, wenn sie zu Hause war. Ihr Zuhause sollte nicht durch diesen Schmutz besudelt werden

SONNTAG, 2. JUNI, NOCH 34 TAGE

Am nächsten Tag nahm Susann sich Zeit zum Frühstücken. Sie schaffte es sogar, sich auf den Onlineseiten diverser Zeitungen über Aktuelles zu informieren. Gegen Mittag würden ihre Eltern Mirja zu Hause absetzen. Sie hatten angeboten, den Bringdienst zu übernehmen, da sie nach Eckernförde zum Fischmarkt wollten. Susanns Wohnung lag quasi auf dem Weg.

Ihre Gedanken wanderten indessen abermals zu Finja, die bei dem schönen Wetter in einem Krankenhausbett lag. Susann glaubte nicht, dass sich ein junger Mensch nach so einem schlimmen Erlebnis ganz davon erholen konnte. Etwas blieb bestimmt hängen.

Um auf andere Gedanken zu kommen, beschloss sie, die Wohnung zu putzen. Das half meistens, und so war es auch heute. Als sie drei Stunden später ihr Putzzeug verstaute, läutete es an der Tür. Schnell zog sie ihre Gummihandschuhe aus und eilte zum Eingang. Kaum hatte sie den Summer betätigt, hörte sie unten die Haustür aufgehen, gefolgt von schnellen Schritten, die es eilig hatten, zu ihr in den ersten Stock zu gelangen. Ihre achtjährige Tochter kam um die Ecke gesaust und warf sich ihr in die Arme. Die zarten Kinderärmchen drückten fest zu. »Mami! Ich habe dich vermisst!«

»Ach, Schätzchen, du warst doch nur einen Tag weg.« Susann lachte. Gleichzeitig meldete sich ihr treuer Begleiter, das schlechte Gewissen. Als Alleinerziehende war Susann darauf angewiesen, ihre Tochter bei den Großeltern oder in der Betreuung der Grundschule unterzubringen, wenn sie Dienst hatte. Obwohl Mirja es nicht anders kannte und eigentlich sehr gern bei ihren Großeltern war, fühlte Susann sich häufig, als ließe sie ihr Kind im Stich.

Sie schloss die Tür und führte Mirja in die Küche. »Hast du Hunger?«

»Nee. Ich hab Omas Sonntagsbraten gegessen. Oma und Opa lassen übrigens grüßen.«

»Danke. War es denn schön?«

Mirja hob beide Daumen in die Höhe. »Supi! Ich war mit Pascha aus.«

Mirja liebte die französische Bulldogge ihrer Großeltern. »Wie schön!«, entgegnete Susann. Sie wusste, dass sie sich keine Sorgen machen musste. Pascha war der gutmütigste Hund auf Erden. Susann hatte mit ihren Eltern abgesprochen, dass Mirja den Hund ein Stück den Gehweg rauf und runter an der Leine ausführen durfte.

Sie blickte nach draußen. Die Wolken hatten sich endlich verzogen. Es war sonnig und windig, das ideale Wetter, um auf der großen Wiese schräg gegenüber etwas zu unternehmen.

»Wie sieht es aus? Wollen wir unsere Lenkdrachen fliegen lassen?«

Ihr Herz ging auf, als sie das Strahlen in Mirjas Gesicht sah.

»Jaaa! Drachen steigen lassen!«

»Na, dann los!«

Voller Vorfreude auf einen tollen Nachmittag machten die beiden sich kurz darauf mit ihren Lenkdrachen auf den Weg.

*

Zur selben Zeit saß Reiner vor seinem Computer und spielte ein Ballerspiel. Was für Susann das Putzen, war für Reiner das Zocken am Computer.

Er hatte sich gestern Abend mehrere Flaschen Bier vor dem Fernseher gegönnt und war gegen Mitternacht ins Bett gegangen. Anstatt zu schlafen, hatte er stattdessen wach gelegen und darauf gewartet, dass Claudia nach Hause kam. Beim Versuch, sie auf ihrem Handy zu erreichen, hatte sich nur die Mailbox gemeldet.

Erst heute Morgen war sie dann endlich erschienen. Auf seine Frage, wo sie gestern Nacht gewesen sei, antwortete sie nur einsilbig. »Bei Beate.«

Claudias beste Freundin lebte als Single in Stampe, einem winzigen Ort rund zehn Kilometer von Kiel entfernt. In letzter Zeit war Claudia auffällig oft bei ihrer Freundin. Das eine oder andere Mal hatte sie dort sogar übernachtet. »Es ist spät geworden«, pflegte sie dann zu sagen. »Da hat es sich nicht mehr gelohnt, nach Kiel zu fahren.«

Reiner war es im Grunde recht, schließlich war auch er nachts häufig im Einsatz. Was sollte Claudia da allein in der Wohnung herumsitzen?

Gerade kam sie zu ihm ins Arbeitszimmer, stellte sich hinter seinen Sessel und schlang ihre Arme um seinen Hals. Reiner lehnte sich zurück. Er genoss die Schultermassage, mit der Claudia begonnen hatte. »Hm, das tut gut.« Genussvoll schloss er die Augen, derweil sein Avatar von einer Gewehrsalve durchsiebt wurde.

»Mein Schatz«, gurrte sie an seinem Ohr, »lass uns nicht mehr streiten. Du kannst ja nichts dafür, dass du diesen furchtbaren Job hast.«

»Ich verstehe dich ja auch, Claudi«, flüsterte er mit rauer Stimme. »Natürlich warst du gestern enttäuscht. Ich habe mich auch geärgert.«

Das war eine kleine Lüge, denn im Grunde genommen war er ganz froh gewesen, nicht mit in diese Schnulze gehen zu müssen. Nie würde er Claudia dies unter die Nase reiben. Dafür weckte ihre kleine Massage in Verbindung mit ihren Lippen an seinem Ohr ganz andere Bedürfnisse in ihm. Noch besser als Ballerspiele lenkte ihn etwas ganz anderes von deprimierenden Gedanken ab.

Er hob beide Arme nach oben und griff in ihr Haar, drehte seinen Kopf zur Seite und küsste sie auf den Mund. Er freute sich darüber, dass sie seinen Kuss erwiderte, da machte ihr Handy aus dem Wohnzimmer leise *Pling* und Claudia löste sich rasch aus seiner Umarmung.

»Ich will nur schnell gucken, ob es wichtig ist«, raunte sie und eilte ins angrenzende Zimmer. Kurz darauf kam sie zurück.

»Das war Beate«, teilte sie Reiner mit. »Sie hat ein Problem und muss mal reden. Es tut mir leid, Schatz, da muss ich leider hin.«

»Schlimm?«, fragte er, obwohl es ihn nicht wirklich interessierte. Fast hätte er Claudia gefragt, ob sie vorher noch schnell ins Bett gehen könnten, hielt aber lieber den Mund. Er wollte sich nicht schon wieder in die Nesseln setzen.

»Keine Ahnung, lassen wir uns überraschen«, antwortete Claudia vage, küsste ihn flüchtig auf die Stirn und ging ins Bad, um ihr Make-up aufzufrischen. Kurze Zeit später fiel die Tür leise ins Schloss.

Seufzend startete Reiner das Computerspiel erneut.

MONTAG, 3. JUNI, NOCH 33 TAGE

Am Montagmorgen trafen sich Susann und Reiner in der Teeküche ihrer Abteilung, wo es tatsächlich keinen Tee, sondern ausschließlich Kaffee gab.

»Guten Morgen! Soll ich dir auch einen Becher vollmachen?«, fragte Susann ihren gestresst wirkenden Kollegen. Der nahm den dampfenden Kaffeebecher stumm entgegen. Susann goss sich selbst einen zweiten Becher voll und musterte Reiner von der Seite.

»Hast du schlecht geschlafen?«

»Ja. Ich habe die halbe Nacht wach gelegen und auf Claudia gewartet.«

»Wieso das? Wo war sie denn?«

»Bei ihrer Freundin Beate in Stampe. Die hat wieder irgendwelche Probleme und Claudia rennt jedes Mal hin, wenn sie gerufen wird.«

»Muss sie heute denn nicht arbeiten?«

Reiner klang eindeutig schlecht gelaunt. »Sie hat sich diese Woche ein paar Tage freigenommen, Überstunden abbummeln. Deshalb hat sie wieder einmal bei Beate übernachtet.«

Susann wusste, dass Claudia sich häufig über Reiners unregelmäßige Dienstzeiten beschwerte. Normalerweise war er ganz dankbar, wenn sie sich selbst beschäftigte, wie er es nannte. Deshalb verstand sie seine Reaktion nicht so ganz.

»Und? Das stört dich doch sonst nicht.«

Sie tranken synchron einen Schluck Kaffee.

»Nee. Normalerweise geht sie ja auch an ihr Handy oder meldet sich, wenn sie nicht nach Hause kommt.«

»Du meinst …« Susann sah ihren Kollegen mit hochgezogenen Brauen fragend an.

»Nein, eigentlich nicht.« Reiner blickte in seinen Kaffeebecher. »Aber weiß man es?«

Susann antwortete darauf nicht. Sie hatte vor gar nicht allzu langer Zeit am eigenen Leib erfahren, wie schnell eine Welt zusammenbrechen konnte.

»Komm, Herr Hauptkommissar!«, forderte sie ihn aufmunternd auf. »Lass uns an die Arbeit gehen.«

Gemeinsam verließen sie die Teeküche und gingen in ihre Dienstzimmer.

*

Am Nachmittag klopfte es an Reiners Bürotür und wenig später trat der Landschaftsgärtner zögernd ein. Reiner erhob sich von seinem Stuhl und hielt ihm die ausgestreckte Hand über seinen Schreibtisch hinweg entgegen.

»Hallo, Herr Koll. Schön, dass Sie die Zeit gefunden haben, hierherzukommen. Setzen Sie sich doch bitte.«

Schüchtern erwiderte dieser den Händedruck und setzte sich Reiner gegenüber auf einen Besucherstuhl. Statt Arbeitskleidung trug er heute Jeans und T-Shirt, unter dem sich wohlgeformte Muskeln abbildeten.

Nachdem Reiner den Zeugen über seine Rechte und Pflichten aufgeklärt hatte, begann er mit der Befragung.

»Dann schießen Sie mal los! Wann haben sie das Mädchen den Park betreten sehen und wo?«

»Das war so gegen halb drei. Ich habe die Beete am Eingang zur Max-Planck-Straße vom Unkraut befreit. Von da kam sie mit ihrem Hund.«

»Wissen Sie, in welche Richtung das Mädchen danach gegangen ist?«

Die blauen Augen blickten an Reiner vorbei.

»Ich bin mir nicht sicher, ich glaube, dass sie nach rechts gelaufen ist. Also gegen den Uhrzeigersinn. Das machen eigentlich ja alle Leute so, oder? Gegen den Uhrzeigersinn laufen.«

»Und dann?«

Der junge Mann strich sich über den frisch rasierten Schädel.

»Weiß nicht. Ich habe mich wieder meiner Arbeit gewidmet.«

»Waren noch andere Menschen im Park?«

»Nicht viele. Ein Radfahrer war da. Wie gesagt, ich habe Unkraut gerupft. Da guckt man nicht unbedingt in die Ferne.«

»Nein, wohl nicht. Trotzdem ist es sehr wichtig, dass Sie genau nachdenken. Jeder Hinweis könnte hilfreich sein.«

Doch der Landschaftsgärtner schüttelte nur den Kopf. »Tut mir echt leid.«

»Okay, dann erzählen Sie mir bitte, wann und wie Sie das Mädchen gefunden haben.«

Wieder sah der Zeuge an Reiner vorbei. Der war sich sicher, dass der sympathische junge Mann die furchtbare Situation in diesem Moment noch einmal durchlebte.

»Ich war mit den Rosenrabatten fertig und bin weiter zu dem kleinen Teich gegangen. Der muss auch regelmäßig überprüft werden, häufig liegt Plastikmüll darin. Der war diesmal ausnahmsweise sauber. Ich weiß noch, dass ich auf die Uhr geguckt habe. Sechzehn Uhr, da habe ich Feierabend. Ich habe meine Sachen zusammengesucht und wollte noch einmal die Runde durch den Park machen, wollte nichts übersehen.«

Reiner stutzte. »Wieso waren Sie eigentlich allein im Park? Arbeitet man nicht normalerweise mit Kollegen zusammen?«

Ein irritiertes Blinzeln. »Mein Kollege hatte sich krankgemeldet. Andere sind im Urlaub. Deshalb war ich allein. Das ist im Sommer so üblich.«

Reiner tippte fleißig mit.

»Bei dem Gebüsch, Sie wissen schon, lagen leere Bierflaschen. Die wollte ich aufsammeln. Dann habe ich gesehen, dass etwas in dem Gebüsch lag. Erst dachte ich, dass wäre irgendwelcher Müll, Klamotten oder so, und bin rein, um das auch zu entsorgen. Na ja, dann hab ich sie da liegen sehen. Und den Köter auch. Ich hab das Mädchen angesprochen, keine Reaktion. Mann, erst dachte ich, die wäre tot!«

Reiner hatte Mitgefühl mit dem jungen Burschen.

»Und dann haben Sie den Notruf gewählt.«

»Ja.«

»Sie haben zu dem Zeitpunkt niemanden sonst auf der Moorteichwiese gesehen?«

»Nein.«

Nachdem Reiner die Aussage vervollständigt und überflogen hatte, druckte er sie aus und schob sie seinem Gegenüber hin.

»Bitte lesen Sie sich die Aussage durch und unterschreiben sie unten, wenn Sie einverstanden sind.«

Dann druckte er die Belehrung aus. »Und diese bitte auch. Sie können den Kugelschreiber hier benutzen.« Er reichte dem Zeugen einen dokumentenechten Kugelschreiber.

Aufmerksam las der sowohl die Aussage als auch die Belehrung durch und unterschrieb beide Dokumente.

»Danke, Herr Koll. Möchten Sie die Kopien haben?«

»Das ist nicht nötig«, lehnte dieser ab.

»Alles klar, dann habe ich vorerst keine weiteren Fragen. Sollte Ihnen noch irgendetwas einfallen, und sei es noch so banal, dann rufen Sie mich bitte an.« Reiner reichte dem Zeugen seine Visitenkarte.

Der war bereits aufgestanden, nahm die Karte entgegen und verließ sichtlich erleichtert das Dienstzimmer.

Reiner las sich das Vernehmungsprotokoll noch einmal durch. Etwas störte ihn. Er würde es Susann zeigen. Allein kam er nicht darauf, was es war, das hier nicht passte. Kurz vor Dienstschluss sah er bei seiner Kollegin vorbei.

»Klopf, klopf.«

Susann sah von ihrem Bildschirm auf und lächelte ihn neugierig an. »Komm rein. Wie lief die Befragung des Gärtners?«

Nachdenklich nahm Reiner ihr gegenüber Platz. »Nicht gerade ergiebig. Ich habe die Aussage dabei. Kannst du dir gern einmal ansehen.« Er legte den Computerausdruck auf ihren Schreibtisch.

»Heute mag ich nicht mehr, war ein langer Tag.« Susann legte die drei Seiten in eine Sammelmappe und steckte diese in ihre Handtasche. »Die nehme ich mit heim. Ausnahmsweise.«

»Klar. Das war der Plan.«

Er sah dabei zu, wie Susann ihre Sachen packte und ihren PC herunterfuhr. »Gehen wir zusammen runter?«, fragte er. Sie lächelte zustimmend und gemeinsam machten sie sich auf den Weg zum Parkplatz.

»Wann befragst du das Opfer?«, wollte Reiner wissen und schloss seinen Sportwagen auf.

»Morgen wird sie entlassen. Dann fahre ich zu ihr nach Hause.«

»Ist gut«, bemerkte Reiner, »Dann wünsche ich dir erst mal einen entspannten Abend.«

Susann lachte gequält. »Ja, den wünsche ich dir und Claudia auch.«

Damit starteten beide ihre Wagen und fuhren in unterschiedlichen Richtungen davon.

DIENSTAG, 3. JUNI, NOCH 32 TAGE

Bevor Susann am nächsten Morgen zum Revier fuhr, machte sie einen Abstecher zu Finjas Zuhause in der Kirchhofallee gegenüber dem Südfriedhof. Die Wohnung der Familie Wolf lag im ersten Stock eines mit rotem Klinker verkleideten Altbaus. Zuvor hatte Susann sich von Frau Dr. Helmlich bestätigen lassen, dass Finja bereits entlassen wurde, und anschließend ihr Kommen telefonisch bei der Familie angekündigt. Es war nach zehn Uhr, als sie auf den Klingelknopf drückte. Fast sofort ertönte der Summer und Susann betrat das mit dunklem Holz verkleidete Treppenhaus. Sie hörte, wie über ihr ein Schlüssel im Türschloss gedreht und die Tür geöffnet wurde. Dann war sie auch schon im ersten Stock angekommen und wurde von Manfred Wolf begrüßt.

»Wie geht es Finja?«, erkundigte Susann sich, nachdem sie den gelb gestrichenen Flur betreten hatte.

»Nicht gut«, antwortete Heike, Finjas Mutter, die aus der Küche rechts von Susann schlurfte. Sie trug noch ihren Bademantel über einem Nachthemd. Ihre Haare waren zerzaust, verlaufene Wimperntusche war auf ihren Wangen verschmiert, die Augen vom Weinen gerötet.

Es war still in der Wohnung. Zu still für eine Familie mit zwei Kindern, fand Susann. Kurz sah sie die zerstörte Zukunft der vier Menschen vor sich. Sie betete, dass sie die Kraft und Liebe aufbringen würden, zumindest als Familie nicht an dem Unglück, das ihnen widerfahren war, zu zerbrechen.

»Da vorn ist Finjas Zimmer.« Manfred Wolf zeigte geradeaus auf eine angelehnte Tür. Links daneben stand die Tür zu Bastians Zimmer offen. Der Junge saß auf dem Boden und blickte ins Leere. Er schaukelte langsam vor und zurück.

Susann klopfte an Finjas Tür, bekam jedoch keine Antwort.

»Gehen Sie ruhig rein«, forderte Finjas Mutter sie auf. »Sie weiß, dass Sie kommen.«

Susann tat, wie ihr geheißen und drückte die angelehnte Tür auf. Finjas Zimmer war bunt. Das war das Erste, was Susann auffiel. Die Wände waren in Türkis getupft und übersät mit bunten Bilderrahmen in unterschiedlichen Größen. Sie zeigten Fotos von Finja mit Freundinnen, ihrer Familie, ihrem Hund und andere fröhliche Schnappschüsse. Vor dem Fenster hingen wasserblaue Gardinen, auf dem Holzdielenboden lag ein korallenroter Teppich. Die Möbel waren weiß.

Finja lag in ihrem Bett und starrte an die Decke. Susanns erster Eindruck war, dass sie unter dem Einfluss von Beruhigungsmitteln stand. Nun setzte Finja sich im Bett auf und sah Susann an.

»Hallo, Finja, ich bin Susann Greve. Ich bin von der Polizei.«

Keine Reaktion.

»Es tut mir sehr leid, was dir passiert ist, und ich bin hier, um dir ein paar Fragen dazu zu stellen.«

Finjas Augen weiteten sich.

Susann sprach ruhig und mit leiser Stimme weiter. »Finja, ich weiß, dass dir das Angst macht. Ich verstehe auch, dass du meine Fragen vielleicht nicht beantworten möchtest, weil es dir zu sehr wehtut.«

Finja sah sie weiter unbeweglich an.

»Es ist ganz wichtig, dass wir so schnell wie möglich von dir erfahren, was genau geschehen ist, damit wir denjenigen fassen, der dir das angetan hat.«

»Und Kasper.« Sie hatte eine dünne Stimme, mehr Kind als Jugendliche.

»Ja, und Kasper.« Mittlerweile hatte Susann sich langsam dem Bett genähert. »Darf ich mich zu dir setzen?«, fragte sie nun, und das Mädchen nickte stumm.

Susann zog sich den Stuhl, der vor dem Schreibtisch stand, heran und setzte sich vor das Bett. Jetzt befand sie sich beinahe auf Augenhöhe mit Finja. Sie holte ihr kleines Diktiergerät aus der Jackentasche ihres Blazers. »Darf ich unser Gespräch aufnehmen?«

Wieder ein Nicken.

»Okay.« Sie drückte den Aufnahmeknopf.

»Finja, kannst du mir erzählen, wie du in das Gebüsch geraten bist?«

»Kasper war da reingelaufen. Ich wollte ihn holen.«

Susann musste den Lautstärkeregler höherstellen, so leise kam die Antwort.

»Weißt du, was er da gemacht hat?«

»Ich weiß auch nicht. Ich dachte, dass er auf Kaninchenjagd gegangen war.«

»Deshalb bist du ihm in das Gebüsch gefolgt.«

»Ja.«

»Was hast du da gesehen, Finja?«

»Kasper. Er war tot.« Tränen liefen ihre Wangen hinab und tropften auf ihr Bettzeug.

Susann reichte ihr die Packung Taschentücher, die neben dem Bett lag. Finja nahm sie, ohne sie zu öffnen.

»Hast du jemanden gesehen?«

»Nein.« Finja zupfte an der Verpackung.

»Es hat furchtbar gestunken. Wie damals im Affenhaus im Tierpark. Eklig.«

Susann bemerkte ein Kribbeln im Nacken. »Weißt du, was da so gestunken hat?«

»Da war nichts. Ich weiß es nicht.«

»Du machst das ganz prima, Finja. Kannst du mir erzählen, was dann passiert ist?«

Doch Finja sagte nichts mehr. Sie schaukelte nur mit dem Oberkörper vor und zurück, den Blick nach innen gerichtet. Plötzlich sah sie Susann direkt ins Gesicht.

»Daniel«, flüsterte sie.

»Du kennst den Täter?«, fragte Susann aufgeregt.

»Daniel«, wiederholte Finja. »Jetzt wird er sich nie mehr mit mir treffen wollen.«

Damit legte Finja sich mit dem Gesicht zur Wand in Embryonalstellung hin und sagte kein Wort mehr.

MITTWOCH, 5. JUNI, NOCH 31 TAGE

Vorsichtig nahm er die Barbiepuppe aus dem Regal. Er schloss die Tür zu seinem Arbeitszimmer und setzte sich mit der Puppe an seinen Schreibtisch.

Er nahm die Schere aus der Schublade und begann damit, die Haare der Puppe sorgfältig abzuschneiden. Anschließend erhitzte er die Heißkleberpistole und ließ den flüssigen Klebstoff auf den kahlen Kopf der Puppe tropfen. Nun hieß es, schnell und sorgsam zu arbeiten. Aus einer kleinen Schachtel nahm er Haar für Haar mit einer Pinzette auf und setzte diese auf den Puppenkopf. Nach einer Weile begutachtete er sein Werk. Perfekt!

Noch war die Puppe nackt, doch im Internet hatte er bereits eine Sweatjacke und Jeans bestellt.

»Finja«, raunte er und steckte seine Nase in das blonde Haar. Dann stellte er sie zu den anderen zurück.

*

Am Mittwochnachmittag saß Susann in ihrem Büro vor ihrem Computer und dachte nach. Seit sie am Vortag bei Finja gewesen war, nagte etwas an ihr. Ein Gedanke wollte sich aus den Tiefen ihres Gedächtnisses Zugang zu ihrem Bewusstsein verschaffen. Sie machte das Tor im Geiste weit auf, doch sie kam einfach nicht darauf, was an dem Gespräch mit dem Mädchen der Auslöser für dieses entnervende Gefühl war. Zum wiederholten Male las sie Finjas Aussage durch. Sie hatte das aufgezeichnete Gespräch in das System übertragen und Reiner in einer Mail gebeten, sich das Protokoll durchzulesen. Vor einer Minute hatte seine Antwort sie erreicht. Leider hatte er keinen aufschlussreichen Gedanken geäußert. Kurz entschlossen nahm sie die kleine Kassette aus dem Kasten, in dem sie die Aufnahmen aufbewahrte, und steckte sie in das Aufnahmegerät. Zum wiederholten Mal hörte sie ihre und Finjas Stimmen. Ungeduldig wartete Susann auf eine Eingebung.

Plötzlich durchzuckte es sie. Sie spulte die Aufnahme ein kurzes Stück zurück. »*… wie damals im Affenhaus im Tierpark.*«

Ein Bild begann sich vor ihrem inneren Auge wie ein Puzzle zusammenzusetzen.

»Mandy Klüver!«, sprach sie laut in das Zimmer. Sie öffnete die Akte im Computer. Natürlich, Mandy Klüver, zwölf, wurde vor drei Monaten im Kieler Westen vergewaltigt. Auch ihr Hund wurde getötet und auch Mandy erwähnte den Gestank. Susann las das Protokoll der ersten Befragung. Da stand es! »*… Es hat gestunken wie im Zoo.*«

Susann hatte damals die Befragung des Opfers für ihren Kollegen Peter übernommen, da sie als Frau hierfür geeigneter war. Ermittelt hatte Susann jedoch in diesem Fall nicht. Sie sah auf den Bearbeitungsstatus: offen. Also war der Täter bisher nicht ermittelt worden. Nach drei Monaten rechnete Susann damit auch nicht mehr. Trotzdem las sie die Akte weiter durch. Vielleicht stieß sie ja auf etwas, was sie mit ihrem Fall in Verbindung bringen konnte.

Doch als sie eine Stunde später damit fertig war, musste sie sich eingestehen, dass sie keine neuen Erkenntnisse gewonnen hatte. Es gab keine Zeugen, keine Spuren, nichts.

Das Mädchen war kurze Zeit nach dem Überfall stationär in einer Jugendpsychiatrie aufgenommen worden. Seitdem hatte sich ermittlungstechnisch nichts mehr bewegt.

Susann schloss die Akte.

Dann fiel ihr die Aussage des Gärtners ein. Sie hatte die Sammelmappe wieder von zu Hause mitgebracht, weil sie gestern Abend nicht mehr zum Lesen gekommen war.

Mirja hatte ihre Unterstützung bei den Hausaufgaben benötigt. Sie ging in die zweite Klasse und hatte jetzt schon Schwierigkeiten mit dem Rechnen. Susann graute schon davor, wenn ihre Tochter erst einmal auf die höhere Schule wechselte. Sie war sich nicht sicher, ob sie Mirja dann noch würde unterstützen können.

Noch in Gedanken bei ihrer Tochter, schlug sie die Mappe auf und begann mit dem Lesen des Protokolls.

Am Ende der Lektüre machte sie sich eine Notiz. Morgen wollte sie Reiner darauf ansprechen. Doch für heute machte sie Schluss, schließlich hatte sie Mirja versprochen, sie pünktlich aus dem Hort abzuholen, um noch ein Eis mit ihr essen zu gehen. Das sollte der Ausgleich für den anstrengenden Abend mit den vermaledeiten Matheaufgaben gestern sein.

DONNERSTAG, 6. JUNI, NOCH 30 TAGE

In der Nacht zu Donnerstag hatte es stark gewittert. Am späten Mittwochnachmittag hatten Susann und Mirja ihr Eis in dem kleinen Eiscafé am Blücherplatz ganz in der Nähe ihrer Wohnung gegessen und die letzten Sonnenstrahlen genossen. Die Frustration vom Vorabend wegen der Rechenaufgaben war vergessen. Auf dem Nachhauseweg hatten sie die schwarzen Wolken beobachtet, die über die Förde zu ihnen herübergezogen kamen. Wind war aufgekommen, sodass Mutter und Tochter die Beine in die Hand genommen hatten, um noch trockenen Fußes nach Hause zu kommen.

Susann lächelte bei dem Gedanken daran, wie sie die ersten dicken Regentropfen abbekommen und gerade rechtzeitig lachend und quiekend ihr Wohnhaus erreicht hatten.

In der Nacht hatte das Unwetter dann an Fahrt aufgenommen. Ein Blitz folgte in schneller Abfolge dem nächsten, gefolgt von fast gleichzeitig einsetzendem Donner.

Ängstlich und mit Hasi, ihrem Kuscheltier, bewaffnet, war Mirja ins Schlafzimmer ihrer Mutter geschlichen und schnell unter ihre Decke geschlüpft.

Heute war der Himmel wieder klar, doch überall auf den regennassen Straßen lagen abgerissene Zweige.

Susann klopfte kurz an Reiners Tür und trat ohne Aufforderung ein.

»Hi«, begrüßte ihr Kollege sie. Er sah gestresst aus, doch diesmal kommentierte Susann ihren Eindruck nicht.

»Hi, hast du das Gewitter heute Nacht mitbekommen?« Was für eine Frage! Reiner wohnte höchstens zehn Minuten von ihr entfernt. Natürlich muss er das Unwetter auch bemerkt haben.

»Weltuntergang«, beantwortete er ihre Frage.

Susann war sich in dem Moment nicht sicher, ob er damit das Unwetter oder seine häusliche Situation meinte. Doch ihr war gerade nicht danach, Reiners Privatleben durchzukauen, und so überhörte sie den zweideutigen Ton.

Stattdessen setzte sie sich ihm gegenüber und holte ihre Notiz hervor, die sie sich am Vortag beim Lesen der Befragung des Gärtners gemacht hatte.

»Ich habe mir deine Befragung gestern durchgelesen. Herr Koll behauptet, dass er wegen ein paar herumliegender Bierflaschen zu dem Gebüsch gegangen sei, in dem Finja lag.«

Reiner sah sie neugierig an. »Stimmt.«

»Ja, hast du das überprüfen können?«

»Ob da Bierflaschen lagen?«

»Ja. Denn als du und ich dort waren, habe ich keine Flaschen gesehen. Du?«

Reiner dachte kurz nach. »Nein. Du hast recht! Da waren keine Flaschen.« Sie sahen sich an.

»Warte mal«, hielt er Susann an. »Ich frage kurz bei Heiko nach.« Schon hatte er die Durchwahl seines Kollegen von der Spurensicherung gewählt. Der meldete sich sofort.

»Heiko, hier ist Reiner. Sag mal, habt ihr am Samstag Bierflaschen vor dem Gebüsch gefunden, in dem das Opfer gelegen hat?«

Pause.

»Ja, ich warte.« Reiner sah Susann an. Die Anspannung war fast greifbar.

»Ja? Ah! Habt ihr die schon auf Fingerabdrücke untersucht?« Kurz hielt Reiner inne. Susann versuchte gespannt, in seiner Mimik zu lesen.

»Ist in Arbeit. Danke, Heiko. Dann erst mal …« Reiner legte auf.

»Die waren da. Hat die Spurensicherung eingetütet. In den nächsten Tagen werden die auf Fingerabdrücke untersucht.«

Susann konnte ihre Enttäuschung nicht verbergen. »Schade.«

Reiner grinste. »Ja, wo doch der Gärtner immer der Mörder ist.«

»Wäre ja auch zu einfach gewesen«, seufzte Susann. Dann erhellte sich ihre Miene.

»Erinnerst du dich an den Vergewaltigungsfall im März, den Peter bearbeitet hat?«

Reiner blickte sie verständnislos an. »Da klingelt nichts bei mir. Hilf mir mal auf die Sprünge.«

»Das war Anfang März im Kieler Westen. Ich hatte die erste Befragung des Mädchens für Peter übernommen und mich gestern an etwas erinnert, was sie gesagt hatte.« Susann stand auf und trug ihren Stuhl um Reiners Schreibtisch herum. Nun saßen sie nebeneinander.

»Ich öffne mal die Akte.« Flink flogen ihre Finger über die Tastatur und das Befragungsprotokoll öffnete sich.

»Hier, lies dir das mal durch. Woran erinnert dich das?«

Nachdem Reiner sich durch das Protokoll gearbeitet hatte, sah er Susann entgeistert an.

»Der Gestank! Und der Hund!«

»Genau.«

»Mensch, Susann, das passt genau auf unsere Tat. Gibt es womöglich noch andere Fälle?«

Susann schlug sich in einer übertriebenen Geste an die Stirn.

»Darauf hätte ich auch kommen können!«

Schnell öffnete sie das Aktensystem des Intranetzes und gab als Suchbegriff *Vergewaltigung* ein. Über fünfzig Treffer wurden angezeigt. Susann überlegte. Dann ergänzte sie den Suchbegriff um das Wort *Gestank* und gab außerdem den Befehl *im Text suchen* ein.

Zwei Treffer!

Einer davon war der Fall Mandy Klüver, den sie gerade geöffnet hatten.

Der andere war von Anfang Mai, ebenfalls im Kieler Westen und »Ebenfalls mit einem getöteten Hund!«, wie Reiner aufgewühlt bemerkte. Bearbeitet wurde der Fall von einer Kollegin, die Mitte Mai in Mutterschutz gegangen war.

»Da ist wohl was schiefgegangen bei der Übergabe«, bemerkte Susann lakonisch, denn seitdem hatten keine Ermittlungen mehr stattgefunden.

Gemeinsam machten sie sich daran, die dünne Akte zu lesen. »Wieder erwähnt das Opfer einen Tiergeruch. Wieder wurde der Hund getötet.« Susann sah Reiner an.

Der atmete tief durch. »Das ist unser Mann.«

Plötzlich hatte Susann eine Eingebung. »Nimm mal den Begriff Vergewaltigung raus«, bat sie Reiner, der den Begriff daraufhin löschte.

»Wow, vierzehn Treffer!«, staunte er. Das bedeutete viel Fleißarbeit.

»Gut, dann teilen wir uns die Akten auf und schauen, ob wir eine weitere Tat finden, die einer Vergewaltigung nahekommt«, schlug Susann vor. Sie sprachen sich kurz ab, wer welche Akten durchsuchen sollte, und Susann ging rüber in ihr eigenes Büro.

Es dauerte bis in den späten Nachmittag, bis sie alle Akten durchgelesen hatte, ohne Erfolg.

Da öffnete Reiner die Tür. »Bingo!«, rief er, kam um ihren Schreibtisch herum und betätigte ihren Computer. »Darf ich?«

Susann lehnte sich in ihrem Bürosessel zurück und hob beide Hände. »Klar doch.«

»Hier!« Reiner zeigte auf die geöffnete Akte.

»Anfang April, Kieler Westen.« Susann las die erste Seite.

»Jedoch keine Vergewaltigung und auch kein Hund«, wandte sie ein.

»Stimmt. Trotzdem auch hier dieselbe Vorgehensweise, nur nicht zu Ende geführt. Und das Kind erwähnt einen Tiergestank.«

Susann sah Reiner entgeistert an. »Das Kind ist acht Jahre alt!«

Reiners grimmiger Blick verriet seine düsteren Gedanken. »Ich weiß. Ich gehe zur Eiskönigin. Wir haben vier Fälle von Kindesmissbrauch, die eindeutig einem einzigen Täter zugeschrieben werden können. Wir brauchen eine Soko.«

Eiskönigin, so nannten die Kommissare ihre Dezernatsleiterin. Sie führte die Abteilung zwar mit eiserner Hand, trotzdem war sie bei ihren Kollegen äußerst beliebt.

»Das wird das Beste sein«, gab Susann ihm recht.

Reiner ging entschlossen aus ihrem Büro und ließ Susann mit ihren Gedanken an ihre eigene Tochter zurück, in denen sich das Gesicht ihrer Kleinen mit dem leeren und ausdruckslosen Gesicht von Finja vermischte. Tote Augen in einem blassen Kindergesicht, aller jugendlicher Träume beraubt. Susann erschauerte. Ihr war, als würde eine kalte Knochenhand nach ihrem Mutterherz greifen.

Dann schüttelte sie sich. Sie durfte solche Gedanken nicht zulassen. Mirja war in Sicherheit! Etwas anderes durfte sie gar nicht glauben.

FREITAG, 7. JUNI, NOCH 29 TAGE

»Sie ist sehr beschäftigt.« Die Sekretärin des Dezernats sah Reiner streng an. Der zeigte sich davon jedoch unbeeindruckt.

»Katja, ich bin auch sehr beschäftigt.« Gestern war Reiner bereits vertröstet worden, da die Chefin außer Haus gewesen war.

Katja Dahme war für ihre Standhaftigkeit bekannt, wenn es darum ging, die Regeln einzuhalten oder die Hierarchien zu wahren. Die Mittzwanzigerin mit dem Puppengesicht legte äußersten Wert auf Etikette. Sie war gänzlich immun gegen jede Art von Charmeoffensive, wie nicht nur Reiner in der Vergangenheit leidvoll erfahren musste. Doch diesmal war ihm die Hierarchie oder Etikette so was von egal.

»Pass auf, ich gehe jetzt zur Eiskönigin. Du kannst mich nicht aufhalten, es sei denn, du hast vor, mich mit deinem Tacker zu erschießen.«

Konsterniert sah Katja ihn an. »Für dich immer noch Frau Dr. Thule!«

»Meinetwegen auch das.« Reiner war schon auf dem Weg zur Tür, hinter der seine Vorgesetzte angeblich so beschäftigt war.

»Außerdem würde ich bestimmt nicht die Munition meines Tackers an dich verschwenden!«, rief sie ihm noch hinterher. »Dafür würde ich dann meine Walther verwenden.«

Reiner hörte es hinter sich klicken und blieb abrupt stehen. Langsam drehte er sich um und sah in den Lauf ihrer Pistole.

»Katja«, hob er an. Passierte das hier gerade wirklich? Doch entschlossen drückte sie den Abzug.

Jetzt passierten drei Dinge gleichzeitig: Reiner brachte sich mit einem Hechtsprung in Sicherheit, die Tür seiner Vorgesetzten öffnete sich und Frau Dr. Tatjana Thule betrat den Flur, und aus der Waffe der Sekretärin schoss eine kleine Flamme.

Irritiert blickte die Eiskönigin auf den Kollegen zu ihren Füßen.

»Reiner, was machst du da?« Und bevor der sich verblüfft aufrappeln konnte, sprach sie zu ihrer Sekretärin: »Frau Dahme, das ist sehr aufmerksam von Ihnen, aber Sie wissen doch, dass hier ein Rauchverbot gilt. Zum Rauchen gehe ich doch stets nach unten.« Mit diesen Worten griff sie nach dem Feuerzeug. » Die nehme ich gern mit. Bin in zehn Minuten wieder da.«

Schon war sie auf den Flur entschwunden und Reiner sah Katja sowohl wütend als auch ziemlich überrascht an. Die erwiderte seinen Blick ungerührt. Umspielte nicht sogar ein kaum merkliches Lächeln ihre Lippen?

»Darüber reden wir noch«, war sein kläglicher Versuch, seine Autorität wiederherzustellen. Katja blieb von dieser Drohung unbeeindruckt. Wortlos wandte sie sich ihrem Computerbildschirm zu.

Schnellen Schrittes machte Reiner sich auf dem Weg nach draußen, wo er seine Vorgesetzte rauchend in einer Ecke des Parkplatzes stehen sah. Ihre schlanke Silhouette hob sich gegen den blauen Himmel ab.

»Tatjana«, hob er an und stellte sich neben die elegante Frau von Ende vierzig, deren perfekten Körper er vor langer Zeit einmal nackt in seinem Bett gehabt hatte. Lange, sehr lange war das her.

Sie sah ihn an und nahm einen tiefen Zug. »Reiner, was war das denn gerade?«

»Nichts«, entgegnete er kurz angebunden. Dabei spürte er, wie seine Wangen sich leicht röteten.

»Nichts. Aha.« Dr. Thule drückte den Glimmstängel aus und zündete sich mit dem ominösen Feuerzeug ihrer Sekretärin einen zweiten an. Dabei sah sie provozierend zu Reiner hinüber.

»Tatjana«, hob er an. »Susann und ich bearbeiten ja die Vergewaltigung an der Moorteichwiese. Uns ist im Laufe der Anfangsermittlungen aufgefallen, dass drei weitere Taten aus den letzten drei Monaten so große Ähnlichkeiten mit unserem Fall aufweisen, dass wir davon ausgehen müssen, es mit einem Serientäter zu tun zu haben.«

Seine Vorgesetzte musterte ihn.

Noch heute erinnerte sie sich sehr gern an die Nächte, die sie vor Ewigkeiten miteinander verbracht hatten. Reiner war damals sozusagen gerade aus der Polizeischule entlassen worden. *Was war er doch süß,* dachte sie an die Zeit zurück, *so ehrgeizig und doch so hilflos.* Zu jener Zeit leitete ein anderer das Dezernat 12, und sie befand sich auf derselben Stufe der Karriereleiter, auf der Reiner heute stand. Während einer gemeinsamen Ermittlung war es dann passiert. Sie seufzte innerlich. Manchmal hatte sie den Eindruck, dass dies ihre unbeschwertesten Zeiten gewesen waren.

»Nun, dann schicke mir doch bitte die betreffenden Akten, damit ich das selbst überprüfen kann.«

»Ist schon geschehen.«

»Prima. Wer ermittelt in den anderen Fällen?«

»Peter Hanke und Gaby Steffen, die ist ja im Mutterschutz.«

»Stimmt.« Kinder waren nie ihr Ding gewesen.

»Falls ich zu demselben Schluss komme, gründen wir eine Soko mit dir als Teamleiter. Außerdem sollen Susann und Peter dort mitarbeiten. Das muss ausreichen.« Sie drückte die zweite Zigarette aus.

»Geh schon vor, Reiner. Ich rauch noch eine.«

Die tiefe Stimme hatte sie, seit sie sich kannten. Inzwischen hatte sich ein leises Rasseln beim Atmen dazugesellt.

»Du rauchst zu viel.«

»An irgendetwas muss man ja sterben.« Dabei sah sie ihn nicht an.

Reiner drehte sich um und ging zurück ins Gebäude. Er würde Susann und Peter vorab schon einmal informieren.

SAMSTAG, 8. JUNI, NOCH 28 TAGE

»Peter, wieso hast du wieder meinen Kaffee weggekippt?« Karin stand trotz des fortgeschrittenen Vormittags in Nachthemd und Morgenmantel (wie so oft in letzter Zeit) vor seinem Sessel, in dem er gerade versuchte, ein wenig Schlaf nachzuholen.

Die halbe Nacht hatte Karin ihn mit ihren Wanderungen durch die Wohnung wach gehalten. Schuld daran war Reiners Anruf gestern Abend gewesen.

Die Eiskönigin hatte die Soko *Stinktier* gegründet, bei der er ab sofort mitarbeiten sollte.

Karin hatte das Telefongespräch zum Teil mitgehört und ihr passte es gar nicht, dass ihr Ehemann zu einer Sonderkommission hinzugezogen wurde. Sie wusste aus über dreißigjähriger

Erfahrung, dass das Wort *Soko* gleichbedeutend war mit *Keine Zeit für die Familie*. Peter war sich sicher, dass diese Erkenntnis zu ihrer Wanderlust in der Nacht geführt hatte.

Das Schlimmste daran war ihre Aggressivität, wenn er versuchte, sie zurück ins Bett zu befördern. Genauso überzeugt, wie sie gerade davon war, dass er ihren Kaffee (von dem sie bereits zwei Becher getrunken hatte) weggeschüttet hätte, war sie in der Nacht davon überzeugt gewesen, ihre Tochter suchen zu müssen.

Erschöpft schlug Peter die Augen nieder. Es nützte ja nichts. Er würde sich mit seiner Frau auseinandersetzen müssen. Ansonsten würde sie keine Ruhe geben. Selbst dann nicht, wie er befürchtete.

»Schatz, ich habe deinen Kaffee nicht weggekippt. Du hast den ganzen Becher ausgetrunken.« Mühsam erhob er sich aus seinem Sessel. Als er nun seiner Frau von Angesicht zu Angesicht gegenüberstand, konnte er den bebenden Zorn und die Angst dahinter in ihren rehbraunen Augen erkennen, und dieser Anblick bereitete ihm beinahe körperliche Schmerzen. Zärtlich nahm er sie in die Arme, und zu seiner grenzenlosen Erleichterung entspannte sie sich und ließ sich ohne Gegenwehr ins Schlafzimmer führen.

»Komm, mein Liebling, leg dich ein wenig hin. Danach geht es dir sicher besser.«

Fürsorglich half er ihr, sich aufs Bett zu legen, und deckte sie mit der Wolldecke zu. Sofort legte sie sich auf die Seite, zog die Beine an und schloss die Augen. Eine Weile blieb er, um sich zu vergewissern, dass sie wirklich schlief. Dann schleppte er sich zurück ins Wohnzimmer und ließ sich wieder in seinen Sessel fallen. Er schloss die Augen, kam jedoch nicht zur Ruhe, denn er musste an seinen letzten Fall denken.

Vor drei Monaten war der Überfall auf das Mädchen passiert. Genau zu der Zeit, als es anfing, Karin schlechter zu gehen. Sie hatten beide seit fast zwei Jahren gewusst, dass sie an Alzheimer erkrankt war. Es hatte ganz harmlos angefangen, und den Test machte Karin damals eigentlich nur, um sich davon zu überzeugen, dass es sich bei den vielen kleinen Situationen, in denen sie Dinge vergaß, um normale Alterungserscheinungen handelte.

»Jeder vergisst doch mal etwas, oder?«, hatte sie ihn gefragt.

Peter hatte sie zwar beruhigt, sich aber insgeheim seine Gedanken darüber gemacht, ob es tatsächlich noch im Rahmen des Normalen lag, wenn man zeitweise den Namen der Tochter oder den Weg zum Laden um die Ecke vergaß.

Unruhig stand er nun auf und sah leise ins Schlafzimmer. Gott sei Dank, sie schlief noch. Es konnte gut sein, dass sie später wieder fast normal wirkte und sich an die Situation von eben nicht mehr erinnern konnte. Sie hatte durchaus noch viele gute Tage. Noch brauchten sie keine Hilfe. Doch Peter machte sich keine Illusionen. Die Phasen der Verwirrung, gepaart mit erhöhter Reizbarkeit, kamen öfter und blieben länger.

Bald musste er sich etwas einfallen lassen.

Weder seiner Dezernatsleiterin noch seinen Kollegen hatte Peter sich bisher anvertraut. Wenn er jetzt Teil der Soko war, musste er wohl Farbe bekennen. Er beschloss, Reiner über Karins Zustand ins Vertrauen zu ziehen. Dieser Gedanke verschaffte ihm aus unerfindlichem Grund Erleichterung. Unter dem Eindruck dieses Gefühls ging er um das Bett herum und legte sich auf seine Seite des Bettes. Zu seiner Überraschung entspannte sein Körper sich und er schlief fast augenblicklich ein.

SONNTAG, 9. JUNI, NOCH 27 TAGE

»Lass das, du Penner!« Gepolter, schnelle Schritte. Ein Schrei. Die Bewohner über Karl waren am frühen Sonntagmorgen nach einer durchzechten Nacht wieder einmal in Streit geraten. Er kannte sie nicht. Im sogenannten Bullenkloster, wie das Hochhaus am Theodor-Heuß-Ring im Stadtteil Hassee von den Kielern genannt wurde, wohnte man anonym. Wer hier lebte, war meist fast unten angekommen. Lediglich das Dach über dem Kopf unterschied viele hier von den Obdachlosen am Bahnhof.

Karl sah auf die Wanduhr gegenüber seinem schmalen Bett. Sieben Uhr durch. Darunter stand ein ramponierter Stuhl mit ein paar Klamotten darauf, die vergeblich darauf warteten, gewaschen zu werden. Vorsichtig drehte er sich auf die Seite und langte nach der halb leeren Dose Holsten, die neben seinem Bett zusammen mit weiteren Dosen Bier und leeren Zigarettenschachteln stand. Unter dem Kopfkissen angelte er nach einer Zigarette. Seine letzte, stellte er frustriert fest. Genüsslich zündete er sie an und blies den Rauch aus, um anschließend mit dem schalen Bier nachzuspülen. Wurde Zeit, sich auf den Weg zu machen. Vorsichtig rollte er sich aus dem Bett und schlurfte zur Toilette. Im Stehen zielte er in die ungeputzte Kloschüssel. Seine Kippe behielt er dabei im Mundwinkel.

Sein Waschbecken benutzte Karl eigentlich nie. Es war ein Friedhof für jede Art von Insekten, die sich darin verirrt und nicht mehr herausgefunden hatten. Plötzlich hob er den Kopf und lauschte.

Die *Stimmen* sprachen wieder zu ihm.

Manchmal gaben sie ihm Anweisungen, manchmal spendeten sie Trost. Karl sprach dann mit ihnen. Jetzt befahlen sie ihm, loszugehen und zu sammeln. Das wollte Karl auch tun. Er zog seine Schuhe und seine Jacke an, die er sommers wie winters trug, schloss die Tür hinter sich gewissenhaft ab und ging hinunter.

Hinter dem Haus stand sein Fahrrad. Er hatte es vor vielen Jahren vom Sperrmüll mitgenommen und geschmückt. Mit einer Blumengirlande und mit zwei Körben, einem vorn und einem hinten. Hierin sammelte er ein, was er fand. Meistens Dosen und Flaschen, die er zu Geld machen konnte, manchmal auch andere Dinge. Die *Stimmen* sagten ihm dann, was.

*

»Mama, wann stehst du endlich auf?« Klara wartete nun schon eine Kinderewigkeit darauf, dass ihre Mutter endlich aufwachte. Es war schon ganz lange hell und sie konnte es nicht mehr erwarten. Heute war der große Tag!

Ihre Mutter blinzelte, blies eine blonde Haarsträhne aus ihrem Gesicht und sah kurz auf den Wecker neben ihrem Bett.

»Schatz, ich bin müde! Lass mich doch wenigstens noch eine Weile liegen bleiben. Es ist noch nicht einmal acht Uhr und wir haben doch beide frei.«

»Aber, Mami, heute kommt Felix zu uns! Hast du das vergessen?« Aufgeregt sprang Klara vor dem Bett ihrer Mutter auf und ab. Ihre Zöpfe wippten hin und her. Klaras weißblonde Locken reichten ihr schon bis über die Schulter, und damit sie nicht jeden Morgen mit verkletteten Haaren aufwachte, schlief sie stets mit geflochtenen Zöpfen.

Nun hob ihre Mutter die Bettdecke. »Komm, du Frosch, klettere noch kurz zu mir unter die Decke. Dann kannst du mir noch mal von Felix erzählen.«

Klara schlüpfte unter die Decke und schmiegte sich an den weichen Körper ihrer Mutter. »Gut, und dann stehen wir auf!«

»Ja«, seufzte diese, »dann stehen wir auf.«

Klara war eigentlich kein Wunschkind gewesen. Als Irina vor sechs Jahren die Schwangerschaft bemerkt hatte, war sie selbst erst Anfang zwanzig und Single gewesen. Sie hatte sich gerade von ihrem Freund getrennt und eigentlich vorgehabt, ihre Jugend in vollen Zügen zu genießen. Das *Abschiedsgeschenk* ihres Ex hatte sich anfangs wie eine Katastrophe angefühlt. Ihr erster Gedanke war Abtreibung gewesen. Ihre beste Freundin Albina hatte ihr auch genau dazu geraten.

»Okay«, hatte sie damals laut gedacht, »du hast deine Ausbildung beendet und stehst finanziell auf eigenen Füßen. Nur, wovon willst du leben, wenn das Baby da ist?«

Irina hatte das genauso gesehen. Bei der Beratungsstelle hatte ihr eine freundliche Sachbearbeiterin ihre Möglichkeiten aufgezeigt.

»Weihen Sie Ihren Ex-Freund ein«, hatte sie Irina geraten. »Sollten Sie das Kind behalten, wäre er unterhaltspflichtig.«

Es war schon merkwürdig. Je mehr sie sich mit dem Gedanken auseinandergesetzt hatte, das Baby nicht zu bekommen, desto stärker hatte sie es gewollt. Also war sie zu Pawels Familie gefahren, denn ihr Ex-Freund lebte noch zu Hause bei seinen polnischen Eltern, und berichtete dem verdutzten jungen Mann von seiner Vielleicht-Vaterschaft, wie sie es ausgedrückt hatte.

Gedankenverloren wickelte Irina sich die Zöpfe ihrer Tochter um ihre Finger. Ein Lächeln huschte über ihr glattes Gesicht, als sie sich daran erinnerte, was dann geschehen war. Pawels Mutter hatte das Gespräch mitbekommen und sich sofort eingemischt. In ihrer herzlichen Art hatte sie Irina umarmt und sie an ihre mütterliche Brust gedrückt.

»Mein Kind! Ein Baby, wie wunderbar! Mach dir keine Sorgen, Pawel wird zahlen und wir werden uns um unser Enkelkind kümmern, wann immer du uns brauchst!«

Irinas Grinsen wurde breiter bei der Vorstellung an Pawels Gesicht, das sich bei den Worten seiner Mutter von anfänglichem Entsetzen bis hin zu Begeisterung verändert hatte. Und so war es dann beschlossene Sache gewesen. Ihre eigenen Eltern hatte Irina erst von ihrer Schwangerschaft in Kenntnis gesetzt, nachdem alles geregelt gewesen war.

Sie waren zwar nicht besonders glücklich über Irinas Entscheidung gewesen, mussten jedoch anerkennen, dass die finanzielle Versorgung offenbar gewährleistet war, und waren Klara von Geburt an vor knapp fünf Jahren liebevolle Großeltern.

»… ein sooo weiches Fell!«, nahm Irina den Monolog ihrer Tochter mit einem Ohr auf. Klara freute sich auf ihren Hund Felix, den sie heute aus der Tierhilfe abholen durften. Er war ein kleiner, etwa zweijähriger Mischlingsrüde, der im Tierheim abgegeben worden war, nachdem seine Familie ihn offensichtlich vor dem Sommerurlaub auf einem Parkplatz an der A7 *entsorgt* hatte. Irina hatte lange mit sich gerungen. Zu ihrem Glück unterstützten ihre eigenen Eltern sie hierbei bereitwillig. Deren Hund war vor einem halben Jahr gestorben. Für einen neuen fühlten sich beide zu alt. Darüber, ein Tier tagsüber stundenweise zu versorgen, wären sie hingegen sehr glücklich, hatten sie ihrer Tochter versichert, und gern die Zahlung der Vermittlungsgebühr von dreihundert Euro übernommen.

»Mami! Hörst du mir überhaupt zu?« Energisch schlug Klara die Bettdecke zurück und baute sich vor dem Bett ihrer müden Mutter auf. »Ich mag nicht mehr warten!«, rief sie und schleuderte ihre Zöpfe ruckartig nach hinten. »Hunger hab ich auch.«

Seufzend setzte Irina sich auf. Diese Geste kannte sie nur zu gut. Wenn die Zöpfe flogen, dann war Holland in Not. Sie blickte auf die Uhr. Kurz vor neun Uhr.

»Okay. Ich mach mich kurz frisch und gehe dann runter zum Bäcker und hole Brötchen.«

»Ach Mami, ich bin doch schon groß und auch viel schneller angezogen als du. Schließlich muss ich mich nicht schminken, um hübsch auszusehen. Lass mich doch gehen.«

Zu viel Ehrlichkeit, dachte Irina schmunzelnd und holte etwas Geld und die Brotkarte aus ihrem Portemonnaie. »Na gut. Aber nur zum Bäcker und zurück. Du gehst …«

»… mit niemandem mit«, ergänzte ihre aufgeweckte Tochter den Satz, zog sich ihr rotes Sommerkleid über, schlüpfte in die Sandalen, schnappte sich Geld und Treuekarte und sprang eilig die Treppen vom zweiten Stock hinunter. Sie brauchte ja nur ein paar Meter zu laufen, denn die Bäckerei befand sich sozusagen unter ihnen.

*

Die Sonne schien sanft durch die Blätterkrone des Ahornbaumes vor seinem Fenster und kitzelte seine Nase. Morgen war sein erster Urlaubstag, und er lag faul und zufrieden im Bett. Sein

Handywecker würde zwei Wochen ausbleiben, kein Gedudel morgens um kurz nach fünf.

Wie herrlich sich doch Freiheit anfühlte! Adrian Koll lebte allein in seiner Zweizimmerwohnung in Kiel-Russee. Seine Freunde hatten sich anfangs darüber amüsiert, dass er fernab vom Stadtkern in den südwestlichsten Stadtteil der Landeshauptstadt gezogen war.

Hier lebten vor allem Familien mit Kindern sowie Rentner, und Einfamilien- und Reihenhäuser dominierten neben wenigen Mehrfamilienhäusern das Ortsbild. In einem von diesen lebte er. Sein roter Backsteinbau erstreckte sich über drei Haupteingänge mit jeweils sechs Parteien. Jede Wohnung verfügte über einen Balkon oder eine kleine Terrasse. Hier war es meistens ruhig und eben auch sehr grün, was er zu schätzen wusste.

Inzwischen hatten seine Freunde akzeptiert, dass er zwar zum Feiern am Wochenende gern mit in die *Berger* kam, wie die Bergstraße mit ihren unterirdischen Clubs unter den Feiernden genannt wurde, in der Woche hingegen die Ruhe seines Zuhauses genoss.

Adrian streckte seinen athletischen Körper und sah auf sein Handy. Neun Uhr, Zeit für Kaffee und Brötchen. Die konnte er sich ganz einfach vom Bäcker gegenüber holen. Schnell auf die Toilette und kurz frisch machen. Er war mit seinem Spiegelbild recht zufrieden und lächelte seinem braun gebrannten Gesicht mit den hellblauen Augen und den kurz rasierten Haaren anerkennend zu. Dann zog er sich seine schwarze Jogginghose und ein weißes T-Shirt über, schlüpfte in seine Sneakers und schloss die Tür hinter sich.

Vor der Bäckerei hatte sich eine Schlange gebildet. Adrian stellte sich hinten an und versuchte abzuschätzen, wann er wohl an der Reihe wäre. Acht Leute waren vor ihm.

Gerade bestellte ein etwa Vierzigjähriger in Sportklamotten Brot und Brötchen für eine Fußballmannschaft. Adrian vermutete, dass er Familienvater von mindestens drei Kindern war, der sich dem morgendlichen Familientrubel durch Jogging und Brötchenservice entzog.

Hinter dem Mann warteten drei Opis, eine junge Frau, die sich ständig nach ihrem Hund umsah, der draußen an einen Laternenpfahl angebunden auf sie wartete, ein kleines Mädchen in einem roten Kleid und zwei Nachbarinnen aus seinem Wohnblock, die sich angeregt über das Wetter im Allgemeinen und den Klimawandel im Besondern unterhielten. Ohne ihr Gespräch zu unterbrechen, lächelten sie ihm kurz zu, als er sich hinter ihnen anstellte.

Gerade als er bemerkte, dass er sein Handy vergessen hatte, drehte das kleine Mädchen sich zu ihm um. Vielleicht suchte sie nach ihrer Mutter oder ihrem Vater? Andererseits blickte sie nicht suchend, sondern eher neugierig umher. Offensichtlich langweilte sie sich, denn sie begann von einem Bein aufs andere zu hüpfen. Nun bemerkte er auch die Brotkarte in ihrer kleinen Faust.

Wer lässt denn sein kleines Kind allein auf die Straße?, wunderte Adrian sich und lächelte ihr aufmunternd zu. Da kann doch alles Mögliche passieren heutzutage. Noch dazu ein so hübsches kleines Ding.

Doch bevor er weiter darüber nachdenken konnte, rief die Bäckereifachverkäuferin das Mädchen an. »Hey, Klara, was möchtest du denn haben?« Und den Kunden, die vor dem kleinen Ding dran gewesen wären, erklärte sie freundlich: »Sie werden doch nichts dagegen haben, wenn ich das Kind vorziehe? Sie sollte schnell wieder nach Hause zu ihrer Mama, nicht wahr?«

Allgemeines zustimmendes Gemurmel erhob sich, und Klara, wie die Kleine offensichtlich hieß, gab die Bestellung mit glockenheller Stimme auf. »Zwei Vollkornbrötchen bitte!« Und während die Verkäuferin zwei dunkle Brötchen aus dem Korb nahm und in eine Papiertüte packte, verkündete sie weiter: »Die sind gesund und schmecken auch viel besser als die Brötchen aus dem ungesunden weißen Mehl!«

Die beiden Nachbarinnen vor ihm lachten. »Das ist doch die kleine Polin von gegenüber«, raunte die eine der anderen zu. »Die Mutter ist alleinerziehend. Ich glaube, das Mädchen ist viel auf sich allein gestellt. Jedenfalls sehe ich sie öfters auf dem Spielplatz am Käthe-Kollwitz-Pfad.«

»Ganz allein?«, empörte die andere sich, »Da grenzt doch gleich das Grüngelände an. Büsche, Bäume, Gestrüpp – Alles Mögliche könnte da passieren! Ich möchte mir das gar nicht ausmalen!« Obwohl Adrian ihrem Gesichtsausdruck entnahm, dass sie sich gerade sehr wohl alles Mögliche ausmalte.

Er kannte das Gebiet auch sehr gut. Häufig war er dort schon seine Runden gelaufen.

»Wo doch gerade wieder in der Zeitung von einem sexuellen Übergriff auf ein Mädchen berichtet wurde«, redete sie weiter.

Ihre Nachbarin wusste offenbar mehr: »Ja. Eine Dreizehnjährige, die mit ihrem Hund spazieren gegangen ist. Das war ja gar nicht weit von hier, in Hassee, meine ich.«

Adrian verkrampfte sich innerlich. Doch bevor er weiter über das Gehörte nachdenken konnte, ging es weiter in der Schlange, sodass er endlich die Bäckerei betreten konnte.

Die kleine Polin mit Namen Klara hüpfte derweil an ihm vorbei nach draußen und wäre fast in das Rad eines Flaschensammlers gelaufen. Der konnte gerade noch abbremsen. Dann war das Mädchen im roten Kleid um die Hausecke aus Adrians Blickfeld verschwunden.

Der Flaschensammler durchwühlte bereits den Mülleimer vor der Bäckerei und murmelte dabei irgendetwas vor sich hin. Angewidert wandte Adrian sich von ihm ab.

*

Wie der rote Blitz war sie aus der Bäckerei gestürmt und hätte Karl fast umgerannt. Mit ihren großen blauen Augen blickte sie ihn kurz erschrocken an. Dann formte ihr perfekter roter Mund sich zu einem Lächeln. »Heute holen wir Felix ab!«, rief sie,

»meinen Hund!« Und schon war sie auch schon wieder verschwunden.

Urplötzlich meldeten sich die Stimmen in seinem Kopf. Ein ganzer Chor schrie auf ihn ein. Indem er in gewohnter Weise leise zu ihnen sprach, versuchte er, sie zum Schweigen zu bringen, doch ohne Erfolg.

»Sammeln!«, schrien sie unbeeindruckt weiter. Aus Erfahrung wusste Karl, dass er ihnen gehorchen musste, sollten sie ihn eine Zeit lang in Ruhe lassen, also wühlte er in dem Mülleimer vor der Bäckerei nach Flaschen oder Dosen.

Die Stimmen wurden trotzdem nicht leiser. *»Das Kleid! So rot! Das Kind! So tot!«*, schrien sie ihn an.

Erschrocken blickte er auf und bemerkte den Blick des Mannes in der Bäckerei im selben Augenblick, als dieser sich wieder von ihm abwandte. Plötzlich bekam Karl Angst. Schnell nahm er sein Rad und suchte das Weite.

Er fuhr bis zum Grüngelände hinter den Häusern. Dort gab es einen kleinen Weiher mit zwei Bänken davor. Auf eine davon setzte Karl sich schwerfällig. Die grässlichen Stimmen waren zu einem Flüstern verebbt, worüber er sehr dankbar war, denn die allzu bekannten Kopfschmerzen setzten gerade ein. Nun hatte er die Hoffnung, dass sein Brummschädel sich erholen würde.

Aus seiner Jackentasche angelte er die neue Schachtel Zigaretten und sein Feuerzeug, zündete sich mit zitternden Händen eine an und zog kräftig an ihr, dann blies er den Rauch mit einem langen Seufzer aus. Karl wusste nicht, was das gerade eben zu bedeuten hatte. Noch nie waren die Stimmen so laut gewesen und noch nie hatte er solche Furcht empfunden.

Obwohl das so gar nicht stimmte.

Eines wusste Karl auf jeden Fall: Er musste das Kind wiedersehen.

Er musste sich darum kümmern.

MONTAG, 10. JUNI, NOCH 26 TAGE

Am Montagvormittag saß die Soko *Stinktier* in einem der Besprechungsräume des Dezernats 12 der Kripo Kiel.

Gerade fasste Reiner nochmals die Fakten zusammen. »Das Mädchen hat ausgesagt, dass es sich bereits weit vor dem Angriff beobachtet gefühlt habe. Das Gelände ist dort meist frei einsehbar, kaum Gebüsch, wo sich der Täter versteckt haben könnte. Deshalb kann sie uns leider nicht erklären, woher dieses Gefühl gekommen war. Als der Hund dann in einem Gestrüpp verschwand und nicht mehr herauskam, wollte das Opfer nachsehen. Dabei wurde es hinterrücks überfallen und umgeworfen.«

»Konnte Finja den Täter erkennen?« Susann sprach den Namen des Mädchens absichtlich aus. Sie war der Meinung, dass Ermittlungen noch ernsthafter betrieben wurden, wenn man ein persönliches Verhältnis zum Opfer aufbaute. Viele Kollegen waren da anderer Meinung. Die Gefahr, unprofessionell zu arbeiten, wenn man den Fall persönlich nahm, sei zu groß, argumentierte beispielsweise ihr erfahrener Kollege Peter, der ein Jahr vor der Pensionierung stand.

Reiner kniff kurz beide Augen zusammen, als Susann den Namen nannte. »Sie wurde auf den Bauch gestoßen, sodass sie ihren Peiniger nicht sehen konnte. Sie beschreibt ihn als kräftig und stark. Das interessanteste Merkmal, das sie uns nennen konnte, ist sein tierischer Gestank, wie sie es ausgedrückt hat.«

»Genauso beschreiben die anderen Opfer den Täter auch!« Susann schüttelte sich innerlich.

»Ja«, setzte Peter nach. »Und als der Kerl mit ihr fertig war, verschwand er sofort wieder.«

Susann konnte ihre Wut auf den Täter kaum verbergen. »Und ließ das arme Mädchen schwer verletzt mit ihrem getöteten Hund zurück.«

»Leider konnte der Landschaftsgärtner den Täter auch nicht beschreiben. Als er zum Tatort kam, war der schon längst weg.«

Frustriert strich Reiner sich mit der linken Hand über das Gesicht.

Peter blätterte in der Akte. »Animalischer Gestank. Hat das Mädchen es so ausgedrückt? Ich finde ihre erste Aussage gerade nicht.«

Susann beugte sich zu ihm hinüber. »Gleich hinter dem Arztbericht aus dem Krankenhaus. Da!« Sie legte ihren Zeigefinger auf das entsprechende Blatt.

»Hm«, machte Peter und überflog das Protokoll. »Da steht's: Es hat furchtbar gestunken. Wie damals im Affenhaus im Tierpark.« Fragend blickte er seine Kollegen an. »Wann stinkt man denn wie ein Affe?«

»Wenn man sich lange Zeit nicht gewaschen hat?«, schlug Susann vor.

»Oder wenn man als Tierpfleger noch seine Arbeitskleidung trägt«, ergänzte Reiner. »Wir suchen also eine starke männliche Person, die sich entweder nicht wäscht oder mit wilden Tieren arbeitet.«

Peter sah in die kleine Runde. »Wo findet man so eine Person?«

»Im Obdachlosenmilieu.« Susann sah ihre beiden Kollegen an.

»Im Tierheim oder im Tierpark«, ergänzte Peter.

»Okay. Dann teilen wir uns auf. Peter, du hörst dich in der Obdachlosenszene am Bahnhof um. Susann, du nimmst Kontakt zum Tierpark Gettorf auf und ich nehme mir das Tierheim Uhlenkrog vor. Vorher geben wir eine Pressemitteilung heraus.«

Reiner drückte auf den Knopf der Gegensprechanlage zur Sekretärin. »Katja, kommst du kurz mit dem Block rein bitte?«

»Gern.«

Zwei Minuten später erschien die junge elegant gekleidete Frau. Ihren Bleistiftrock glatt streichend, setzte sie sich zu ihnen an den Konferenztisch. »Kann losgehen.«

Unbeeindruckt von Reiners durchbohrendem Blick (er hatte den Vorfall mit dem Feuerzeug noch nicht überwunden), setzte sie eine durch und durch unschuldige Miene auf. Wer die

Sekretärin kannte, ließ sich durch ihr Puppengesicht nicht täuschen. Katja war scharfsinnig und durchsetzungsfähig, wie Reiner vor einigen Tagen zu seinem Leidwesen am eigenen Leib erfahren hatte.

»Wir geben eine zweite Pressemitteilung heraus. Schriftlich. Die Medien sollen noch mal über den Vorfall an der Moorteichwiese berichten. Keine weiteren Einzelheiten, außer dass der Täter einen animalischen Geruch an sich hatte. Vielleicht klingelt da bei jemandem ja etwas.«

»Geht klar. Und der Hund?«

»Nein. Darüber kein Wort. Das ist Täterwissen.«

Wortlos stimmten Susann und Peter ihrem Kollegen zu.

»Wird erledigt. Geht heute raus.« Damit erhob Katja sich und marschierte zum Ausgang.

Susann entgingen die Blicke ihrer männlichen Kollegen nicht, die den langen schlanken Beinen in Netzstrümpfen und High Heels folgten. Peter hatte unwillkürlich seinen Bauch eingezogen. Nun atmete er hörbar aus und sein Bauch spannte wieder unter seinem Hemd.

»Wie geht es Karin eigentlich?«, wandte sie sich schmunzelnd an ihren älteren Kollegen.

Der blinzelte kurz und sah sie entgeistert an. »Gut, Susann. Es geht uns gut.«

Susann war von seinem ernsten Ton überrascht und sah Reiner fragend an. Der senkte schnell den Kopf und sammelte die Papiere zusammen. »Dann gehen wir mal an die Arbeit.«

Damit erhoben die beiden Männer sich und gingen zur Tür. Einen ratlosen Augenblick später tat Susann es ihren Kollegen gleich.

DIENSTAG, 11. JUNI, NOCH 25 TAGE

Heike Wolf machte sich Sorgen. *Große* Sorgen. Ihre sonst so fröhliche Tochter aß kaum noch – außer Babygläschen –, sprach nicht mehr und verließ ihr Bett nur noch, um ins Bad zu gehen, jedoch nicht, um sich zu waschen; sie benutzte nur die Toilette.

Daran, sie zur Schule zu schicken, war überhaupt nicht zu denken. Händeringend hatten sie versucht, einen Therapieplatz zu bekommen, doch die Therapeuten waren für die nächsten sechs Monate ausgebucht. Nur war sich Heike inzwischen nicht mehr sicher, ob ihre Tochter noch so lange am Leben bleiben würde. Wenn sie nicht vorher verhungerte, lag es durchaus im Bereich des Möglichen, dass sie sich das Leben nahm. Sie hatte die Striemen auf den Armen ihrer Tochter bemerkt und recherchiert, was sie bedeuteten. Ritzen war der Ausdruck, den man für das, was ihr Mädchen tat, verwendete. Daraufhin hatte sie die Schere und andere scharfe Gegenstände aus Finjas Zimmer entfernt. Doch es war nur eine Frage der Zeit, bis diese sich unbemerkt ein Messer aus der Küche nehmen und *echte* Schnitte an den *richtigen* Körperstellen vornehmen würde.

Dann war da noch ihr kleiner Sohn, der seine Weltraumposter von den Wänden gerissen und alle Sammelfiguren weggeworfen hatte. Auch Basti ging nicht zur Schule. Er verbrachte seine Zeit damit, in seinem Zimmer schaukelnd auf dem Boden zu sitzen, die Arme um die Knie gelegt, vor, zurück, vor, zurück. Einige Male hatte er nachts eingenässt. Auch er benötigte unbedingt professionelle Hilfe (Tut mir leid, Frau Wolf, in sechs Monaten wäre etwas frei).

Zumindest war ihre Tochter nicht schwanger. Man musste für die kleinen Dinge dankbar sein.

Und ihr Mann? Vor lauter Hass war offenbar kein Platz mehr für Liebe und Fürsorge in seinem Herzen übrig geblieben. Wenn er zu Hause war – und das war immer seltener der Fall –, redete er über all die Qualen, die er dem *Arschloch, das seine Familie angegriffen hat,* zufügen werde, sollte er den Täter in die Finger bekommen. Heute früh hatte sie beim Aufräumen schon wieder leere Bierdosen hinter dem Sofa gefunden.

Doch das, was sie eben entdeckt hatte, machte ihr nicht nur Sorgen – *große Sorgen* –, es machte sie wütend.

Heute Nachmittag hatte sie Finja endlich dazu überredet, sich die Haare von ihr waschen zu lassen. Ihr schönes blondes langes Haar hing in verfilzten Strähnen auf ihre Schultern. Bald würden jede Menge Ungeziefer sich ihre Nester darin bauen, so viel war sicher. Also hatte sie sich ein Herz genommen, war in das Zimmer ihrer Tochter gegangen und hatte sie mit sanfter Gewalt ins Badezimmer geführt.

Dort hatte sie ihren abgemagerten Körper entkleidet und sie vorsichtig in die Wanne verfrachtet, wo Finja kauernd die Prozedur über sich ergehen ließ. Es dauerte eine Weile, dann war das Haar wieder sauber, wenn auch etwas stumpf, und sie half dem zarten Kind aus der Wanne heraus und wickelte es in ein großes Badetuch. Dabei fühlte sie sich mindestens acht Jahre zurückversetzt, in eine Zeit, in der ihre Tochter noch nicht zur Schule ging. So lange war es her, dass sie ihre Große gebadet und in Handtücher gehüllt hatte.

Tränen waren aus ihren Augen getreten und die Wangen hinuntergelaufen bei der Erinnerung. Denn wenn dieses Ritual sie auch an die alte Zeit erinnerte, unterschied es sich doch davon wie die Nacht vom Tag. Kein plapperndes Kind mit wachen Augen saß da vor ihr in ein Tuch gehüllt, sondern ein Haufen Knochen mit leblosen Augen.

Ihr war, als wäre ihre Tochter bereits tot.

Doch auch das war nicht der Anlass für ihre Wut. Es war die Strähne, die *fehlende* Haarsträhne.

Beim Kämmen war ihr aufgefallen, dass eine Strähne abgeschnitten worden war. Und es war der unerträgliche Gedanke daran, dass dieses Schwein einen Teil ihrer Tochter mitgenommen hatte, um sie auf diese Weise jeden Tag aufs Neue zu schänden.

Gesagt hatte sie nichts. Sie konnte sich im Gegensatz zu ihrem Mann beherrschen. Sie hatte einfach weitergemacht und ihre Tochter mit frischer Kleidung versorgt und anschließend ihr Haar geföhnt.

Erst danach ging sie zum Telefon und wählte Susann Greves Nummer.

MITTWOCH, 12. JUNI, NOCH 24 TAGE

Früh am nächsten Tag hatte Susann ihren Kollegen Reiner über den Anruf von Heike Wolf am Vorabend informiert. Sie war bereits zu Hause und gerade damit beschäftigt gewesen, die Kleider ihrer Tochter zu bügeln, als ihr Diensthandy geklingelt hatte. Normalerweise stellte sie den Ton auf lautlos, wenn sie nicht im Dienst war. In der heißen Phase einer Ermittlung gönnte sie sich diesen Luxus nicht. Es hatte eine Weile gedauert, bis sie aus den Wuttiraden der Frau am anderen Ende der Leitung schlau geworden war. Heike Wolf war einem Nervenzusammenbruch näher als nur nah, sodass sie sich ernsthafte Sorgen um sie machte. Sie brauchte mehrere Minuten, bis sie die verzweifelte Mutter wenigstens so weit beruhigen konnte, dass diese ihr von der fehlenden Haarsträhne zu erzählen vermochte.

Nach dem Telefonat war sie aufgewühlt im Zimmer auf und ab gegangen. An Bügeln war nicht mehr zu denken. Die verzweifelte, gleichzeitig auch mordlüsterne Stimme von Finjas Mutter klang in ihren Ohren nach, und sie vergewisserte sich mehrmals, dass ihre eigene Tochter wohlbehalten in ihrem Zimmer saß und sich ein Hörspiel anhörte.

Dann wollte sie Reiner anrufen und ihm die neue Information weitergeben. Doch sie fand nicht die Kraft, mit ihm zu telefonieren. So bewegt, wie sie von dem Gespräch mit Finjas Mutter war, würde sie womöglich nicht professionell klingen. Und Schwäche konnte man sich in diesem Job als Frau nicht leisten.

Deshalb hatte sie entschieden, ihren Kollegen erst heute Morgen darüber zu unterrichten. Reiner hatte daraufhin sofort Peter kontaktiert, und nun saßen sie zu dritt in dem Besprechungszimmer neben der Teeküche.

»Susann, kannst du Peter bitte erzählen, was du gestern von Heike Wolf erfahren hast?«

Susann sah ihren älteren Kollegen an. Peters Gesicht erinnerte sie an eine zerdrückte Alufolie, so zerknittert war es. Er hatte offensichtlich Sorgen, doch es brachte nichts, ihn danach zu fragen. Susann wusste, dass Peter nicht gern über Privates sprach.

»Okay. Frau Wolf hat gestern ihre Tochter gebadet. Finja geht es sehr schlecht. Sie machen sich große Sorgen um sie. Frau Wolf deutete sogar an, dass sie Angst davor habe, Finja könne sich etwas antun. Na ja«, Susann hielt einen Augenblick inne, als sie den ungeduldigen Ausdruck in Peters Gesicht sah. »Jedenfalls hat sie beim Föhnen ihres Haares entdeckt, dass ihr eine Haarsträhne abgeschnitten worden ist.«

»Nein.« Jetzt war Peter ganz bei der Sache. Er sah in die Runde. »Und? Wissen wir etwas von den anderen Opfern darüber?«

Reiner und Susann schüttelten gleichzeitig die Köpfe, Reiner antwortete:. »Ich habe die anderen Akten danach durchsucht. Es gab keinen Eintrag.« Er zog eine Augenbraue hoch und sah Peter fragend an.

Der verstand sofort und rechtfertigte sich auch sogleich. »Im Fall Mandy Klüver wurde in dieser Richtung nichts erwähnt.« Nach kurzer Überlegung räumte er ein, dass man ihm jedenfalls nichts dergleichen mitgeteilt habe.

Reiner wandte sich an Susann. »Du hattest seinerzeit doch das Mädchen befragt. Ich finde, du solltest der Familie nochmals einen Besuch abstatten und dich nach einer fehlenden Haarsträhne erkundigen.«

Obwohl nicht froh darüber, erkannte sie die Logik dahinter und erklärte sich einverstanden.

»Peter, du fragst bitte bei Opfer Nummer zwei nach, Charline Thomsen. Zwar wurde die Tat dort nicht zu Ende geführt, es kann ja trotzdem sein, dass der Täter sich ein Andenken mitgenommen hat.«

»Geht klar.«

»Ich übernehme dann Opfer Nummer drei, Lotta Lorenzen«, sprach Reiner und sah seine beiden Kollegen nacheinander an.

Diese waren in Gedanken bereits bei der unangenehmen Aufgabe, die ihnen bevorstand. Niemand wollte Wochen später die Opfer und ihre Angehörigen an die schrecklichen Momente erinnern, die sie durchlebt und mit Sicherheit noch lange nicht verarbeitet hatten; sofern dies überhaupt jemals in Gänze möglich war.

»Gut«, Reiner schlug sich mit beiden Händen auf die Oberschenkel, »dann machen wir uns an die Arbeit.« Daraufhin standen alle drei auf und machten sich auf den Weg zu ihren Büros.

Als Peter in sein Zimmer verschwunden war, griff Susann nach Reiners Arm. Der drehte sich zu ihr um. »Was ist denn mit Peter los?«, flüsterte Susann. »Der sieht ja wie ausgekotzt aus. So ganz bei der Sache scheint der mir auch nicht zu sein.«

»Der hat nur schlecht geschlafen«, wich Reiner aus. Peter hatte ihm strikt verboten, über dessen häusliches Problem zu sprechen, und Reiner wollte sein Vertrauen nicht missbrauchen.

Susann musterte ihren Kollegen einige Sekunden lang und musste einsehen, dass sie von ihm nichts erfahren würde. »Na, dann ist ja gut«, war ihre Reaktion. Dann bog sie rechts ab und öffnete ihre Bürotür.

Reiner blieb mit einem unbehaglichen Gefühl zurück. Er selbst wäre lieber offen damit umgegangen, doch da war nichts zu machen. Er hoffte nur, dass Peter sich entweder offenbaren oder Karins Zustand sich bessern würde. Letzteres war hingegen ein frommer Wunsch, wie ihm durchaus bewusst war.

*

Am späten Nachmittag erreichte Susann das Mehrparteienhaus in der Rendsburger Landstraße und parkte in der kleinen Privatstraße, die von der Hauptstraße abzweigte. Sie hatte sich vorher telefonisch davon überzeugt, dass jemand zu Hause war, ohne die Karten auf den Tisch gelegt zu haben.

Nach dem Klingeln musste sie nicht lange warten und die Tür wurde ihr von Andrea Klüver geöffnet, einer attraktiven Blondine, wären da nicht die tief eingegrabenen Falten um ihre Mundwinkel gewesen.

»Kommen Sie herein, Frau Greve. Mandy ist auch da. Sie kann sich noch gut an Sie erinnern. Sie mag Sie.«

Susann betrat einen fast quadratischen Flur, eher schon eine Diele. Eine alte, aufgearbeitete Kiefernkommode dominierte den Raum. Die Wände waren blassrosa gestrichen. Trotzdem wirkte der Flur nicht kitschig, sondern eher besonders, individuell. Malereien bedeckten die Wände. Den Signaturen konnte Susann entnehmen, dass Andrea Klüver die Künstlerin war. Die Frau hatte Talent! Jedenfalls nach Susanns bescheidener Vorstellung.

Frau Klüver bemerkte Susanns Blicke. »Die habe ich vor mehreren Jahren gemalt. Ich nenne sie meine ‚Helle Phase'.« Ein versonnenes Lächeln huschte über ihr Gesicht. Dann legte sich die Melancholie – Resignation – darüber.

»Folgen Sie mir bitte. Ich denke, wir gehen ins Wohnzimmer.«

Dort angekommen, war Susann sofort beeindruckt von den antiken Eichenmöbeln. Neben einem weinroten Sofa befand sich eine Vitrine mit geschliffenen Glastüren, hinter denen sich ein elfenbeinfarbenes Service präsentierte. An der gegenüberliegenden Wand stand ein Esstisch mit vier Stühlen und ein Bücherregal. Alles war dunkel gehalten. Einzige Farbtupfer bildeten die zahlreichen knallbunten Gemälde in unterschiedlichen Größen. Susann gefielen auch diese Bilder, obwohl sie sich in ihrer Art und Stimmung komplett von denen im Flur unterschieden.

»Meine bunte Phase. Darf ich Ihnen etwas zu trinken anbieten? Wasser? Kaffee? Tee? Saft?«

Susann schüttelte den Kopf. »Danke. Ich brauche nichts.«

»Gut. Dann sage ich Mandy Bescheid. Setzen Sie sich doch.«

Nachdem Mandys Mutter hinüber ins gegenüberliegende Zimmer gegangen war, setzte Susann sich an den Tisch und wartete. Sie konnte leise Stimmen hören, kurz darauf kam Andrea Klüver mit ihrer stark übergewichtigen Tochter zurück.

Susann war so erschrocken über den Anblick, der sich ihr bot, dass sie für den Bruchteil einer Sekunde ihre Mimik nicht im Griff hatte. Gott sei Dank hatte Mandy ihr Gesicht nicht sehen können, weil sie hinter ihrer Mutter herwatschelte. Schwerfällig setzte das Mädchen mit dem Doppelkinn sich ihr gegenüber. Sie lächelte Susann schüchtern an.

»Hallo, Mandy. Deine Mama hat mir erzählt, dass du dich noch an mich erinnern kannst.« Sie selbst hätte das Kind in einer Menschenmenge nie und nimmer mit dem einst zarten Teenager in Verbindung gebracht.

»Ja. Natürlich. Sie haben mich nach … nach der … Also, Sie haben mich damals befragt«, stieß Mandy schließlich hervor.

»Stimmt. Darf ich fragen, wie es dir geht?«

Mandys Mondgesicht verdunkelte sich, doch dann fand sie ihr Lächeln wieder. »Eigentlich ganz gut.« Sie sah auf ihre Wurstfinger, die sie auf den Tisch gelegt hatte und verlegen knetete. Ihre wabbeligen Arme quollen aus den kurzen Ärmeln ihres T-Shirts hervor. »Haben Sie ihn gefunden?« Ein Flüstern, kein Augenkontakt. Konzentriert blickte Mandy weiterhin auf ihre Hände.

Susann hatte diese Frage befürchtet. Aus welchem Grund sollte eine Polizistin die Familie eines Opfers nach einem Vierteljahr aufsuchen, wenn nicht, um zu verkünden, dass sie den Mann gefasst habe, der ihr Leben, wie sie es kannte, beendet hatte?

»Noch nicht. Es tut mir sehr leid. Doch wir sind dem Täter auf der Spur. Deshalb bin ich heute bei dir. Ich möchte dich und deine Mutter etwas fragen.« Sie blickte Frau Klüver an. Die sah gespannt von ihrer stehenden Position auf Susann hinab.

»Kannst du dich daran erinnern, dass dir nach der Tat eine Haarsträhne fehlte?«

Gespannt sah Susann die beiden an und war erstaunt über die so unterschiedlichen Reaktionen von Mutter und Tochter.

Frau Klüver schüttelte den Kopf, wohingegen Mandy sich die Hände vor den Mund hielt und sie entsetzt anstarrte, während sie langsam den Kopf auf und ab bewegte. Überrascht sah Andrea Klüver zu ihrer Tochter hinüber.

»Ich habe es gleich am nächsten Tag bemerkt, als ich mich geduscht habe.« Sie griff sich an das mittlerweile kurz geschnittene weißblonde Haar und sah ihre Mutter an. »Ich habe es nicht erzählt, weil ich es vergessen wollte, Mama.«

Andrea Klüver eilte mit zwei großen Schritten zu ihrer Tochter und beugte sich über sie. Sie hielt den Berg von einem Körper in ihren zierlichen Armen und wiegte ihre Tochter zärtlich hin und her. Ihre Augen richtete sie dabei auf Susann. »Finden Sie den Mistkerl!«, raunte sie ihr zu.

»Genau das habe ich vor«, versprach Susann. Dann stand sie von ihrem Stuhl auf, bedankte sich und verließ das Wohnzimmer. »Ich finde allein hinaus.«

Die Tür von Mandys Zimmer stand offen. Im Vorbeigehen konnte Susann unzählige Chipstüten und Schokoladenpapier auf dem Boden verteilt sehen. Plötzlich fehlte ihr die Luft zum Atmen und fast fluchtartig verließ sie die Wohnung. Sie versprach sich, alles zu tun, um den Mann zu kriegen, der dies zu verantworten hatte.

DONNERSTAG, 13. JUNI, NOCH 23 TAGE

Das Ziehen war wieder da. Als würden ihm tausend elektrische Impulse von den Lenden bis zum Hals durch den Körper jagen. Ganz ähnlich dem Schmerz, den er als Junge beim Wettpinkeln mit seinen Freunden an den Elektrozaun verspürt hatte.

Noch war es ein weit entferntes Signal, das ihn dazu brachte, rastlos im Zimmer auf und ab zu tigern.

Doch es würde stärker werden und dann musste er sich darum kümmern.

Jetzt zog dieses Ziehen ihn in sein Arbeitszimmer. Zu seinem Regal.

In dieser Phase half dies, damit das Ziehen abklang.

Für eine kurze Weile jedenfalls.

Sie standen auf dem zweitunteren Regalboden, von seinem Bürosessel verdeckt. Er hatte fast nie Besuch, nur wenn doch … Sie waren nicht für fremde Augen bestimmt.

Langsam schob er den Stuhl zur Seite. Er stellte sich vor, er würde den Vorhang einer Theaterbühne aufziehen. Und da saßen sie! Mit unanständig gespreizten Beinen.

»Na, na, na, ihr bösen Mädchen!« Nachsichtig lächelnd streckte er seine Hand nach der Barbiepuppe ganz links in der Reihe aus und strich über ihr blondes Haar. »Mandy«, flüsterte er heiser und zupfte ihren Jeansrock glatt.

Dann liebkoste er die blonde Puppe in einem geblümten Sommerkleid neben ihr. »Lotta, schönes Kind.«

Als sein Blick auf die neueste Puppe fiel, verwandelte das Ziehen sich endgültig in ein frenetisches Kribbeln, ganz ähnlich dem schönen Schmerz eines wackelnden Milchzahns, an dem er als Kind so lange gewackelt hatte, bis er sich endlich vom Zahnfleisch löste.

»Finja, Finja, Finja.« Die Puppe war inzwischen in Jeans und Sweatshirt gekleidet, ihr langes blondes Haar hing in Wellen herab und sie blickte ihn geradewegs aus ihren toten Puppenaugen an.

Genug! Er zog die Schreibtischschublade auf und vergewisserte sich, dass die neueste Puppe dort lag, bereit, von ihm neu erschaffen zu werden. Er wusste auch schon, wer sie werden würde. Behutsam nahm er sie heraus, beschriftete sie mit ihrem Namen und setzte sie ins Regal zu den anderen. Dann schloss er die Lade und ging ins Badezimmer. Er musste sich um seinen Milchzahn kümmern.

*

Zur selben Zeit saßen die Soko-Ermittler in Reiners Büro. Es war bereits später Nachmittag und die Sonne strahlte ungewöhnlich warm durch die großen Fenster. Reiner war mit seinem Bürosessel zu dem kleinen Tisch neben der Tür gerollt, an dem Peter und Susann auf bunten Plastikstühlen saßen. Gerade hatte Susann von ihrem Besuch bei Mandy Klüver am Vortag berichtet und auch die sichtbaren Schäden an deren Seele nicht ausgelassen.

Betroffen sahen die beiden Männer auf ihre Unterlagen, die sie auf dem kleinen Tisch ausgebreitet hatten.

Als ob sie die Lösung für Mandys Problem dort finden würden, schoss es Susann durch den Kopf. Doch sie wollte nicht ungerecht sein. Ihr wäre es genauso gegangen. *Schließlich sind es ebenfalls Männer,* überlegte Susann, *möglicherweise fühlt man sich da manchmal kollektiv schuldig, einfach nur, weil man das Geschlecht mit dem Täter teilt.*

Reiner räusperte sich kurz und sah dann auf. »Das ist traurig. Noch ein Grund mehr, dem Schwein das Handwerk zu legen.«

»So einer darf sich gar nicht als ‚Mann' bezeichnen. ‚Krankes Arschloch' ist meiner Meinung nach der passendere Ausdruck«, warf Peter nachdrücklich ein.

»Um es kurz zu machen«, Reiner sah seine Kollegen nacheinander an, »auch Lotta Lorenzen war eine Haarsträhne abgeschnitten worden. Ärgerlich ist der Umstand, dass die Eltern dies wohl auch weitergegeben hatten. Nur wurde es nicht in der Akte vermerkt.«

»Schlampige Arbeit.« Peter klang mehr als nur verärgert, fast schon verächtlich. Reiner gab ihm da recht.

»Kann man wohl nicht anders sagen.«

»Vielleicht auch Schwangerschaftsamnesie«, versuchte Susann die düstere Stimmung ein wenig aufzuhellen.

»Damit kenne ich mich nicht aus«, gab Peter schroff zurück, was ihm einen irritierten Blick seines Teamleiters einbrachte. »Jedenfalls wurde Charline Thomsen keine Strähne abgeschnitten«, fuhr Peter ungerührt fort.

»Dann ist die Haarsträhne also eine Trophäe für den Vollzug der Vergewaltigung«, überlegte Reiner laut.

»Ja. Der Überfall an sich hat für den Täter nicht dieselbe Bedeutung. Dafür gibt es sozusagen keine Belohnung«, setzte Susann den Gedanken fort.

»Oder er belohnt sich für das Töten des Hundes? Das ist hier ja auch nicht geschehen«, warf Peter ein.

Doch Susann schüttelte den Kopf. »Nein. Ich glaube, der tote Hund stimuliert ihn. Würde es nur darum gehen, einen Hund zu töten, bräuchte er doch nicht auch noch das Mädchen zu vergewaltigen.«

»Ich stimme Susann zu«, meldete Reiner sich zu Wort. »Würde er dann nicht eher ein Souvenir von dem Hund mitnehmen?«

Das leuchtete Peter ein. »Du hast recht. Ihm geht es um die Vergewaltigung. Die Unterwerfung des Opfers.«

»Er sucht sich junge Mädchen und Kinder aus, weil er die leichter überwältigen kann.«

»Gut, Susann! Er hat vielleicht ein Problem mit erwachsenen Frauen. Vielleicht ist er schüchtern, sieht unappetitlich aus oder hat Angst vor Frauen?« Reiners Verstand arbeitete jetzt auf Hochtouren. Sein Gehirn griff nach einem kleinen Zipfel von etwas, das sich nicht aus seinem Versteck ziehen ließ.

»Vielleicht ist er selbst noch gar nicht viel älter als seine Opfer?«, schlug Susann vor.

»Nein. Dafür wäre er zu kräftig. Alle Opfer beschreiben ihn als schwer und stark«, widersprach Peter. » Er könnte der Adoleszenz gerade entwachsen sein«, schlug er vor. »Anfang, Mitte zwanzig?«

»Auf jeden Fall unter dreißig«, brachte Reiner beides auf einen Nenner.

»Ja, das könnte passen«, stimmte Susann ihm zu. Dann sah sie auf die Uhr. »Mist! Ich muss Mirja vom Hort abholen. Ist es okay, wenn ich mich auf den Weg mache?«

»Na klar, wir sind ja eigentlich fertig«, gab Reiner ihr grünes Licht, und Susann erhob sich von ihrem Platz.

»Tschüs, ihr zwei, bis morgen.«

Die beiden Männer winkten ihr kurz zum Abschied, um sich dann ihrem Gespräch zu widmen. *Als hätten sie nur darauf gewartet, dass ich gehe,* überlegte Susann und fühlte sich plötzlich merkwürdig ausgeschlossen.

FREITAG, 14. JUNI, NOCH 22 TAGE

Es war ein verregneter Abend nach einem regnerischen Tag und Irina hatte es sich mit einem Glas Wein im Wohnzimmer gemütlich gemacht. Für die Eingewöhnung des kleinen Felix hatte sie sich extra eine Woche Urlaub genommen. Nun hatte sie nur noch zwei freie Tage vor sich. Die wollte sie noch genießen. Sie stand vom Sofa auf und ging zum Zimmer ihrer schlafenden Tochter.

Die Kinderzimmertür stand einen Spaltbreit offen, sodass Irina sich an der harmonischen Szene erfreuen konnte, die sich ihr dort bot. Klara lag seitlich in ihrem Bett, neben ihr der kleine Hund. Er hatte sich eingerollt und genoss sichtlich, von ihrer Tochter im Schlaf umfasst zu werden. Seit fast einer Woche gehörte der flauschige Hund mit den Schlappohren zu ihrer kleinen Familie, und Irina hatte das Gefühl, als würde er bereits seit Ewigkeiten bei ihnen sein. Klara konnte gar nicht genug kriegen von ihrem neuen Freund und sie ließ es sich nicht nehmen, ihn unter Irinas Aufsicht zu füttern und abends zu bürsten.

Wenn es nach ihrer Tochter ginge, wäre sie auch allein mit Felix Gassi gegangen, das ließ Irina indes nicht zu. »Ich komme mit. Du darfst Felix zwar an die Leine nehmen, und wenn ein anderer Hund kommt, übernehme ich!«, hatte sie gleich zu Beginn klargestellt und ihrer aufgeweckten Tochter auch die Gründe mitgeliefert. »Man weiß nie, ob die Hunde sich verstehen, und wenn es zu Streitigkeiten zwischen Felix und einem anderen Hund kommt, kannst du ihn nicht beschützen.«

Außerdem wollte sie ihre kleine Tochter auf gar keinen Fall allein in den Grünanlagen herumwandern lassen. Zwar hatte sie schon frühzeitig damit begonnen, Klara vor Fremden zu warnen. Doch sie wusste auch, dass kein Kind widerstehen konnte, mit jemandem mitzugehen, wenn der es nur mit den richtigen Mitteln locken würde. Irina war sich darüber hinaus der Schönheit ihrer Tochter bewusst, schließlich wurde sie fast tagtäglich mit den Reaktionen der Leute auf Klaras Erscheinung konfrontiert.

Vorsichtig schloss sie die Zimmertür und setzte sich wieder ins Wohnzimmer. Dort lief gerade eine Sondersendung zu den Vergewaltigungsfällen im Kieler Westen.

»… dass inzwischen drei weitere Taten mit dem Täter in Verbindung gebracht werden. Auch die anderen Opfer wurden am helllichten Tag überfallen. Konkreter wollen die Beamten aus ermittlungstaktischen Gründen nicht werden. Erstmals wird ein wichtiges Tätermerkmal bekannt gegeben. So hätten alle Opfer übereinstimmend angegeben, dass der Täter einen starken Wildtiergeruch ausströme. Die Kripo Kiel bittet daher die Bevölkerung um Mithilfe. Falls Ihnen in letzter Zeit eine Person besonders aufgefallen ist, auf die diese Beschreibung passt, melden Sie sich bitte bei einer Polizeidienststelle, der Kripo Kiel oder wählen Sie den Notruf.«

Dann wurde die Telefonnummer der Kriminalpolizei eingeblendet.

Irina starrte wie gebannt auf die Mattscheibe. »Mannomann«, entfuhr es ihr. »Da läuft ein Monster herum! Die armen Kinder!«

Sie nahm sich fest vor, ihre Kleine keine Sekunde aus den Augen zu lassen, und zwar so lange, bis der Scheißkerl gefasst war.

*

Entgeistert starrte er auf den Fernseher. Sie sprachen über ihn! ÜBER IHN! Vor lauter Enthusiasmus lief er in seinem kleinen Zimmer auf und ab. Wildtiergeruch, hatten sie gesagt. Jaa, der Schimpanse war ein wildes Tier! Wild, ungebändigt und frei! Kaum einer wusste, dass der Allesfresser sogar andere Affenarten jagte und fraß. Das lag in seiner Natur, genau wie in seiner eigenen. Unwillkürlich verfiel er in den typisch schleichenden Gang, der sonst nur seiner Pirsch vorbehalten war. Geduckt schritt er mit vorgerecktem Kinn mit großen Schritten langsam aus. Setzte vorsichtig einen Fuß vor den anderen. Dann blieb er plötzlich wie angewurzelt stehen. Sie hatten nicht alles berichtet! Kein Wort über die Köter! Ja, waren sie denn blind? Dann beruhigte er sich wieder. Er würde ihnen die Augen schon öffnen! Bald.

SAMSTAG, 15. JUNI, NOCH 21 TAGE

Schmutzig war das vorherrschende Gefühl. Cindy stieg aus der Dusche. Ihre Haut war krebsrot und kribbelte von dem heißen Wasserstrahl, unter dem sie gestanden hatte. Wie lange? Sie war sich nicht sicher. Eine ganze Weile. Sie hatte ihr blondes Haar und ihren schlanken Körper mehrmals shampooniert und abgeseift. Die Haut an ihren Fingern war schrumpelig. Trotzdem fühlte sie sich beschmutzt.

Sie nahm das flauschige Badetuch vom Haken, das sie vor fünf Wochen von ihren Eltern zum fünfundzwanzigsten Geburtstag bekommen hatte, zusammen mit weiteren passenden Dusch-

und Handtüchern. Diese waren keine Supermarktware. Sie hüllte ihren Körper in den weichen Stoff und nahm sich ein weiteres Handtuch, das sie sich um ihren Kopf schlang.

Der Spiegel war beschlagen, doch sie traute sich nicht, das Fenster des Badezimmers zu öffnen, obwohl ihre kleine Wohnung im zweiten Stock lag. Mit dem kleinen Tuch, das sie zum Trocknen des Waschbeckens benutzte, wischte sie den Spiegel frei, was gar nicht so einfach war, da er abermals von Neuem beschlug. Schließlich öffnete sie die Badezimmertür, sodass der Dampf endlich aus dem Bad entweichen konnte. Langsam bildete sich ihr Spiegelbild. Große, erschrocken blickende blaue Augen sahen sie an. Von ihrem Make-up war nichts mehr übrig.

War das jetzt ihr neues Ich? War sie ab heute Nacht keine junge Frau mehr, sondern ein Opfer?

Cindy studierte ihr Gesicht im Spiegel und es gefiel ihr nicht, was sie da sah. Sie hatte gewöhnlich zu den starken Mädchen gehört, die sich nichts sagen ließen, die ihren eigenen Weg gingen. Doch dieses verschreckte Reh, das ihr aus dem Spiegel entgegenblickte, passte überhaupt nicht zu dem Bild, das sie bisher von sich selbst gehabt hatte.

Sie widerstand dem Impuls, noch einmal zu duschen, denn sie wusste ja, dass sie diese Art von Dreck nicht mit Wasser und Seife bekämpfen konnte. Stattdessen ging sie in ihr Schlafzimmer, nahm sich einen frischen Schlafanzug aus dem Schrank und zog ihn an. Anschließend zog sie ihr Bett ab und stopfte das Bettzeug zusammen mit dem schwarzen Minikleid in die Waschmaschine.

Nachdem sie die Matratze umgedreht und ihr Bett neu bezogen hatte, setzte sie sich auf den Bettrand und nahm ihr Handy vom Tischchen daneben. Mit ihren Fingern wanderte sie bereits über die Kontakte, um ihre Eltern, ihre Schwester oder ihre beste Freundin Lina anzurufen. Dann hielt sie inne. Wenn sie auch nur einer dieser Personen von heute Nacht erzählte, würde sie für sie zum Opfer werden. Womöglich würden sie ihr Vorwürfe machen, weil sie einen Fremden mit nach Haus genommen hatte.

Oder dafür, dass sie ein Minikleid getragen hatte. Behutsam legte sie ihr Handy wieder auf den kleinen Beistelltisch, der ihr als Nachttisch diente.

Sie ließ diesen Samstagabend im Club Revue passieren, um herauszufinden, an welcher Stelle sie den Fehler begangen hatte. Doch da war kein Warnsignal aufgeleuchtet. Nichts hatte darauf hingedeutet, dass der gut aussehende Typ, der mit seinen beiden Freunden am Tresen gesessen hatte, *anders drauf war.* Sie hatten zu sechst einen super Abend gehabt. Cindys Gedanken gingen bis zu dem Moment zurück, als die Gruppe sich aufzulösen begann. Sie hatten alle draußen vor dem Club gestanden und noch miteinander gequatscht, wie man es tat, wenn man schon ziemlich betrunken ist. Als sie sich voneinander verabschiedeten, war Cindy diejenige, die ihm anbot, noch mit zu ihr zu kommen. Ja, sie hatte es gewollt. Sie wollte Sex mit diesem höflichen und witzigen attraktiven Mann. Es war auch nicht das erste Mal, dass sie einen Abend auf diese Weise ausklingen ließ. Sie war nicht auf der Suche nach einem festen Freund. Sie wollte sich einfach amüsieren. Bisher war das nie ein Problem gewesen.

In ihrer Wohnung angekommen, verlief zunächst auch alles wie geplant. Sie hatten noch einen Absacker getrunken und waren dann ziemlich schnell auf ihrem Bett gelandet. Dann hatte sie sich von ihm befreit und vor seinen Augen ausgezogen. Sie hatte eine kleine Show hingelegt, von der sie wusste, dass sie bei den Männern gut ankam. Als sie nackt war, hatte sie sich auf ihn gesetzt. Sie war mehr als bereit für das, was nun folgen würde. Doch es kam ganz anders.

Aus fahrigen, erhitzten Bewegungen und Berührungen wurde plötzlich grobes Drücken ihrer Brüste. Zuerst hatte sie es auf seine Erregtheit zurückgeführt und lachend darauf hingewiesen, dass er ruhig langsam machen solle.

Bei der Erinnerung an das, was dann geschah, schloss sie die Augen. Tränen der Scham sammelten sich darin.

Seine Stimme hatte sich irgendwie verändert. Sie war rau und viel tiefer, als er ihr *befahl,* sich auf den Bauch zu legen. Sie mochte es normalerweise von hinten, etwas in seiner Stimme – sie klang beinahe *raubtierhaft* – machte ihr jedoch Angst und sie schüttelte den Kopf. Selbst dann hatte sie noch versucht, die inzwischen bedrohliche Situation durch Lachen und Scherzen zu entschärfen. Da packte er sie und drehte sie gewaltsam herum. Wehrlos war sie ihm nun ausgeliefert. Bei dem Gedanken daran fingen Cindys Zähne unkontrolliert zu klappern an.

Unwillkürlich fasste sie sich an den Kopf, dorthin, wo die Kopfhaut brannte, weil er ihr ein Haarbüschel ausgerissen hatte. Sie erhob sich und suchte mit den Augen den Boden ab, doch auch unter dem Bett fand sie es nicht wieder. Hatte er es mitgenommen? Bei dem Gedanken wurde ihr schlagartig schlecht. *Beruhige dich! Es gibt für alles eine plausible Erklärung,* mahnte sie sich. Sie wusste aus Erzählungen ihrer Freundinnen, dass gar nicht wenige Männer in Ekstase grob wurden. Fast jede Frau hatte danach schon einmal Haare auf dem Laken gefunden.

Sie fühlte hinein in ihren Unterleib. Keine Schmerzen! Natürlich nicht, sie war ja schließlich bereit gewesen.

Spitz wie Nachbars Lumpi! Und nur weil es etwas aus dem Ruder gelaufen ist, sitzt du hier und heulst! Diese Stimme tat ihr gut und sie horchte weiter in sich hinein. *Was glaubst du denn? Dass du fremde Männer mit zu dir mitnehmen und glauben kannst, sie würden stets nur nach deinen Regeln spielen?* »Nein, natürlich nicht«, antwortete Cindy laut. Und dann: »Cindy Gruber, du bist *nicht* vergewaltigt worden. Es ist nur ein bisschen aus dem Ruder gelaufen. Ihr hattet beide zu viel getrunken und jetzt bist du *überempfindlich.*« Es war eine große Erleichterung, ihre eigene Stimme so fest und selbstsicher im Raum zu hören. Sie war kein Opfer. »Und ich bin auch keine Mimose.« Langsam fühlte sie sich besser, *sicherer.*

Sie ging in ihre kleine Küche, um sich ein großes Glas Wasser einzugießen. Als sie ein Glas aus dem Oberschrank über der Spüle nahm, fiel ihr Blick auf den Zettel, der neben dem Becken lag. Sie griff langsam danach. Dann zog sie ihre Hand schnell wieder zurück. Er hatte seine Handynummer darauf geschrieben. Mit einem Geschirrtuch nahm sie das Blatt vorsichtig auf und trug es mit ausgestrecktem Arm zum Mülleimer. Sie betätigte den Fußhebel und der Deckel klappte hoch. Sie ließ den Zettel auf die blonde Haarsträhne fallen, die zuoberst lag.

Sie schwor sich, niemandem von ihrem Erlebnis zu erzählen. »Vergiss es einfach«, war der Rat, den sie sich selbst gab.

Dann trank sie ihr Wasser und kroch unter ihre Decke. Doch erst als es hell wurde, schlief sie endlich ein.

SONNTAG, 16. JUNI, NOCH 20 TAGE

Am Sonntagmorgen saßen Susann, Reiner und Peter mit Kaffee und Brötchen im Besprechungszimmer des 12. Dezernats.

Sie hatten sich für heute verabredet, da sie alle drei während der Woche einfach zu sehr mit ihren Ermittlungen und dem damit verbundenen Bürokram beschäftigt gewesen waren. Es war wichtig, sich noch einmal mit allen vier Fällen auseinanderzusetzen, um eventuell bisher nicht erkannte Verbindungen oder Hinweise aufzudecken.

Reiner stand gerade auf und stellte sich an die Wand, an der neben den Porträts der Opfer ein Kieler Stadtplan hing. Die Tatorte waren mit Nadeln und Datumsaufklebern vermerkt. »Also, wie besprochen: Wir tun kurz so, als würden wir die Opfer, Tatorte und Taten zum ersten Mal besprechen. Nichts wird vorausgesetzt, keine Vermutung als zu abwegig abgetan.« Er sah in zustimmende Mienen, und nach einem Moment wandte er sich der Karte zu und zeigte auf den Russee. »Hier wurde am zweiten März unser erstes Opfer überfallen, Mandy, zwölf Jahre alt.«

Er nahm eins der vier Fotos von der Wand und klebte es an die entsprechende Stelle auf dem Plan.

»Ein ausgesprochen hübsches Kind«, bemerkte Peter.

»Stimmt«, pflichtete Susann ihm bei. »Wie auch die anderen drei. Alle Mädchen sind blond und auffallend schlank.« Wenn von der Schönheit des Mädchens auch nicht mehr viel übrig geblieben war, wie Susann im Stillen hinzufügte.

»Und alle waren in einem der Parks im Kieler Westen unterwegs«, konstatierte Peter.

»Und zwar tagsüber«, betonte Reiner. Er zeigte auf Mandy. »Sie war Gassi mit dem Familienhund – wie hieß er noch gleich?«

Susann blätterte in der Akte und zog das Foto eines Terriers mit durchgeschnittener Kehle hervor. »Jerry.« Sie reichte das Bild an Reiner weiter, der es zu Mandys Foto heftete.

»Selbe Vorgehensweise wie bei Opfer Nummer vier«, ergänzte er.

»Finja, meinst du.« Susann blickte ihrem Kollegen ins Gesicht, doch der verzog keine Miene, sondern griff sich ein zweites Foto und heftete es zu einer weiteren Nadel auf dem Stadtplan.

»Nummer zwei, Charline, acht Jahre. Sie war am sechsten April auf dem Weg zum Abenteuerspielplatz hinter ihrem Elternhaus. Kein Hund. Hier hat der Täter sein Werk nicht zu Ende gebracht.«

Reiner las kurz in der Akte.

»Das Kind wurde von hinten angegriffen und hinter ein Gebüsch gezerrt. Dort warf sich der Täter von hinten auf das Mädchen. Ihr Mund wurde ihr zugehalten. Doch dann ließ er von ihr ab und verschwand unerkannt.«

Susann dachte an ihre eigene Tochter, die in diesem Moment hoffentlich sicher bei ihren Großeltern spielte. Mirja war im selben Alter wie Charline. An den Schmerz, den die Familie zu ertragen hatte, mochte sie gar nicht denken.

»Dem Kind wurde auch keine Haarsträhne abgeschnitten. Ich bin trotzdem nach wie vor der Meinung, dass wir es hier mit demselben Täter zu tun haben.« Reiner vergewisserte sich durch einen kurzen Blick auf seine beiden Kollegen, dass sie der gleichen Meinung waren.

Als beide zustimmend nickten, fuhr er fort: »Wir wissen nicht, weshalb er von ihr abließ. Wurde er gestört?«

Peter unterbrach ihn: »Vielleicht fehlte ihm auch etwas für seine Stimulation.«

»Was Charline von seinen anderen Opfern unterscheidet, ist, dass sie keinen Hund dabeihatte«, warf Susann ein.

Peter grunzte. »Ein Hund zur Stimulation?«

Reiner sah ihn an. »Wir haben schon Perverseres erlebt. Ich erinnere dich nur an den *Arienkiller*.«

»Herrje!«, entfuhr es Susann. Natürlich erinnerte auch sie sich an den Frauenmörder, der seine Opfer vor der Tat Volkslieder singen ließ und dabei filmte. Überführt hatten sie ihn schließlich, weil er seine Filme ins Netz gestellt hatte.

»Drittes Opfer«, fuhr Reiner fort und nahm das letzte Foto eines blonden Mädchens mit langen Haaren in die Hand. »Lotta, zehn Jahre. Sie ging am vierten Mai mit ihrem Hund Rocky am Mühlenteich spazieren.«

»Das Gelände kenne ich«, bemerkte Peter. »Dort befindet sich der Schützenverein. Liegt zwischen Hassee und Russee.«

Reiner kannte den Ort. Auch er war schon einmal dort gewesen. »Gleiche Vorgehensweise. Hund mit durchschnittener Kehle im Gebüsch und das Mädchen hinterrücks überfallen.«

Susann reichte ihm das Bild des kleinen Mischlingshundes. Beide Fotos fanden ihren Platz auf dem Stadtplan.

»Wie kann unser Täter eigentlich so unverhofft auftauchen und sofort wieder verschwinden?«, stellte Peter die Frage, die sie alle schon lange beschäftigte. »Ich meine, jedes Mal ist das Gelände an sich gut einsehbar und wir reden hier ja nicht von einsamen Gegenden. Da laufen doch ständig Leute lang.«

»Und dann ausschließlich tagsüber«, überlegte Susann.

»Und was wir unbedingt im Hinterkopf behalten müssen, stets an einem Samstag«, fügte Peter hinzu.

»Dann hat er frei!«, betonte Susann. »Wahrscheinlich ist er also berufstätig.«

Peter hatte den Kalender in seinem Handy geöffnet und starrte auf die Daten, etwas übersahen sie. Na klar!

»Es ist nicht nur irgendein Samstag!«, rief er, »Es ist jedes Mal der erste Samstag im Monat!«

Entgeistert öffneten Susann und Reiner ihre eigenen Kalenderapps.

»Du hast recht, Peter!« Reiner war wie vor den Kopf gestoßen. »Wie konnte uns das denn bis jetzt entgangen sein?«

Susann sah von ihrem Kalender auf. »Wenn er sein Muster beibehält, dann …«

»Schlägt er am sechsten Juli wieder zu«, beendete Peter ihren Satz.

»In drei Wochen.« Reiner sah seine Kollegen an.

»Es nützt ja nichts, Reiner«, bemerkte Susann. »Lass uns einfach weitermachen. Was vermuten wir über den Täter?«

Reiner kratzte sich seinen Dreitagebart. »Der Täter sieht unauffällig aus und er ist stark, wie wir dank Finjas Aussage wissen.«

»Er macht Sport«, mutmaßte Peter.

»Ein Jogger?«, schlug Susann vor.

»Oder ein Radfahrer«, ergänzte Reiner. »Nur, wie passt das zu dem Wildtiergeruch?« Reiner wandte sich an seine Kollegen. »Was haben eure Ermittlungen eigentlich ergeben?«

Peter und Susann wechselten einen kurzen Blick und Susann bedeutete Peter, dass er den Anfang machen sollte.

»Zunächst habe ich die Kollegen von der Bundespolizei am Bahnhof befragt. Die waren sehr kooperativ und haben sofort einen Angestellten von der DB-Sicherheit hinzugezogen. Ihr wisst ja, dass die genau im Bilde sind über die ganzen Alkis und Flaschensammler, die sich im Bahnhof herumtreiben.«

»Stimmt. Die wissen über ihre Pappenheimer Bescheid«, gab Reiner ihm recht.

»Da gibt es den Russen.« Peter blätterte durch seine Notizen. Er war noch vom alten Schlag und benutzte einen Notizblock für seine Befragungen, wenn er unterwegs war. »Bin noch nicht dazu gekommen, meine Aufzeichnungen zu übertragen«, entschuldigte er sich bei Reiner.

Der wusste, dass sein älterer Kollege auf Kriegsfuß mit der Digitalisierung stand.

»Hier steht's. Nennt sich Igor, heißt eigentlich Stanislaw Kolkowitz. Und er ist auch kein Russe, sondern Pole. Mit dem gibt's wohl ständig Ärger, weil er trotz Platzverweis wiederholt im Bahnhof auftaucht, meist besoffen und aggressiv.«

»Und, hast du ihn befragen können?«, wollte Reiner wissen.

»Nee. Der war die letzten zwei Wochen ausnahmsweise mal nicht auf dem Bahnhofsgelände. Ich habe die Kollegen von der Bundespolizei darum gebeten, sofort Bescheid zu geben, sowie er wieder auftaucht. Die Sicherheitsleute von der Deutschen Bahn wissen auch Bescheid.«

»Hast du die Alkis auf dem Bahnhofsvorplatz schon befragt?«

»Bei dem Wetter gerade?« Peter sah seinen jüngeren Kollegen konsterniert an und zeigte auf die regennassen Fensterscheiben. Seit Freitag hatte es fast ununterbrochen geregnet.

»Da hocken die Brüder sicher nicht im Regen auf dem Vorplatz. Laut Wetterbericht soll es ja morgen trocken werden, dann mache ich mich auf den Weg.«

»Okay, Peter. Dann hast du ja genügend Zeit, deine Aufzeichnungen ins System zu übertragen.«

Susann nahm Reiners leicht gereizten Unterton wahr, den Peter mit einem genervten Augenrollen konterte.

»Gut, ähm. Dann knüpfe ich da mal an.« Auffordernd blickte sie die beiden Streithähne an, um sich deren Aufmerksamkeit zu sichern.

»Ich habe mit der Tierparkleitung telefoniert. Die waren natürlich nicht gerade erfreut darüber, dass wir auch in ihrem Umfeld nach dem Vergewaltiger suchen. Wir wurden gebeten, diskret vorzugehen. Die wollen schlechte Publicity vermeiden, schließlich zählen zu ihren Hauptbesuchern ja nun mal Kinder. Gestern habe ich dann eine Liste mit allen männlichen

Mitarbeitern erhalten. Ich werde morgen damit anfangen, die zu befragen.«

»Vor Ort oder hier?«, wollte Reiner wissen.

»Erst mal werde ich zum Tierpark fahren. Sollte sich jemand verdächtig machen, wollte ich ihn vorladen.«

»Klingt gut«, fand Reiner. »Genau so bin ich im Tierheim auch vorgegangen. Die Gruppe von Festangestellten besteht nur aus ein paar Leuten, darunter nur zwei Männer. Schwieriger sieht es bei den Ehrenamtlichen aus. Die Hundeausführer, die Katzenstreichler, die …«

»Vogelfütterer«, unterbrach Peter ihn grinsend. »Und so weiter und so weiter. Die brauchen wir doch alle gar nicht.«

»Stimmt«, pflichtete Susann Peter bei. »Wir suchen doch nach jemandem, der stinkt wie ein wildes Tier. Also können wir uns doch auf die Leute konzentrieren, die die Hundeboxen säubern, zum Beispiel.«

»So schlau war ich auch schon!« Reiner war heute irgendwie schlecht drauf, wie Susann fand.

»Leider sind die Tätigkeitsbereiche nicht sonderlich streng voneinander getrennt. Dazu ist der Laden zu klein. Es kommt hin und wieder vor, dass ein Hundeausführer auch die Boxen säubert, oder so. Jedenfalls warte ich noch auf eine entsprechende Liste. Sobald die vorliegt, knöpfe ich mir die Leute dort vor.«

»Gut. Dann ist die Sitzung heute wohl geschlossen. Ich wünsche euch noch einen schönen Restsonntag.« Schnaufend hievte Peter sich aus seinem Stuhl.

»Peter, du hast hier noch zu tun, schon vergessen?« Mit diesen Worten zeigte Reiner auf einen der Computerplätze.

Peters Gesicht versteinerte sich schlagartig. Susann konnte die Ader an seiner Stirn pochen sehen. Kein gutes Zeichen, dann lächelte er Reiner süffisant an und nahm vor dem Bildschirm Platz.

»Muss scheiße sein, wenn man keine anderen Hobbys hat. Bis morgen, Kleiner.«

Bebend vor Zorn nahm Reiner seine Lederjacke vom Stuhl und verließ grußlos den Raum.

»Peter, musste das nun sein?«, wies Susann ihren Kollegen zurecht.

Der ließ sich nicht umstimmen. »Ja, Susann. Das musste sein. Der soll sich nicht als Chef aufspielen, nur weil er die Ermittlungen leitet.«

»Das macht er doch auch gar nicht«, widersprach Susann ihm. »Hast du nicht gemerkt, wie schlecht der heute drauf war? Irgendwas ist bei ihm los.«

»Mir egal. Jeder von uns hat seine Probleme zu Hause. Die bleiben gefälligst auch da und werden nicht mit ins Präsidium genommen. Basta.« Womit ihr erfahrener Kollege auch wieder recht hatte, wie Susann zugeben musste.

»Stimmt auch wieder, Peter. Na dann, dir auch noch einen schönen Sonntag – später dann«, fügte sie schmunzelnd hinzu.

»Ich dich auch«, kam die Antwort dann auch prompt, von einem Luftkuss begleitet. Irgendwie fand Susann, dass Peters Frau Karin es gar nicht schlecht getroffen hatte.

*

Eine halbe Stunde später erreichte sie das Haus ihrer Eltern und parkte den Wagen in der Einfahrt hinter deren Kombi. Es hatte gerade wieder zu regnen begonnen, weshalb sie davon ausging, dass Mirja nicht im Garten spielen würde. Sie klingelte deshalb an der Haustür, anstatt den Weg durch den Garten zu nehmen. Drinnen bellte Pascha, die französische Bulldogge ihrer Eltern.

Kurz darauf öffnete Susanns Vater die Tür. »Na, da bist du ja schon.« Ihr Vater drückte sie kurz an sich und trat dann zur Seite, um sie in den kleinen Flur eintreten zu lassen.

Dies war ihr Elternhaus, hier war sie aufgewachsen. Es war ein bescheidenes Haus auf einem großen Grundstück. Heutzutage würde man sicher das Dreifache zahlen als vor rund vierzig Jahren, als Susanns Eltern sich im Kieler Stadtteil

Hasseldieksdamm niedergelassen hatten. Die Wohngegend war inzwischen immer beliebter geworden. Wie auch Russee, war es ein grüner Stadtteil, der jedoch nah am Citti Park lag, dem beliebten Einkaufszentrum in Hassee, und auch eine gute Busanbindung in die Innenstadt hatte.

Schlagartig wurde Susann sich der Nähe zu den Tatorten ihres aktuellen Falles bewusst.

Nachdem sie ihre Schuhe ausgezogen und die Sommerjacke abgelegt hatte, betrat sie das Wohnzimmer, wo ihre Eltern saßen und ihre Mutter gerade *Vier gewinnt* mit ihrer Enkelin spielte. Beide waren hoch konzentriert, weshalb die Begrüßung durch ihre Tochter eher verhalten ausfiel.

»Hallo, Mama! Ich hab grad keine Zeit«, setzte Mirja sie in Kenntnis, »aber du darfst dich gern zu uns setzen.«

Schmunzelnd blickte Susanns Mutter kurz auf. »Vorher könntest du dir noch einen Kaffee aus der Küche holen.«

»Gern doch«, entgegnete Susann lachend. » Dann möchte ich kurz etwas mit euch besprechen.«

Nachdem sie sich und ihren Eltern Kaffee eingeschenkt hatte, setzte sie sich zu ihnen an den Esstisch.

Abwartend sah ihr Vater sie an. »Geht es um die Arbeit?« Damit meinte er, ob es einen veränderten Dienstplan gäbe, denn dann müssten er und seine Frau ihre Termine neu abstimmen, damit die Beaufsichtigung ihrer Enkelin gewährleistet war.

Susanns Ex-Mann stand nur selten zur Betreuung zur Verfügung, da er nicht mehr in Kiel lebte. Nach der Scheidung vor zwei Jahren war er mit seiner hochschwangeren Geliebten nach Hamburg gezogen.

»Der Dienst steht noch, Papa. Es geht irgendwie schon um die Arbeit.« Zögernd sah sie ihre Eltern an. Nun hatte sie auch die volle Aufmerksamkeit ihrer Tochter. »Hört mal, ihr drei. Wie ihr ja vielleicht in den Medien schon mitgekriegt habt, wurde letztens ein junges Mädchen überfallen«, setzte sie an.

Ihre Tochter unterbrach sie. »Das war im Fernsehen! Ein wilder Mann hat das gemacht!«

Liebevoll strich ihre Oma ihr über das blonde Haar. »Kein wilder Mann, mein Schatz. Ein Mann, der wie ein Wildtier gerochen hat.«

»Genau darum geht es«, nahm Susann den Faden wieder auf. »Dieses Mädchen war nicht das einzige Opfer und die Tatorte liegen alle in dieser Gegend hier.« Sie machte eine ausladende Geste.

»Na ja, soweit ich es mitbekommen habe, war das an der Moorteichwiese«, mischte ihr Vater sich ein. »Das ist ja doch eine ganze Ecke weit weg.«

»So weit weg von euch ist das gar nicht. Versprecht mir nur, dass ihr Mirja nicht allein vor die Tür lasst. Auch nicht, um mit Pascha die Straße rauf und runter zu gehen.«

Ihre Eltern sahen sich kurz an.

»Hör mal«, wagte ihr Vater sich vor, »hier ist doch noch nie etwas passiert. Ständig sind hier Leute unterwegs, Nachbarn, Menschen, die wir kennen. Meinst du nicht, dass du etwas übertreibst?«

Bevor Susann etwas einwenden konnte, sprach er hastig weiter. »Susann, du hast tagtäglich mit Verbrechen zu tun. Deshalb denkst du, dass überall ständig Gefahren lauern. Mirja ist hier sicher bei uns, glaub uns das.«

Susann seufzte. Sie verstand ihre Eltern. Sie wusste ja selbst, dass sie manchmal übervorsichtig agierte. Dieses Mal lag der Fall jedoch anders.

»Mama, Papa. Dieses Mal müsst ihr mir vertrauen. Es ist zurzeit gefährlich für junge Mädchen, allein unterwegs zu sein, glaubt mir das. Passt auf Mirja auf, noch mehr als sonst. Bitte!«

Beklommen sahen Susanns Eltern zu Boden. Nach einer kurzen Pause lenkte ihre Mutter schließlich ein. »Wenn es dir so wichtig ist, dann werden wir uns natürlich daran halten.«

Da sprang ihre Tochter auf. »Ich lass mich doch nicht wie ein kleines Kind behandeln!«, rief sie empört und stampfte mit beiden Füßen auf. »Ich will Inliner fahren! Ich will zum Kiosk an der Ecke gehen und ich will mit Pascha rausgehen!«

Zornig rannte ihre Tochter aus dem Raum, stampfte die Treppe nach oben und schlug die Tür ihres Kinderzimmers wütend hinter sich zu.

Betreten sahen die drei Erwachsenen sich an.

»Ich werde den Typen so schnell wie möglich fassen!« Mit diesem Versprechen machte Susann sich auf den Weg in den ersten Stock zu ihrer achtjährigen blonden Tochter.

*

»Das find ich schwer in Ordnung von dir, Kalle. Lässt mich bei dem Scheißwetter in deine Bude. Schwer in Ordnung. Ehrlich!« Jürgen war frühmorgens an diesem Sonntag bei Karl aufgekreuzt und hatte mit einer Flasche Korn wedelnd um Einlass gebeten.

Normalerweise nahm Karl keine Leute mit in seine Wohnung. Schon gar keine Alkis aus der Bahnhofszene. Jürgi war hingegen ein netter Kerl. Der würde ihm schon nichts klauen. Und es goss in Strömen, was für einen auf Platte zur echten Herausforderung werden konnte.

»Ist schon okay, Jürgi, alter Kumpel.« Karl hatte es sich auf seiner Matratze bequem gemacht. Jürgen saß in Unterwäsche an der Heizung, an der seine Klamotten zum Trocknen hingen. Er nahm noch einen großen Schluck aus der Kornflasche, die er mitgebracht hatte, und reichte sie an Karl weiter.

»He, ist ja schon fast alle«, bemerkte der und schüttelte die Flasche leicht hin und her.

Jürgen wurde plötzlich unruhig. »Ey, Alter, gib her. Der letzte Schluck ist für mich!«

Doch Karl sah das gar nicht ein. Schließlich bot er Jürgi gerade Asyl, oder wie das hieß. Da konnte der ruhig etwas großzügiger sein. Mit diesem Gedanken setzte er schnell die Flasche an den Mund und trank sie in gierigen Schlucken aus.

»He! Du Arschloch!« Jürgen rappelte sich so schnell auf, wie es ihm in seinem Zustand gerade möglich war, und warf sich auf Karl, der die Flasche mit ausgestrecktem Arm fernhielt von diesem undankbaren Mistkerl, der jetzt auf ihm lag und brüllend nach der Flasche angelte. Schnell ließ Karl die Flasche los, die von der Matratze auf den Linoleumboden rollte. Fluchend ließ Jürgen von ihm ab und krabbelte zu seiner Flasche. Heulend vor Wut setzte er sie an und leckte die letzten Tropfen Alkohol vom Flaschenhals.

»Du verficktes Arschloch!« Fast gekränkt sah Jürgen Karl an, die leere Flasche Korn fest an sich gedrückt. »Du hast es ja nur auf den Stoff abgesehen! Und ich dachte, du wärst mein Freund!«

Sein Gegenüber nahm gar keine Notiz mehr von Jürgen, sondern saß mit dem Oberkörper vor- und zurückschaukelnd auf seiner Matratze und murmelte vor sich hin. Seine Augen starrten dabei auf einen Punkt in weiter Ferne, den Jürgen nicht ausmachen konnte.

Vorsichtig robbte er an seinen Widersacher heran. Nun konnte er einzelne Worte verstehen.

»Was soll der Scheiß?« Verunsichert entfernte Jürgen sich von der Matratze. »Wer soll sterben? Was für ein Kind denn? Mannomann, damit will ich nichts zu tun haben. Du bist ja irre, Mann!« Schlagartig war Jürgen stocknüchtern. Schnell griff er sich seine Klamotten von der Heizung, zog sich die noch feuchten Sachen über und verließ fluchtartig die Wohnung. Die leere Flasche Korn ließ er da.

Die Stimmen hatten sich wieder in Karls Kopf gemeldet. Seit seiner ersten Begegnung mit dem Kind vor der Bäckerei in Russee suchten sie ihn regelmäßig heim. Karl hatte in den letzten Wochen fast täglich den Weg dorthin eingeschlagen, nur um das Kind noch einmal zu sehen. Zweimal hatte er das Mädchen ausfindig machen können. Sie hatte einen kleinen Hund an der Leine durch die Grünanlagen geführt. Beide Male war sie in Begleitung ihrer Mutter gewesen. Eine Weile war Karl ihnen in sicherem Abstand gefolgt. Daher wusste er nun auch, wo die Kleine wohnte. Doch in Begleitung eines Erwachsenen war das

Mädchen sicher und Karls Stimmen hatten ihm deshalb befohlen, weiter abzuwarten.

Nun saß er auf seiner Matratze und hielt sich die Ohren zu, obwohl das gar nichts nützte. Um die Stimmen zur Ruhe zu bringen, konnte er nur eins tun: gehorchen. »Schon gut, schon gut«, versuchte Karl, den Lärm in seinem Kopf zu dämpfen. »Ich gehe ja schon. Ich finde, ich beobachte, ich sammle.«

Ächzend erhob er sich und schwankte zur Tür. Dort hob er seine Jacke vom Boden auf und zog sie über. Dann schlüpfte er in seine Schuhe und verließ seine Wohnung.

Draußen holte er sein Fahrrad hinter dem Haus hervor und machte sich auf den Weg nach Russee. Die Stimmen hatten recht gehabt: Der Regen ließ gerade nach und in der Ferne konnte er schon einen Streifen blauen Himmel sehen.

»Nach so vielen Stunden Regen wollen kleine Mädchen sicher raus zum Spielen«, murmelte Karl vor sich hin, »oder mit dem Hündchen Gassi gehen. Ich bin da, hübsches Kind, hab keine Angst!«

Lächelnd trat er in die Pedale.

*

Endlich kam die Sonne raus! Adrian fiel bereits die Decke auf den Kopf. Er hasste diese faulen Sonntage, an denen man nicht richtig rauskonnte. Da half es auch nichts, dass er den halben Nachmittag damit verbracht hatte, seine Lieblingsserie auf Netflix zu Ende zu sehen. Jetzt musste er nach draußen, sich bewegen, frische Luft schnappen. Kurz entschlossen zog er sich seine Laufsachen an und verließ seine Wohnung.

Beim Joggen konnte Adrian am besten abschalten. Als er aus dem Haus trat, sah er zuerst zur Bäckerei auf der gegenüberliegenden Straßenseite. Das tat er ganz automatisch, seit er vor einiger Zeit dem kleinen Mädchen im roten Kleid begegnet war. Er hatte genau vor Augen, wie die Kleine diesem Penner fast ins Rad gelaufen wäre. Instinktiv wusste Adrian, dass von dem Kerl eine Gefahr ausging.

Jetzt am späten Sonntagnachmittag war die Bäckerei geschlossen. Locker trabend setzte er sich in Bewegung. Automatisch schlug er den Weg in die Grünanlagen hinter seinem Wohnblock ein. Manchmal konnte er dort den Reiher am Seeufer stehen sehen. Einmal saß ein Eisvogel über der Au auf einem herüberhängenden Ast auf der Lauer nach einem vorbeischwimmenden Fisch. Jetzt duftete der Sandweg nach Sommer. Die Feuchtigkeit verdampfte, während die Sonne ihre warmen Strahlen auf die Erde schickte. Adrian lief am Abenteuerspielplatz vorbei, der noch verwaist auf Kinder wartete. In der nächsten Stunde würden sich Jungen und Mädchen dort einfinden, um Fußball zu spielen, zu schaukeln oder zu klettern. Manchmal spielten sie auch Verstecken in den Büschen, die den Spielplatz vom Gehweg trennten. Adrian mochte Kinder. Leider hatte er wenig Glück mit dem anderen Geschlecht.

In Gedanken durchlebte er den gestrigen Abend im Club. Er war mit Cemal und Flo in der Bergstraße verabredet gewesen, um zu trinken und den Weibern beim Tanzen zuzugucken. Schon nach kurzer Zeit erweckten die drei jungen attraktiven Männer die Aufmerksamkeit einer Mädchengruppe. Kurzerhand gesellten sich drei der Mädchen zu ihnen an den Tresen. Sie waren schon ziemlich angetrunken und dementsprechend enthemmt, sodass es Adrian und seinen Freunden leicht gemacht wurde, ihnen auf die Pelle zu rücken. Schnell fand die Hand den Weg zum Po und wurde auch nicht weggeschoben. Die Jungs bestellten nacheinander drei Runden Tequila und gingen mit auf die Tanzfläche, wo sie den Mädchen noch näherkommen konnten. Der Abend verlief super, das konnte man nicht leugnen.

Bei der Erinnerung an das, was danach geschah, wechselte Adrian automatisch vom lockeren Trab in ein schnelleres Tempo.

Sein Mädchen, an ihren Namen erinnerte er sich nicht, hatte ihm angeboten, noch einen Absacker bei ihr zu trinken. Adrian fand sie sehr hübsch. Ihm gefielen ihr blondes Haar und ihre langen Beine, weshalb er gern mit ihr mitgegangen war. Wie erwartet, waren sie dann auch in ihrem Bett gelandet. Die Kleine hatte eine richtige Show für ihn abgezogen, sodass er richtig scharf geworden war und es ihr dann auch so richtig besorgt hatte. An alles, was er mit ihr angestellt hatte, konnte er sich nicht mehr erinnern, nur dass sie am Schluss ganz schön fertig war. Er hätte sie liebend gern wiedergesehen, weshalb er ihr seine Handynummer dagelassen hatte, doch bisher hatte sie sich nicht bei ihm gemeldet. Nicht mal eine kurze WhatsApp hatte sie ihm geschickt.

So lief es irgendwie ständig. Ins Bett gingen sie gern mit ihm, danach dann Funkstille.

In derartige Gedanken vertieft, war Adrian in einen Sprint verfallen. Überrascht stellte er kurz darauf fest, dass er wieder an seinem Wohnhaus angekommen war.

Als er die Haustür aufschloss, bemerkte er auf der gegenüberliegenden Straßenseite Klara mit ihrem Hund Felix. Fröhlich hüpfte sie auf dem Gehweg entlang und plapperte irgendetwas vor sich hin. Als sie Adrian entdeckte, winkte sie ihm freundlich zu und er erwiderte ihren kindlichen Gruß. Kurz überlegte er, ihr etwas zuzurufen, als ihre Mutter um die Ecke kam.

»Warte, Klara!«, rief sie ihrer Tochter zu. »Nicht so schnell!« Dabei folgte sie dem Blick ihrer Tochter, doch da war Adrian bereits in der Haustür verschwunden.

*

Karls Suche nach Pfandflaschen und anderem verwertbaren Kram war einigermaßen erfolgreich verlaufen. Wäre er im Besitz einer Uhr gewesen, hätte er ablesen können, dass er seit zwei Stunden unterwegs war, als er in Russee ankam. In der Ferne sah er einen Jogger auf einen der Hauseingänge zulaufen.

Karl erkannte den Typen aus der Bäckerei sofort wieder. Aus sicherer Entfernung beobachtete er, wie dieser die Haustür aufschloss, als im selben Moment die Tür gegenüber geöffnet wurde und das Mädchen mit ihrem Hund an der Leine herausgelaufen kam. Karl konnte sehen, wie sie dem Mann auf der anderen Straßenseite zuwinkte und dieser den Gruß erwiderte.

»*Gefahr!*«, schrie es in seinem Kopf und Karl musste beide Augen zusammenkneifen, so laut und schmerzhaft brüllte es in ihm.

»Stille! Stille!«, murmelte er in dem Versuch, die Stimmen zum Schweigen zu bringen.

In diesem Moment kam die Mutter des Kindes aus der Haustür gelaufen. Sie warf einen kurzen angewiderten Blick auf den Flaschensammler, der mit geschlossenen Augen vor sich hin murmelte, und rief schnell ihre Tochter zu sich. Ein ekelerregender Gestank wehte zu ihr herüber.

Was machen solche kranken Typen eigentlich hier?, fragte Irina sich. Der Gestank war geradezu übelkeitserregend! »Klara, warte auf mich! Ich will auf keinen Fall, dass du noch einmal ohne mich aus dem Haus rennst. Hörst du!«

Klara gehorchte auf der Stelle ob des scharfen Tons, den ihre Mutter angeschlagen hatte, und rannte zu ihrer Mami zurück. Die ergriff Klaras Hand und gemeinsam überquerten sie mit Felix die Straße am Zebrastreifen.

»Klara, ich will, dass du erst durch die Haustür und auf die Straße gehst, wenn ich mit dir im Treppenhaus bin. Im Moment laufen hier zu viele schlechte Menschen herum. Hörst du?«, setzte Irina ihre Rede in einem versöhnlicherem Tonfall fort.

»Ja, Mami.« Klara wusste eigentlich gar nicht, was ihre Mutter für ein Problem hatte. Noch vor Kurzem durfte sie allein zum Bäcker gehen. Sie war doch auch schon ein paar Mal ohne ihre Mama auf dem Spielplatz hinter dem Haus gewesen. Fragend sah sie zu ihrer Mutter hoch. »Woran erkennt man denn einen schlechten Menschen? Und was tut der denn?«

Was sollte Irina ihrer fünfjährigen Tochter nur darauf antworten? Einerseits wollte sie ihr natürlich keine Angst einjagen. Andererseits musste sie ihr klarmachen, dass es wichtig war, Fremden gegenüber misstrauisch zu sein. Klara war viel zu zutraulich. Sie hatte als Mutter die leidige Pflicht, ihr Kind zu beschützen, auch wenn es bedeutete, dass es ein Stück Kindheit und Unbeschwertheit dadurch verlor.

Sie marschierten den Sandweg an der Au entlang und Felix schnüffelte an jedem Maulwurfshügel.

»Das ist es ja, Klara«, hob Irina an. »Man kann einen schlechten Menschen nicht von einem guten Menschen unterscheiden. Deshalb musst du sehr vorsichtig sein, wenn du zum Beispiel einem fremden Menschen begegnest.« Sie überlegte einen Moment. »Ein schlechter Mensch kann ganz lieb aussehen und dir zum Beispiel Naschi schenken oder dir seine Kaninchen zeigen oder so. Wenn du darauf reinfällst, dann tut er dir vielleicht ganz doll weh und lässt dich nie mehr zu Mama zurück.«

Erschrocken blickte ihre kleine Tochter zu ihr auf. » Warum machen schlechte Menschen das denn?«

»Tja, Mäuschen, das weiß niemand so genau.«

Mutter und Tochter setzten ihren Weg schweigend fort. Irina war in Gedanken bei Pawel, der in drei Wochen ein Wochenende lang auf Klara aufpassen sollte, weil sie selbst mit ihrer besten Freundin Albina einen Trip nach Hamburg machen wollte. Es wäre das erste Mal, dass Klaras Vater ganz allein die Verantwortung für seine Tochter übernehmen würde. Irina hoffte, dass er daran denken würde, Felix zu füttern und mit ihm Gassi zu gehen.

Ihr Ex-Freund war ein lieber und gutmütiger Mensch, doch es mangelte ihm an Verantwortungsgefühl. Die meiste Zeit saß er in seiner Bude und sah fern oder spielte irgendwelche Computerspiele. Bisher traf er seine Tochter entweder bei Irina oder seinen Eltern. Im Grunde genommen verhielt er sich seinem Kind gegenüber eher wie ein großer Bruder oder der lustige Onkel. Klara liebte ihren Papi. Mit ihm konnte sie spielen wie mit einem guten Freund. Doch wenn es darum ging, sie zu Bett zu bringen oder zu entscheiden, ob sie dies oder jenes durfte oder nicht, hielt sie sich an ihre Mutter. Es war ja nur eine Übernachtung, redete sie sich ein. Irgendwann musste Pawel doch auch einmal die Chance bekommen, seine Vaterrolle wahrzunehmen. Allzu große Sorgen um Klara machte sie sich dennoch nicht, so selbstständig, wie ihre Kleine schon war. Und für den Notfall war Pawels Mutter eingeweiht. Da konnte Irina sicher sein, dass die Oma die ganze Aktion überwachen würde. Die kannte schließlich ihren Sohn.

Klara hatte die Worte ihrer Mutter nicht verstanden. Einen Fremden stellte sie sich als schwarzen Schatten vor, eine diffuse Gestalt ohne Gesicht. Sie hatte noch nie einen Fremden gesehen. Gerade wollte sie ihre Mutter danach fragen, als Felix plötzlich zu bellen anfing.

Erschrocken sahen sie sich um. Niemand zu sehen.

»Felix!«, rief Irina. »Hör schon auf! Da ist doch nichts!«

»Bestimmt ist ein Tier ins Gebüsch gelaufen, Mama. Sieh mal, da bewegt sich doch was.« Klara zeigte auf ein ausgedehntes Gebüsch hinter ihnen. Als Irina dorthin sah, war jedoch alles wieder ruhig und auch Felix hatte sich beruhigt und setzte seinen Weg mit der Nase auf dem Boden fort. »Komm, Felix! Lass uns rennen!«

Lachend sah Irina ihrer Tochter nach, wie sie mit ihren Zwergenschritten den Sandweg entlangrannte, begleitet von einem kleinen braunen Hund, der begeistert an ihr raufsprang.

*

In sicherem Abstand war Karl ihnen ein Stück gefolgt und nach einer Weile hatten die Stimmen sich wieder beruhigt. Er wusste, dass er für heute nichts ausrichten konnte. Deshalb beschloss er, noch ein paar Flaschen zu sammeln.

»Eintauschen geht heute nicht«, überlegte er laut. »Ist ja Sonntag. Morgen, da geht's. Dann kauf ich mir neue Zigaretten.«

Er stieg wieder auf sein Fahrrad, um zum Bahnhof zu fahren. Dort standen andauernd irgendwelche leeren Flaschen herum. Dummerweise war die Konkurrenz dort auch sehr groß. Karl hoffte einfach, dass der verrückte Russe nicht da wäre. Der konnte ziemlich unangenehm werden, wenn man ihm in die Quere kam.

Vor drei Wochen waren sie wegen ein paar Flaschen aneinandergeraten. Karl hatte einen ganzen Plastikbeutel voll mit Dosen und Flaschen vor einem Mülleimer auf dem Bahnhofsvorplatz stehen sehen und war hastig darauf zugefahren, als er den Russen wie einen Verrückten die Rolltreppen im Bahnhof runterrennen sah. Der war stockbesoffen, was ihn jedoch nicht daran gehindert hatte, Karl im vollen Lauf und pöbelnd ins Rad zu laufen – mit voller Absicht. Karl war vom Rad geflogen und konnte von Glück sagen, dass sein kostbares Rad keinen Schaden genommen hatte.

Der Russe hatte ihn angeschrien, er solle die Finger von dem Sack nehmen. Doch das hatte Karl gar nicht eingesehen. Er wusste, dass dieser Beutel keinesfalls dem Russen oder irgendeinem anderen Flaschensammler gehören konnte, denn niemals hätte einer von ihnen so etwas Wertvolles einfach so rumstehen lassen.

So war es zu einer Rangelei zwischen ihm und dem Russen gekommen, bei der sie beide auf dem Boden gelandet waren und unbeholfen miteinander rangen. Schließlich hatte der Russe Karl ins Gesicht gebissen. Karl hatte vor Schmerz und Wut laut aufgeheult. Im selben Moment hatten die Stimmen zu schreien angefangen, sodass Karls Kopf zu platzen gedroht hatte. Er hatte mit seiner großen Pranke ausgeholt und dem Scheißkerl die Faust ungebremst an die Schläfe gehauen. Der hatte daraufhin beide Augen verdreht und war wie ein nasser Sack in sich zusammengefallen. Karl hatte sich schnell aufgerafft, den Beutel gegriffen und sich zügig vom Acker gemacht, bevor die Bullerei noch auf den Plan kam.

Seitdem hoffte er, den Russen lange nicht zu treffen, aus Angst, dass der sich an den Vorfall erinnern und vorhaben könnte, mit Karl ein Hühnchen zu rupfen.

»Jürgi will ich auch nicht treffen«, überlegte er laut. Inzwischen war er in die Saarbrückenstraße eingebogen.

Ein paar Jugendliche bemerkten den Penner, der Selbstgespräche führte. »Hey, Alter!«, machten sie sich über Karl lustig.

»Jürgi will dich bestimmt auch nicht treffen!« Laut lachend sahen sie dem Penner auf dem mit Blumen dekorierten Rad nach.

Karl nahm die beiden Jungen und das Mädchen mit dem Nasenring gar nicht wahr. Er gehörte schon lange nicht mehr zur Gesellschaft. Es juckte ihn kein bisschen, was andere Menschen von ihm hielten. Er musste nur seinen Stimmen gehorchen, um sie in Schach zu halten. Ansonsten würde sich ihr Geschrei weiter steigern, was ihm nur allerschlimmste Kopfschmerzen bereiten würde.

Am Bahnhofsvorplatz angekommen, gesellte er sich zu einer kleinen Gruppe von Männern unterschiedlichen Alters, die gerade eine Wodkaflasche herumreichten.

»Hey, Kalle!«, begrüßte ihn ein junger Punk, der mit seinem Pitbullterrier in der lockeren Runde stand.

»Moin, Eddie«, erwiderte Karl den Gruß. »Hast du Tabak da? Bin komplett blank.«

»Klar, Alter. Hier.« Eddie reichte Karl das Päckchen *Schwarzer Krauser*. »Sag mal«, begann er zögernd, »was war das denn heute mit dir und Jürgi? Der ist ja völlig von der Rolle.«

Kurz hielt Karl darin inne, sich seine Zigarette zu drehen. »Wieso? Was hat er denn gesagt?«

»Dass du komplett durchgedreht bist, Mann!«, rief ein Mittdreißiger dazwischen. Konrad war früher einmal Banker gewesen bei ebender Bank, vor deren Filiale sie sich gerade aufhielten. Nach seiner Scheidung war er in die Alkoholsucht gerutscht und hatte schließlich seine Arbeit und seine Wohnung verloren. Wer seine Geschichte nicht kannte, hätte nie vermutet, dass er einmal studiert hatte. Außerdem würde man Konrad auf mindestens Anfang fünfzig und nicht erst vierunddreißig schätzen.

»Der Idiot«, murmelte Karl. »Wollte sich aufwärmen, ohne mir von seinem Alkohol abzugeben. Stinkstiefel, der!«

»Davon hat er gar nichts erzählt, nur dass du was von toten Kindern gefaselt hast.«

»Das Kleid so rot, das Kind so tot!«, äffte Konrad, oder Conni, wie er in der Szene genannt wurde, Jürgen in einem hohen

Singsang nach. »Was soll das denn bedeuten, hä?« Fragend sahen sie Karl an.

Der hatte seine Fassung wiedergefunden und zündete sich seine Zigarette an. Er holte einmal tief Luft und blies den Rauch in einer langen Fahne aus. »Das denkt der sich doch aus. Der ist doch nur sauer, weil ich ihn rausgeschmissen hab.«

Betreten sahen die anderen sich an. Keiner glaubte, dass Jürgen ihnen vorhin etwas vorgemacht hatte. Dafür war er viel zu aufgeregt, richtig verstört gewesen. Doch es wollte sich auch niemand mit Karl anlegen. Es kursierten einfach zu viele Geschichten über den komischen Kauz, der fast zwei Meter groß war und mindestens hundert Kilo wog. Wenn der eigentlich so gutmütige Einzelgänger doch mal ausrastete, so hieß es, machte er keine Gefangenen. Also widersprach ihm lieber keiner.

»Jo«, beendete Eddie dann auch schnell das Thema, »so ganz nüchtern war der alte Saufkopp auch nicht mehr. Ist Richtung Gaarden, um seinen Rausch in der Bude auszuschlafen.«

»Bude« nannten die Obdachlosen die Gartenlaube auf einem Gartengelände, das die Stadt Kiel der Alkiszene zur Verfügung gestellt hatte, damit sie sich nicht mehr auf dem Vinetaplatz in Gaarden herumtrieben. Der Nachteil an dem Standort war jedoch die fehlende Nähe zu einem Laden, in dem man Nachschub bekam.

Hier auf dem Bahnhofsvorplatz ging man einfach zum Lebensmittelgeschäft im Bahnhof und besorgte sich neuen Alkohol, wenn die Flasche leer war. Dort hatte man sich auch bereits auf diese spezielle Kundschaft eingerichtet, sodass es stets irgendein günstiges Angebot an Schnaps und Bier gab. Die Flasche Wodka, die gerade die Runde machte, hatte Konrad vor ein paar Minuten für weniger als sieben Euro gekauft.

Karl zog ein letztes Mal an seiner Selbstgedrehten und nahm die Flasche von Eddie entgegen. Nach einem langen Schluck reichte er sie an einen jungen Rumtreiber, dessen Name ihm entfallen war, weiter. »So, Jungs, ich mach mich dann mal wieder auf den Weg. Ist der Russe schon aufgekreuzt?«

»Nee, der hat sich hier schon länger nicht mehr blicken lassen. Es heißt, die Bullen sind hinter ihm her.« Der Herumtreiber grinste vielsagend bei seinen Worten. »Kannst in Ruhe deine Flaschen sammeln, Al…«

Weiter kam er nicht, weil Karl mit seiner Pranke dessen dürren Hals gepackt hielt und fest zudrückte. »Sprich nicht mit mir, du Wichser!«

Mit weit aufgerissenen Augen bekam dieser ein kleines Nicken zustande. Die anderen sahen betreten zu Boden. Sollte der Neue doch seine eigenen Erfahrungen in der Szene machen. Nun bekam er eben eine Lektion erteilt: Finde deinen Platz in der Hackordnung.

So plötzlich, wie Karl zugegriffen hatte, ließ er ihn schon wieder los. Würgend und hustend drehte der junge Mann sich von der Gruppe weg. Schnell riss Karl ihm die Flasche Wodka aus der Hand. Er nahm einen weiteren tiefen Schluck, reichte die Flasche an Eddie weiter und machte sich ohne einen weiteren Gruß auf den Weg in die Bahnhofshalle. Wenn er Glück hatte, würde er in den Abfalleimern ein paar Dosen und Flaschen finden, bevor die Sicherheitskräfte der Deutschen Bahn ihn verjagen würden.

Die zurückbleibende Gruppe atmete kollektiv aus, und das nicht nur wegen der brenzligen Situation, in der sie sich gerade befunden hatten. Wenn Kalle in der Nähe war, atmete man automatisch auf Sparflamme, wie Eddie es einmal ausgedrückt hatte.

»Wie kann man 'ne Bude haben und trotzdem stinken wie ein Affe?«, fragte er sich gerade wieder einmal laut.

»Echt, Alter!«, meldete der Neue sich zu Wort. Dann wechselte die Flasche ihren Besitzer erneut und man ging wichtigeren Themen nach.

MONTAG, 17. JUNI, NOCH 19 TAGE

Wie vorausgesagt, war das Wetter am Montag wieder sonnig. Am späten Sonntagnachmittag war die Sonne herausgekommen und hatte sich bis dato nicht wieder hinter Wolken versteckt. Der Himmel war blau und die Luft klar.

Peter saß an seinem Schreibtisch und übertrug die Daten seiner letzten Befragungen ins System. Was Reiner ihm gestern aufgetragen hatte, interessierte ihn herzlich wenig. Kurz nachdem Susann sich von ihm verabschiedet hatte, war auch er losgefahren. Dementsprechend früh war er hingegen heute Morgen an seinem Arbeitsplatz erschienen. So ganz wollte er es sich mit Reiner dann doch nicht verderben. Gerade hatte er die letzten Worte ins System gehackt, als sein Teamleiter auch schon eintrudelte.

»Moin, Peter. Willst du 'nen Kaffee? War bei Starbucks.«

»Gern. Danke dir.« Peter nahm den Pappbecher mit einem kurzen Lächeln entgegen. Das war Reiners Art, sich für seine schlechte Laune am Vortag zu entschuldigen, und er nahm diese versöhnliche Geste gern an. »So gegen elf mach ich mich auf den Weg zum Bahnhof. Dann sollten die Brüder dort eingelaufen sein.« Vorsichtig nahm er einen Schluck, der Kaffee war zwar nicht mehr sonderlich heiß, trotzdem schmeckte er ausgezeichnet.

»Milch und viermal Zucker«, bemerkte Reiner.

»Perfekt«, erwiderte Peter anerkennend.

Einträchtig ihren Kaffee trinkend, hing jeder seinen Gedanken nach, als sich die Bürotür ein weiteres Mal öffnete und Susann ihren Kopf hindurchsteckte. »Guten Morgen, die Herren!«, rief sie betont fröhlich. »Haben wir denn alle gut geschlafen?«

Die beiden Herren der Schöpfung sahen ihre Kollegin kurz an. Sie kannten sich lange genug, um den kleinen Wink zu verstehen.

»Die Stimmung ist Bombe«, nahm Reiner dann auch den ihm zugespielten Ball an. »Lust auf einen Cappu?«

Freudig schob Susann nun auch den Rest ihres Körpers durch die Tür und kam mit ausgestreckter Hand auf Reiner zu. »Reiner«, flötete sie und nahm einen beherzten Schluck, »wenn ich nicht wüsste, dass du glücklich liiert bist, würde ich glatt meinen, du baggerst mich an.«

Was als Scherz gemeint war, löste eine unerwartete Reaktion aus. Reiner errötete und schlug die Augen nieder, als er seine Kollegen mit untypisch leiser Stimme darüber aufklärte, dass seine Beziehung seit dem Wochenende beendet sei.

»Nur damit ihr Bescheid wisst. Claudia ist gestern ausgezogen. Sie hat wohl schon länger einen Neuen. Am Samstag lag ihr Handy im Wohnzimmer und ich hatte mich darüber gewundert, dass sie andauernd Nachrichten bekam. Tja, und da hab ich mal nachgesehen.«

Abwehrend hob er beide Hände. »Jaja, ich weiß, was ihr jetzt sagen wollt von wegen Privatsphäre und so. Sie hat diesen Wischcode und – na ja, euch muss ich ja nicht erklären, wie einfach es ist, die Wischspuren nachzuvollziehen.«

»Brauchst gar nicht weiterzuerzählen«, unterbrach sein älterer Kollege ihn. Peter legte großen Wert darauf, Dienst und Privates voneinander zu trennen, wie er bei jeder passenden Gelegenheit deutlich machte. Das hieß nicht, dass er ein Einzelgänger war. Im Gegenteil, er war bei den Kollegen sehr beliebt. Er wollte einzig und allein nicht, dass all der Abschaum und die Abgründe, in die er dienstlich sah, seine Familie beschmutzte. Umgekehrt wollte er seine Familie nicht an einen Ort bringen, und sei es nur mit Worten, an dem es zuallererst um Verbrechen ging. Wer ihn kannte, respektierte diese Einstellung. Es gab genug andere Themen, über die man mit den Kollegen reden konnte.

Als Frau war Susann in dieser Hinsicht jedoch neugierig: »Doch. Erzähl, was ist dann passiert?«

Dankbar sah Reiner kurz zu ihr hoch. Offensichtlich tat es ihm gut, mit jemandem darüber zu reden. »Tja, ihre Freundin Beate«, dabei malte er zwei Anführungszeichen in die Luft, »hat sich bei ihr für die intensive Nacht bedankt. Einzelheiten erspare ich euch. Das Lustigste daran ist, dass ich gar nicht dazu gekommen bin, Claudia zur Rechenschaft zu ziehen, sondern *sie* machte mir Vorhaltungen, weil ich ja einfach an ihr Handy gegangen war.«

Jetzt sah Reiner seine Kollegen an und musste tatsächlich grinsen. »Die hat mir doch tatsächlich einen Vortrag über gegenseitiges Vertrauen gehalten.« Bei der Erinnerung daran schüttelte er den Kopf. »Als ich gestern Nachmittag nach unserer Dienstbesprechung wieder nach Hause kam, war sie bereits ausgezogen. Sie wohnt jetzt bei ihrem Typen irgendwo in der Wik. Bernd heißt er übrigens.«

»Scheiße!«, bemerkte Peter lakonisch.

Susann berührte Reiners Arm. »Tut mir echt leid. Ich fand sie eigentlich ganz in Ordnung.«

Einträchtig schlürften die drei Hauptkommissare ihren Kaffee, bis Peter sich räusperte: »Okay. Es ist fast elf, ich mache mich dann mal auf den Weg.«

»Alles klar«, erwiderte Reiner und gemeinsam verließen die beiden Männer das Büro.

Susann nahm einen letzten Schluck und machte sich ebenfalls auf den Weg in ihr eigenes Büro am anderen Ende des Ganges. Sie konnte gerade noch einen Blick auf ihren Teamleiter erhaschen, bevor der in seinem Büro verschwand. Noch nie zuvor war ihr sein breites Kreuz aufgefallen, von seinem knackigen Hintern ganz zu schweigen.

»Blödsinn!«, schalt sie sich, marschierte an ihren Schreibtisch und loggte sich in ihren PC ein, um die E-Mails zu lesen.

»Ah! Der Tierpark!«, bemerkte sie erfreut und öffnete die Mail.

Die Tierparkleitung informierte darüber, dass heute Vormittag zehn der insgesamt fünfzehn männlichen Pfleger anwesend sein würden. Zwei Krankmeldungen und drei Urlauber fehlten demnach.

»Gut, dann mache ich mich auch mal auf den Weg«, sprach Susann ins leere Büro, schnappte sich ihre Tasche und den Autoschlüssel und schloss die Tür hinter sich. Sie würde ihren

Privatwagen nehmen, um möglichst wenig Aufsehen zu erregen. Das war nicht nur im Interesse der Tierparkleitung. Sollte sich der Täter tatsächlich unter den Mitarbeitern befinden, wollte Susann ihn nicht frühzeitig warnen. Im Laufe ihrer Ermittlertätigkeiten hatte sie festgestellt, dass man schneller ans Ziel kam, wenn man das Überraschungsmoment auf seiner Seite hatte.

Auf dem Parkplatz angekommen, stieg sie in ihren Kombi und schlug den Weg zur Kaistraße ein. Bei dem schönen Wetter gönnte sie sich den kleinen Umweg am Wasser entlang, bevor sie auf die Schnellstraße Richtung Gettorf fuhr. Sie genoss die Aussicht von der Hochbrücke über den Nord-Ostsee-Kanal, und nach nur wenigen Minuten bog sie auf den Besucherparkplatz des kleinen Tierparks ein.

*

Peter parkte seinen Wagen auf dem kleinen Parkplatz hinter dem Bahnhof im Sophienblatt. Er stieg aus, bediente pflichtgemäß den Parkautomaten und schlenderte zum Bahnhofsvorplatz.

Von Weitem konnte er auch schon eine kleine Gruppe von Trinkbrüdern ausmachen, die im Schatten eines Baumes saßen oder standen und die Flaschen kreisen ließen. Gleich neben ihnen befand sich das Pissoir, das die Stadt extra für die Obdachlosenszene am Bahnhof gebaut hatte. Es bestand praktisch aus vier Betonwänden, die zu zwei Seiten offen waren. Im Inneren konnten die Brüder sich dann erleichtern. Die Stadtverwaltung hoffte, so das Urinieren an die Bahnhofswände und ins Treppenhaus, von dem die Besucher des angrenzenden Einkaufscenters zu den Taxis gelangen konnten, zu unterbinden. Leider ging diese Strategie nicht ganz auf. Manchem war der Weg zum Örtchen dann wohl doch zu weit, und so sah man leider weiterhin betrunkene Männer in den Ecken des Bahnhofsgebäudes stehen, die sich vorgebeugt mit einer Hand an der Mauer abstützend in kräftigen Strahlen erleichterten.

Als er sich der Gruppe bis auf wenige Meter genähert hatte, ging ein Ruck durch die Männer. Natürlich hatte ihn der eine oder andere sofort erkannt, schließlich war Peter nicht zum ersten Mal hier auf der Suche nach sachdienlichen Informationen. Um niemanden aufzuschrecken, ging Peter betont lässig zu ihnen hinüber und setzte ein Lächeln auf. Dann gesellte er sich zu den Umstehenden, griff nach seiner Schachtel Zigaretten, die er für solche Zwecke meist dabeihatte, obwohl er selbst strikter Nichtraucher war, und schüttelte zwei Glimmstängel aus der Packung.

»Moin, die Herren.« Allgemeines Gemurmel. »Sagt mal, ich such den Russen. Weiß einer von euch was?«

Dabei hielt Peter die beiden Zigaretten in Richtung der Männer, die ihm am nächsten standen. Von denen griff jedoch keiner danach. Da meldete sich Conni von seinem Sitzplatz aus, erhob sich schwankend und torkelte auf Peter zu. Ohne zu fragen, griff er sich beide Zigaretten, zündete sich eine an und inhalierte tief, bevor er antwortete. Seine Aussprache war erstaunlich deutlich, wie Peter fand. Er kannte Connis Geschichte und ihm tat der Mann aufrichtig leid. Konrad war ein lebendes Beispiel dafür, wie schnell man in diesem Land die gesellschaftliche Leiter herunterfallen konnte.

»Der Russe war schon lange nicht mehr hier. Irgendjemand hat gesagt, dass er vor der Polizei in Deckung gegangen ist. Mehr weiß ich nicht. Meinetwegen kann der Störenfried auch ganz wegbleiben. Der hat nur Ärger gemacht.«

Peter nahm allgemeines zustimmendes Gemurmel wahr.

Da meldete sich ein anderer aus der Gruppe zu Wort. »Stanis ist schon seit zwei, drei Wochen in Neumünster.«

»Sagt wer?«, hakte Peter nach. Er kannte den jungen Mann mit den zig Gesichtspiercings und dem Mischlingshund nicht.

»Das sagt ein Freund von Stanis.« Mehr wollte der junge Punk wohl nicht preisgeben. Sein begehrlicher Blick auf Peters Zigarettenschachtel war hingegen deutlich.

Peter hielt ihm die Schachtel hin und der schlanke Heranwachsende nahm sich eine heraus. Während er sie anzündete, sprach er weiter. »Der hat hier nur Stress gehabt. Deshalb ist er nach Neumünster. Wir kennen uns eigentlich auch von da. Er war öfter schon dort und ich bin hier auch erst seit ein paar Tagen. Fahre auch bald wieder zurück. Ist entspannter dort.«

»Warum suchst du den denn?«, wollte ein anderer Jungspund wissen.

»Wir ermitteln in einem Fall von Körperverletzung«, log Peter.

»Da könntet ihr euch mal den Verrückten vornehmen!«, rief der Typ und griff dreist nach der Zigarettenschachtel in Peters Hand. Dieser zog seine Hand schnell zurück, sodass der Griff des Herumtreibers ins Leere ging.

»Welchen Verrückten meinst du denn, Junge?«

»Na, den Stinkstiefel mit dem Blumenrad!«, brach es nun recht verärgert aus ihm heraus. »Boah ey, wie der stinkt!«

Nun wurde Peter hellhörig. Er nahm drei Zigaretten aus der Packung und hielt sie dem jungen Punk hin. »Erzähl mal weiter!«

Doch da mischte sich Eddie ein, ein Mittdreißiger mit einem braunen Pitbull: »Lass Kalle aus dem Spiel!« Warnend blitzte er den Herumtreiber an.

Nun wird es interessant, dachte Peter bei sich und sah den anderen Mann auffordernd an. »Was ist mit Kalle?«

Eddies Warnung zeigte ihre Wirkung. Der Herumtreiber bekam den Mund nicht mehr auf.

»Tja, schade«, bedauerte Peter und zog die Hand mit den Zigaretten ein weiteres Mal zurück. Dann sah er in die Runde. »Ich kann euch auch auf die Wache mitnehmen. Das ist euch hoffentlich klar. Eddie, dich kenn ich ja. Bisher haben wir auch keinen Grund gesehen, uns deinen Kampfhund mal näher anzusehen.« Das Wort »Kampfhund« betonte Peter dabei ganz besonders. »Wenn du hingegen die Ermittlungen der Polizei durch Einschüchterung eines wichtigen Zeugen behindern solltest, wird sich unsere lockere Haltung bei diesem Thema auch schnell ändern.«

Mit hochgezogenen Augenbrauen sah er Eddie nun direkt ins Gesicht. »Tierschutz ist uns nämlich sehr wichtig, weißt du?«

Eddie versuchte dem Blick standzuhalten, fiel jedoch nach ein paar Sekunden sprichwörtlich in sich zusammen und verzog sich mit seinem Hund in Richtung Kaistraße.

Der Neue witterte seine Chance und griff sich die drei Zigaretten aus Peters Hand.

Der ließ diese Dreistigkeit diesmal durchgehen. »Erst mal will ich deinen Namen wissen.«

Nach einem kurzen Zögern antwortete der Neue: »Timmi.«

»Okay, Timmi, und weiter?«

»Tim Mühlheim. Ich wohne bei meiner Mutter und ihrem Alten im weißen Riesen.«

Jeder Polizist kannte diese Adresse von den zahlreichen Einsätzen wegen Familienstreitigkeiten, und manch ein Verzweifelter hatte sich in der Vergangenheit auch schon aus einem der oberen Stockwerke des Hochhauses gestürzt.

»Na dann, Timmi, erzähl mal von Kalle«, forderte Peter ihn im freundlichen Ton auf.

»Der war gestern hier. Ein echt schräger Typ.« Bei diesen Worten griff Timmi sich an seinen Hals. »Ist mir ohne Grund an die Gurgel gegangen. Das ist so ein Zweimetermann. Der sammelt hier immer Flaschen und packt sie dann in sein Rad. Das hat er so mit Plastikblumen geschmückt.« Tim tippte sich an seine Stirn, um seine Einstellung zu mit Blumen geschmückten Rädern kundzutun. »Jürgi hat er auch bedroht. In seiner Wohnung. Und dann hat er was von toten Kindern gefaselt. Der ist total bekloppt. Da können Sie Jürgi fragen.«

Peters Antennen waren nun voll ausgefahren. »Kannst du mir das näher erklären?«

Der Herumtreiber kratzte sich am Hinterkopf. »Ja, also, Jürgi hat gesagt, dass dieser Kalle plötzlich irgend so 'nen Spruch aufgesagt hat. Irgendwas mit Blut und rotem Kleid – und dass ein

Kind bald tot sein wird. So richtig schlau geworden ist der auch nicht daraus. Außerdem hat er gemacht, dass er schnell aus dieser Bude rausgekommen ist.«

»Wo wohnt denn dieser Kalle?«, wollte Peter wissen und sah dabei in die Runde. Doch die Herumstehenden schüttelten nur die Köpfe.

Da meldete Conni sich. »Ich glaube, der wohnt im Bullenkloster. Kalle ist an sich total harmlos«, fügte er noch schnell hinzu. »Der faselt nur ständig so ein merkwürdiges Zeug vor sich hin. Er hat mal gesagt, dass ihm irgendwelche Stimmen Befehle erteilen oder so.«

Das ist ja eine feine Gesellschaft, in die ich da geraten bin, dachte Peter resigniert.

Laut sagte er: »Und der Jürgi, wo finde ich den sonst so, wenn er nicht in der Gartenlaube seinen Rausch ausschläft?«

Doch wieder schüttelte die feine Gesellschaft nur unisono mit den Köpfen. So genau wusste hier wohl keiner, was der andere so trieb.

»Also gut«, bemerkte Peter und steckte seine Zigarettenschachtel in die Jackentasche zurück, »dann mache ich mich mal auf den Weg. In den nächsten Tagen werde ich ein paar uniformierte Kollegen bei euch Jungs vorbeischicken, um diesen Jürgi zu befragen. Natürlich könnt ihr ihm auch ausrichten, dass er sich auf der Wache am Alten Markt gern einfinden darf. Das würde unsere Arbeit erheblich erleichtern und euch eine weitere Belästigung hier auf dem Platz ersparen.«

Mit diesen Worten drehte Peter der Gruppe den Rücken zu und machte sich auf den Weg zurück zu seinem Wagen. Dort holte er seinen Schreibblock heraus und machte schnell seine Notizen, bevor er die Hälfte womöglich vergaß. Dann fuhr er vom Parkplatz und schlug den Weg zum Präsidium ein. Diesmal würde er seine Aufzeichnungen sofort in den Computer eingeben. Auf Stress mit Reiner hatte er heute absolut keine Lust.

*

»Ich kann es, ehrlich gesagt, nicht ganz nachvollziehen, weshalb Sie diesen Kinderschänder ausgerechnet in unserem Tierpark suchen«, stellte die hochgewachsene elegante Frau zum wiederholten Male klar.

Susann war sofort nach ihrer Ankunft im Tierpark in das kleine Büro verwiesen und dort zwar freundlich, doch recht unterkühlt von der Verwaltungschefin begrüßt worden.

Sie konnte den Ärger der Dame zwar verstehen, hatte jedoch nicht die Absicht, auf den kaum verhohlenen Vorwurf einzugehen. Stattdessen studierte sie die Liste der Angestellten, die sie sich im Präsidium ausgedruckt hatte.

»Bevor ich mit der Befragung beginne, würde ich Sie bitten, mir einige Fragen zu den Mitarbeitern hinsichtlich Alter, Größe und Einsatzort zu beantworten.« Kühl lächelnd sah Susann auf. »Vielleicht kann ich da schon ein wenig filtern und muss möglicherweise gar nicht jeden Ihrer Angestellten persönlich befragen.«

Die Blondine mit dem Pagenschnitt griff sich gedankenverloren an ihre Perlenkette. »Nun ja, das wäre ganz schön. Womit fangen wir denn an?«

Susann sah sich kurz um und zeigte dann auf einen kleinen runden Tisch in einer Ecke, der mit unzähligen Zeitschriften bedeckt war. »Erst einmal würde ich mich gern setzen. Würde es Ihnen etwas ausmachen, den Tisch für uns freizuräumen? Dann kann ich meine Unterlagen dort ablegen.«

»Selbstverständlich«, entgegnete die schlanke Frau und schob die Zeitschriften zu einem Stapel zusammen, den sie kurzerhand auf den Boden legte. »Bitte«, forderte sie Susann mit einer Handbewegung in Richtung eines Klappstuhls auf, »setzen Sie sich doch.« Sie selbst nahm auf dem Stuhl gegenüber Platz und schob sich eine Haarsträhne hinter das Ohr.

»Haben Sie Auszubildende?«, wollte Susann wissen.

»Ja, drei insgesamt, zwei davon männlich.« Dabei tippte sie auf zwei der Namen auf der Liste.

»Hier, das ist Thomas, siebzehn Jahre alt, schlaksig, etwas schüchtern und sehr fleißig. Zufällig weiß ich, dass er homosexuell ist«, fügte sie nach einer kurzen Pause hinzu.

»Aha. Okay. Den klammere ich erst mal aus«, erklärte Susann und machte sich entsprechende Anmerkungen.

»Der andere Azubi ist Thade Albrecht, zwanzig Jahre alt, kräftig. Etwas schwer von Begriff, auch sehr engagiert. Als Auszubildender hat er keinen festen Einsatzort. Seit drei Monaten ist er bei den Huftieren.«

»Seit wann ist er denn hier in Ausbildung?«, wollte Susann wissen.

»Der ist jetzt im zweiten Lehrjahr, also etwas über ein Jahr.«

»Gut. Den würde ich gern befragen.« Damit machte Susann sich weitere Notizen. »Wir suchen einen kräftigen oder starken, auch sportlichen oder durchtrainierten Mann.«

Nach kurzem Nachdenken, wobei sie sich wieder an die Kette griff, zeigte die Dame auf drei Namen. »Die sind eher schmächtig und klein. Ich weiß nicht, körperlich würde ich diesen drei nicht viel zutrauen. Die müssen auch hier keine große körperliche Leistung erbringen. Der hier«, sie zeigte mit einen rot lackierten Fingernagel auf den dritten Namen, »arbeitet vorwiegend im Schmetterlingshaus. Und die anderen beiden sind bei den Wellensittichen untergebracht.« Fragend sah Frau Martin zu Susann.

»Okay. Streichen wir.«

Nach weiteren wenigen Minuten war Susanns Liste auf drei Mitarbeiter geschrumpft, die zu befragen waren.

*

Nun saß sie in dem fremden Büro und wartete darauf, dass Frau Martin, wie die Verwaltungschefin hieß, diese drei auf dem Tierparkgelände ausfindig machen und nacheinander ins Büro geleiten würde.

Routiniert ließ sie ihren Blick in dem engen Büro umherschweifen. Der überladene Schreibtisch ließ auf eine viel beschäftigte Frau schließen, der eine kompetente Sekretärin fehlte. An den Wänden hingen Fotos von neugeborenen Zebras und Affen. Plötzlich erregte ein Plakat Susanns besondere Aufmerksamkeit. Es warb damit, Pate zu werden. Verschiedene Firmen und Privatpersonen waren dort bereits als Paten für bestimmte Tiere aufgeführt. Susann machte sich im Geiste eine Notiz.

Dann erschien auch schon der erste Mitarbeiter. Der kräftige junge Mann in olivgrüner Latzhose und schwarzen Gummistiefeln betrat schüchtern das Büro und stellte sich gleich vor: »Thade Albrecht. Ich bin der Lehrling und im Moment für die Huftiere hier zuständig.« Er reichte Susann seine schwielige Hand. Sein Händedruck war unerwartet fest.

»Hauptkommissarin Greve«, stellte sie sich ihrerseits vor und bedeutete dem jungen Tierpfleger, sich zu setzen.

»Herr Albrecht«, begann Susann das Gespräch, »wir ermitteln in einem Gewaltverbrechen und suchen Personen, die uns vielleicht als Zeugen dienen können.«

Thade Albrecht sah sie erwartungsvoll an. Er hatte halblanges dunkelblondes Haar, das ihm vorn in die Stirn fiel. Sein Blick war ein wenig leer, so als würde er durch sie hindurchsehen. Sein Mund stand ein wenig offen, sodass er auf Susann fast ein wenig minderbemittelt wirkte. Der Eindruck verschärfte sich dadurch, dass er sich überhaupt nicht dazu äußerte, sondern weiterhin unbewegt glotzte.

Deshalb sprach sie nach einer kurzen Pause weiter. »Können Sie sich denn noch daran erinnern, wo sie am ersten Juni waren?«

Albrecht blinzelte und dachte angestrengt nach. Dabei nahm sein Gesicht einen wirklich debilen Ausdruck an, wie Susann fand. Sogleich schämte sie sich für diesen Gedanken, denn der junge Mann war durchweg sympathisch. Nur leider antwortete er ihr nicht auf die Frage. Sie hakte nach: »Herr Albrecht?«

»Ja, ich denke ja schon nach. Leider kann ich mich nicht erinnern.« Er klang verzweifelt. Ein wenig fühlte Susann sich wie die Mathelehrerin aus ihrer eigenen Schulzeit, die sich auch ständig in Geduld üben musste, wenn ihre Schützlinge krampfhaft versuchten, eine einfache mathematische Aufgabe an der Tafel zu lösen.

Andererseits konnte sie sich ebenso gut in ihr Gegenüber hineinversetzen, denn häufig war *sie* diejenige gewesen, die hilflos vor der Tafel gestanden und um eine göttliche Eingebung gebetet hatte.

Sie half dem Riesenbaby auf die Sprünge: »Das war ein Samstag. Der Samstag vor zwei Wochen. Klingelt da was bei Ihnen?«

Schweiß bildete sich auf seiner Oberlippe. Susann war gerade dabei, Mitleid mit dem jungen Mann zu bekommen. Da erhellte sich sein ganzes Gesicht. *Fast als hätte jemand eine Lampe angeknipst,* dachte Susann.

»Vor zwei Wochen! Da war ich doch hier!« Susann fühlte ihre Erleichterung beinahe körperlich. Ihr ohnehin überbeanspruchtes Weltbild wäre komplett in sich zusammengefallen, hätte sie dieses süße einfältige Baby zum Kreis der Verdächtigen hinzufügen müssen.

»Gut, Herr Albrecht«, fasste Susann freundlich nach. »Von wann bis wann waren denn Ihre Arbeitszeiten am Samstag, den ersten Juni?« Eine einfache Frage, einfach gestellt. Ihre ehemalige Mathelehrerin wäre stolz auf sie.

»Das weiß ich!«, freute Thade Albrecht sich. »Arbeitsbeginn war neun Uhr, Feierabend um achtzehn Uhr.« Stolz und zugleich erleichtert sah er sie an. Wäre er der Hund ihrer Eltern, Pascha, hätte er längst ein Leckerli von ihr bekommen.

»Das haben Sie sehr gut gemacht«, lobte sie den Tierpfleger. *Sozusagen sein Leckerli,* dachte Susann heimlich.

Thade Albrecht strahlte über das ganze Gesicht. »Ich freue mich, Ihnen weitergeholfen zu haben!«

Susann erhob sich von ihrem Stuhl und gab ihm zum Abschied die Hand.

Auch Thade Albrecht erhob sich und schüttelte ihre Hand einige Male rauf und runter. Dann sagte er »Tschüs, Frau Hauptkommissarin«, und machte, dass er schleunigst aus dem Büro zu seinen Huftieren kam.

Kaum hatte er den Raum verlassen, wurde die Tür ein zweites Mal geöffnet. Herein trat ein schlanker Mann mit kurz rasiertem Schädel. Er trug ein ärmelloses T-Shirt unter seiner olivgrünen Latzhose und schwarze Boots. Auch er stellte sich sogleich bei ihr vor:

»Axel Müller. Moin.«

»Greve. Hallo, Herr Müller.« Sie schüttelte die ihr dargebotene sehnige Hand, wobei sie einen Blick auf seinen mit einem Leguan tätowierten Unterarm warf.

Der bemerkte ihren Blick. »Bin bei den Reptilien. Sind meine Leidenschaft.« Er grinste.

Susann bot ihm einen Stuhl an, und nachdem sich beide gesetzt hatten, sagte sie ihr Sprüchlein ein zweites Mal auf. Die Reaktion fiel dagegen ganz anders aus als bei seinem Kollegen vor ein paar Minuten.

»Was heißt denn hier Zeuge?«, rief er recht angriffslustig. »Was soll ich denn bezeugen? So läuft das doch gar nicht. Als ob die Polizei zu den Leuten rennen würde, wenn sie nur auf der Suche nach irgendwelchen Zeugen wäre!«

Susann fühlte sich unbehaglich. Prompt bereute sie, ihre Pistole nicht mitgenommen zu haben. »Kein Grund, laut zu werden, Herr Müller!«, wies sie ihn mit erhobener Stimme zurecht. »Ich will nur wissen, wo Sie am ersten Juni waren. Oder ist das ein Problem für Sie?« Auffordernd sah sie ihn an.

»Da war ich mit meiner Tochter den ganzen Nachmittag über bei meinen Eltern.« Er klang sehr beherrscht.

»Adresse?« Susann sah nicht mal von ihren Notizen auf, die sie sich eifrig machte.

Kurz zögerte der Tierpfleger, dann nannte er ihr eine Adresse in Kiel.

»Danke, Herr Müller.« Susann erhob sich und wies zur Tür. »Einen schönen Tag noch.« Wenn sie mit einer Erwiderung gerechnet hatte, wurde sie enttäuscht. Herr Müller verließ das kleine Büro ohne ein Wort.

Wie sie das hasste! Ständig dieser Aggressivität ausgesetzt zu sein, empfand Susann als extrem belastend. Irgendwie gingen ihre männlichen Kollegen lockerer damit um. *Das ist der Nachteil, den man in so einem Beruf als Frau hat,* überlegte Susann. Viel zu oft war ihr Gegenüber einfach stärker als sie. Das machte sie einfach nervös. *Gott sei Dank, nur noch einer auf meiner Liste!*, versuchte sie sich zu motivieren.

Ein drittes Mal öffnete sich die Tür und herein kam ein großer, kräftiger Mittfünfziger mit schütterem Haar und Bauchansatz.

»Hallo, Michael Groth mein Name.«

Susann reichte ihm die Hand. »Guten Tag, Herr Groth. Danke, dass Sie sich Zeit nehmen für ein paar Fragen.«

Seine Hand war unheimlich groß und ziemlich feucht. Susann unterdrückte den Impuls, sich die Hand an ihrer Hose abzuwischen. *Er ist nervös,* dachte sie bei sich.

Sie setzten sich, wobei der Klappstuhl unter dem Gewicht ihres Gegenübers stöhnte.

Sie klärte auch diesen Herrn darüber auf, was sie wissen wollte, und wartete dann eine Weile auf die Antwort.

Derweil wischte Herr Groth sich mehrmals die Hände an seinen Oberschenkeln ab. Die wiederum wippten im Stakkato auf und ab. Er brauchte zwei Anläufe, bevor er mit dünner Stimme Auskunft gab: »Erster Juni. Ja, also. Da muss ich überlegen. Da muss ich bei meiner Mutter im Pflegeheim gewesen sein«, überlegte er eher laut, als dass er antwortete. Dann sicherer: »Ja, ja. Da habe ich meine Mutter besucht. Jetzt erinnere ich mich.«

Susann beobachtete ihn. Was machte ihn nur so nervös? Selbst nach seiner Aussage, die ihn doch sicher entlasten würde, war seine Anspannung mit Händen greifbar. Sie bohrte ein bisschen nach: »Wo sind Sie denn hier so eingesetzt, Herr Groth?«

Sein Kopf drehte sich ruckartig zu ihr um. Sah sie da einen Anflug von Panik?

»Ich bin für die Affen zuständig, zusammen mit meiner Kollegin Anja Reuter.«

»Das ist sicher eine interessante Aufgabe«, hielt Susann das Gespräch am Laufen.

»Na ja, die Viecher wachsen einem schon ans Herz. Trotzdem ist es auch eine Knochenarbeit. Vor allem, wenn wir abends die Gehege säubern.«

»Das glaube ich. Da müssen Sie sicher täglich duschen, so mit dem ganzen Gestank, den die Tiere so verbreiten.«

»Na klar. Zum Glück tragen wir ja diese Arbeitskluft.« Er zeigte an sich herunter. »Sonst müsste man auch ständig die eigenen Klamotten waschen.«

Susann hatte den Eindruck, dass der Mann sich etwas entspannte, und entschied, ihn vorerst ziehen zu lassen. Nachdem sie sich die Adresse des Pflegeheims hatte geben lassen, verabschiedete sie sich von ihm.

Fast sofort betrat Frau Martin den Raum. »Und, waren Sie erfolgreich?«, fragte sie erwartungsvoll.

»Das wird sich zeigen«, antwortete Susann verhalten. »Wenn Sie mir bestätigen können, dass Ihr Auszubildender Thade Albrecht am ersten Juni hier von neun bis achtzehn Uhr gearbeitet hat, bin ich hier erst mal fertig.«

Ein schneller Blick auf den Einsatzplan, der auf dem Schreibtisch lag, dann ein Lächeln. »Das kann ich bestätigen.«

Susann versah den Namen auf ihrer Liste mit einem Häkchen und ging zur Tür. »Auf Wiedersehen, Frau Martin, und danke für Ihre Kooperation.«

»Gern geschehen«, entgegnete Frau Martin und verabschiedete Susann um einiges freundlicher, als sie sie vor knapp zwei Stunden begrüßt hatte.

Nun wollte Susann schnell an ihren Schreibtisch zurück, wo noch ein Berg an Arbeit auf sie wartete.

DIENSTAG, 18. JUNI, NOCH 18 TAGE

Michael Groth mochte seinen Beruf. Nach dem Hauptschulabschluss vor gut vierzig Jahren hatte er zunächst eine Lehre als Maurer absolviert, doch auf dem Bau zu arbeiten, noch dazu am untersten Ende der Hackordnung, war ein hartes Brot. Ihm war damals schnell klar geworden, dass er diesen Beruf nicht bis zur Rente machen wollte.

Als er sich dann in den Wintermonaten arbeitssuchend melden musste, nahm sein Leben eine unerwartete Wendung. Noch heute konnte er sich gut daran erinnern, wie er im Büro seines Beraters beim Arbeitsamt gesessen und über seine Unzufriedenheit gesprochen hatte. Der nahm seinen Klienten ernst und fragte ihn, was er beruflich denn gern machen würde.

»Was mit Tieren«, war Groths spontane Antwort. »Mit Menschen habe ich es nicht so.« Und so kam es, dass er eine zweite Ausbildung abschloss und zwar im Tierpark Hagenbeck in Hamburg. Dort hatte er viel gelernt und blieb nach seiner Ausbildung noch viele Jahre dort. Vor ein paar Jahren jedoch zog es ihn zurück in den Kieler Raum, auch weil es seiner Mutter stetig schlechter ging.

In diesem kleinen Tierpark nahe Kiel fühlte er sich pudelwohl. Er mochte die familiäre Atmosphäre dort und hatte einen tollen Einsatzbereich. Nur die Bezahlung war etwas mau, wie er fand. Deshalb hatte er sich vor einiger Zeit ein kleines *Nebengeschäft* aufgebaut. Er verkaufte heimlich Tierdung über das Internet. Die Leute waren ganz verrückt nach dem stinkenden Zeug. Vor allem Affenkot fand reißend Abnehmer. Wobei Michael sich nicht vorstellen konnte, wofür man den gebrauchen konnte. Er war jedes Mal froh, wenn er diesem beißenden Gestank nach der Reinigung der Gehege wieder entfliehen konnte, dachte jedoch nicht weiter darüber nach. *Jedem das Seine,* war sein Motto, mit dem er bisher ganz gut durchs Leben gekommen war.

Das gestrige Gespräch mit der Hauptkommissarin bereitete ihm hingegen einige Kopfschmerzen. Zwar war die Dame offensichtlich nicht an seinem Nebenerwerb interessiert. Doch die Polizei im Haus zu haben, würde seinem Geschäft womöglich trotzdem schaden.

Wenn die erst einmal anfingen zu schnüffeln, dann wurden sie womöglich auf sein *Geschäft* aufmerksam. Und er wäre sicher seinen Job los.

Aus diesem Grund hatte er noch gestern Abend seine Kontakte im Internet davon in Kenntnis gesetzt, dass er für eine Weile nicht liefern würde. Natürlich hatten sich einige seiner Kunden lauthals beschwert, doch damit konnte er leben. Die Höflichkeitsregeln der realen Welt schienen in der virtuellen nicht zu gelten. Man regte sich schnell auf und zeigte dies auf recht plakative Weise. In der Regel regte man sich meist genauso schnell auch wieder ab. Schließlich hatte er keine Konkurrenz. Pferdemist, ja, den gab es im Netz zu kaufen, ganz legal. Aber Affenscheiße? Michael grinste. Er hatte sozusagen das Monopol darauf.

Nur mit einem Kunden musste er sich telefonisch in Verbindung setzen. Der Kontakt zu diesem Mann war vor ein paar Monaten hier im Zoo zustande gekommen. Der war Pate für die beiden Schimpansen Cindy und Bert, ein Pärchen, das leider bis heute keinen Nachwuchs gezeugt hatte. Dabei hatten sie Bert extra für diesen Zweck vor zwei Jahren aus Leipzig entliehen. Michael war es egal, ob die beiden Junge bekamen oder nicht, er hatte beide in sein Herz geschlossen.

Eine ähnliche Sympathie für die Menschenaffen schien auch dieser Typ zu hegen. Er gehörte zu den wenigen Tierpaten, die das Angebot, hinter die Kulissen zu blicken, regelmäßig wahrnahmen. Dadurch lernten Pfleger und Pate sich etwas näher kennen. Michael hätte gar nicht mehr sagen können, wer von ihnen beiden zuerst den Vorschlag gemacht hatte. Auf jeden Fall waren sie sich schnell einig gewesen. Und seitdem kaufte sein einziger Kunde in der realen Welt ihm einmal monatlich eine Tüte

Affenkacke ab. Das ging ziemlich problemlos über die Bühne, denn niemand schöpfte Verdacht, wenn er als Pfleger des Patentiers ins Gespräch mit dem Tierpaten kam. Er durfte ihn ja schließlich auch in den Fütterungsbereich mitnehmen. Da sein Kunde stets mit einem unauffälligen schwarzen Rucksack in den Zoo hineinspazierte, kratzte es keinen, wenn er mit demselben auch wieder hinausging. Der Inhalt wurde nie überprüft.

Übernächste Woche wäre es wieder so weit, doch das wollte Michael jetzt gerade nicht riskieren. Also wählte er die Handynummer. Der Kunde nahm sofort ab.

»Ja?« Keine Namen. Das hatten sie gleich zu Anfang vereinbart.

»Tut mir leid, Mann. Mit übernächster Woche klappt das nicht.«

Stille, dann ein schweres Atmen am anderen Ende der Leitung. Michael wurde leicht nervös.

Dann endlich: »Wieso nicht? Du weißt, dass ich das brauche.« Die Stimme plötzlich tiefer und eiskalt.

»Ja, Mann, die Polizei war im Tierpark. Die haben mich befragt, wo ich irgendwann gewesen bin. Irgendwas ist da im Busch. Mensch, ich will meine Arbeit doch nicht verlieren.« Michael fing an zu schwitzen. Im Gegensatz zu seinen Kunden im Netz wusste dieser hier ganz genau, wie er aussah, wie er hieß und – und das war am schlimmsten – wo er ihn treffen konnte. Fiebrig überlegte er, wie er aus dieser Nummer wieder herauskam. Da machte der andere einen Vorschlag.

»Pass auf. Ich komme übernächste Woche, wie geplant, und du zweigst mir etwas von dem Zeug ab. Danach können wir meinetwegen erst mal warten, bis Gras über die Sache gewachsen ist.«

Michael schluckte. In Gedanken wägte er die Möglichkeiten ab, die er hatte. Sich mit dem Kerl anzulegen, schien ihm die schlechteste Variante zu sein. Und bisher waren sie stets diskret gewesen. Nur dieses eine Mal noch, dann wäre er ihn erst einmal los. Er seufzte hörbar und stimmte dann zu. »Gut. So machen wir es. Dann ist aber erst mal Sense, bis hier keine Bullen mehr herumschnüffeln.« Er wartete auf eine Erwiderung, doch da war die Leitung bereits unterbrochen.

*

Er warf das Handy auf das Sofa. Wie konnte diese kleine Kakerlake es wagen, so mit ihm zu reden! Wusste diese übergewichtige Qualle denn nicht, wen sie vor sich hatte? Er ging in dem Zimmer auf und ab. Ganz allmählich verzog die rote Wolke sich, die seinen Kopf umnebelt hatte, und nach und nach beruhigte er sich wieder.

Natürlich wusste der Idiot nicht, mit wem er sich eingelassen hatte, kam es ihm nun in den Sinn. Und er durfte seine Tarnung auch nicht auffliegen lassen, ansonsten würde der Sack womöglich vor lauter Angst die Polizei ins Spiel bringen. Er ging zum Sofa, hob sein Handy auf und öffnete den Kontakt des Tierpflegers. Dann tippte er eine versöhnliche Nachricht und schickte diese ab. Das sollte genügen, fand er. Zufrieden stattete er seinen Puppen einen Besuch ab. Das bedeutete das pure Glück für ihn.

*

»Merkwürdig! Gestern ging es ihm doch noch ganz prima.« Susann konnte mit Reiners Info über Peters Krankmeldung für heute nichts anfangen. Das lag zum Teil auch daran, wie Reiners Stimme geklungen hatte. Irgendetwas war da faul, dessen war sie sich inzwischen ganz sicher. Aufmerksam musterte sie Reiner, der voll damit beschäftigt war, neuen Kaffee aufzusetzen. Es war bereits weit am Vormittag, als Susann das Fehlen von Peter überhaupt bemerkt hatte.

»Susann, ich kann dir doch auch nichts weiter erzählen«, hob Reiner an, der ihren bohrenden Blick gespürt hatte. »Er hat sich vorhin per Mail für heute krankgemeldet. Ihm geht es nicht gut. Mehr weiß ich doch auch nicht. Schließlich kann man auch über Nacht plötzlich unpässlich werden. Das kennen wir doch alle.« Er sah sie über seine Schulter hinweg an, dann widmete er sich wieder dem Kaffeekochen.

Allein dass er dafür so lange brauchte, zeigte Susann, dass er mehr wusste. »Reiner, mir ist es doch egal, welche Gründe er hat. Ich glaube nur nicht, dass *du* mir gerade die Wahrheit sagst.« Sie bemerkte, dass sein Rücken sich kurz anspannte. »Ich verstehe nur nicht, wieso ich außen vor gelassen werde von euch.«

Nun drehte Reiner sich langsam zu ihr um, den Kaffeelöffel in der rechten Hand haltend, und seufzte einmal laut. »Pass auf, wenn du glaubst, dass Peter etwas im Schilde führt oder du dir Gedanken um ihn machst, dann frage ihn doch selbst. Vielleicht erfährst du ja mehr von ihm als ich.« Ihre Blicke trafen sich und blieben aneinander hängen. Schließlich schlug Susann die Augen nieder und Reiner drehte sich wieder zur Kaffeemaschine um.

»Vielleicht mache ich das noch. Danke für den Tipp.« Beleidigt verließ Susann die Teeküche. Sie hasste es, außen vor gelassen zu werden. Zumal es ihr Gefühl, als Frau in einer Männerwelt zu arbeiten, zu der sie nie ganz gehören würde, verstärkte. Was konnte es denn sein, das Peter nur Reiner anvertraut hatte und ihr offensichtlich nicht? Sie nahm sich fest vor, das herauszufinden, doch erst einmal musste sie sich um ihre Ermittlungen kümmern. Sie hatte Peter fragen wollen, ob er die Zeugenaussage des Landschaftsgärtners in Bezug auf seinen angeblich erkrankten Kollegen überprüft hatte. Doch das musste nun warten.

Hoffentlich hast du einen guten Grund, heute blauzumachen, dachte sie und schrieb ihm ihre Frage per Mail. Vielleicht würde er sie ja zu Hause lesen. So richtig glaubte sie das jedoch nicht.

*

Noch nie hatte Peter sich so hilflos gefühlt. Er war es gewohnt, die Kontrolle zu haben. Er war der Mann, der alles im Griff hatte, auf den man sich verlassen konnte. Sowohl im Dienst als auch in seiner Rolle als Ehemann und Vater. Deshalb konnte er anfangs auch gar nichts mit dem flatternden Vögelchen in seiner Brust anfangen. Im ersten Augenblick dachte er tatsächlich an einen sich ankündigenden Herzinfarkt.

Doch in letzter Zeit flatterte dieser Vogel immer öfter in seiner Brust umher und Peter wusste inzwischen, was er bedeutete. Er hatte Angst. Und er wusste nicht, was er tun sollte.

Liebevoll strich er der für ihn beinahe fremden Frau in seinem Bett über das schlafende Gesicht. Eigentlich schlief Karin gar nicht. Er hatte sie mit einer Schlaftablette ruhiggestellt, nachdem er ihren Wutausbruch nach mehr als einer Stunde schlichtweg nicht mehr ertragen hatte. Wie eine Furie war sie auf ihn losgegangen, dann schreiend durch die Wohnung gelaufen, hatte Gegenstände von Tisch und Regalen gefegt. Was sollte er nur tun? Selbst wenn sie nach ein paar Stunden Schlaf wieder seine sanfte, kluge Frau war, wäre es nur eine Frage der Zeit – inzwischen ständig kürzer werdender Zeit –, bis sie den nächsten Anfall bekam oder einfach traurig, ängstlich oder verwirrt in ihrer Wohnung herumirren würde.

Gestern Abend hatte sie sich geweigert, ins Bad zu gehen, weil sie meinte, die Abendtoilette bereits absolviert zu haben. Dahingegen hatte sie heute Vormittag frühstücken wollen, obwohl sie gerade gegessen hatte.

Peter bettete seinen Kopf in beide Hände. So saß er auf der Bettkante und suchte vergeblich nach einem Ausweg, als sein Handy ihm den Empfang einer Nachricht meldete. Er nahm es aus der Hosentasche und las die Mail. Susann wollte wissen, ob er die Aussage des Zeugen überprüft habe. Frustriert drückte er die Mail weg. Natürlich hatte er das noch nicht getan! Ein Bier könnte ihm jetzt helfen, wenigstens hatte er sich selbst so weit im Griff, um diesem Verlangen nicht nachzugeben.

Er musste wohl endlich ein paar Entscheidungen treffen. Zuerst würde er ihnen einen Termin beim Hausarzt einholen.

»Und ich muss Valerie vom Zustand ihrer Mutter informieren«, sprach er laut in die Stille des Schlafzimmers. Ob er die Eiskönigin informieren würde, wusste er noch nicht genau. Das würde er von dem Ergebnis des Arzttermins abhängig machen. *Nicht* ob, *sondern* wann *ich die Eiskönigin informieren werde,* verbesserte Peter sich in Gedanken. Er konnte von Reiner schließlich nicht verlangen, dass der sein Geheimnis auch dann noch für sich behalten würde, wenn Peters Arbeit unter Karins Zustand litt.

Okay, das war ein Plan, kein besonders ausgeklügelter, dennoch ein Plan. Erleichtert bemerkte Peter, dass das Flattern in seiner Brust zum Stillstand gekommen war. Er nahm sein Handy zur Hand und wählte auf den Weg zum Wohnzimmer die Nummer seiner Tochter.

MITTWOCH, 19. JUNI, NOCH 17 TAGE

»Tschüs, meine Süße.« Susann küsste ihre Tochter auf die Wange. »Ich hab dich lieb«, antwortete Mirja und löste sich schnell aus den Armen ihrer Mutter. Dann öffnete sie die Autotür und sprang mit ihrem Ranzen in der Hand zum Eingang des Schulgebäudes. Auf der Treppe zum Eingang warteten bereits drei Kinder, die Susann gut kannte, da sie schon öfter mit Mirja zum Spielen verabredet gewesen waren.

»Ich dich auch«, sprach Susann ins leere Auto. Es freute sie sehr, dass ihre Tochter schnell Freunde in der Schule gefunden hatte. Gab es etwas Schöneres für eine Mutter, als ein glückliches Kind zu haben? Lächelnd startete sie den Motor und fädelte sich in den fließenden Verkehr ein.

Sofort war sie in Gedanken bei ihren Ermittlungen. Peter hatte ihr gestern nicht auf ihre Mail geantwortet, sie war gespannt, ob er heute zum Dienst erscheinen würde.

Nach gut zwanzig Minuten fuhr sie auf das Gelände der Dienststelle. Reiners Wagen stand bereits auf dem Parkplatz, und nach einem kurzen Blick über das Gelände entdeckte sie auch Peters Fahrzeug. Vielleicht hatte sie sich wieder einmal zu viele Gedanken gemacht, überlegte sie beim Einparken. Wenn Peter nun mit triefender Nase an seinem Platz sitzen würde, wäre es ihr schon ein bisschen unangenehm, dass sie gestern Reiner gegenüber so ein Fass aufgemacht hatte.

Doch als sie den Flur ihres Dezernats erreicht und Katja begrüßt hatte, entdeckte sie ihren Kollegen mit Reiner in der Teeküche, allem Anschein nach vollkommen gesund. Als die beiden Männer sie bemerkten, verstummte das Gespräch schlagartig.

»Moin, Susann«, begrüßte Peter sie.

»Guten Morgen«, antwortete sie. »Wieder auf dem Damm?«, setzte sie nach und sah ihm interessiert ins Gesicht.

Doch Peter hatte sich noch nie in die Karten gucken lassen. Ungerührt erwiderte er ihren Blick. »Geht schon wieder. Danke der Nachfrage.«

Reiner machte sich mal wieder ans Kaffeekochen.

»Ich hatte dir gestern eine Mail geschickt.« Die Augenbrauen hochgezogen, wartete Susann auf eine Reaktion.

»Ach, ehrlich?« Peter tat überrascht, doch das nahm sie ihm nicht ab. »Die muss mir dann wohl entgangen sein. Bist du sicher, dass die abgeschickt wurde?«

Susann antwortete nicht.

»Tja«, meinte Peter betont locker, »Was wolltest du denn von mir?«

»Hast du die Zeugenaussage von dem Gärtner überprüft?«, wollte sie wissen.

»Noch nicht. Weswegen denn genau?«

Susann fand, dass Peter es jetzt auf die Spitze trieb mit seiner Ahnungslosigkeit.

»Ob er wirklich allein gearbeitet hat.«

»Ach so. Ja, warum sollte er denn lügen?«

»Weiß nicht, Peter. Das tut doch nichts zur Sache. Wir überprüfen solche Aussagen und Punkt.« Allmählich wurde Susann das ganze Getue zu bunt. Gerade als Reiner sich vermittelnd einmischen wollte, rief Katja über den Gang nach ihm.

»Telefon! Ein Herr Koll ist in der Leitung. Er möchte eine Aussage machen!« Erleichtert, wenn auch überrascht, machte Reiner sich auf den Weg in sein Büro.

»Bin unterwegs!«, rief er ihrer Sekretärin zu und verschwand in seinem Zimmer.

»Groß«, meldete er sich, nachdem er den Knopf für Leitung eins gedrückt hatte.

»Guten Morgen, Herr Hauptkommissar«, meldete sich der Landschaftsgärtner. »Entschuldigen Sie die Störung, Sie hatten ja gesagt, dass ich mich melden solle, wenn mir noch etwas einfällt.«

»Schon gut, Herr Koll, Sie müssen sich nicht entschuldigen. Ganz im Gegenteil. Wir sind ja auf jegliche Mithilfe angewiesen, wie Sie sich vielleicht denken können.« Reiner lauschte in die Stille.

»Ja, also …«

Er hörte ein Zögern heraus und musste sich beherrschen, nicht nachzuhaken. Es war meist besser, den Leuten Zeit zu lassen.

»Ich möchte ja niemanden in Schwierigkeiten bringen. Es war nur merkwürdig, dass da dieser Fahrradfahrer seine Runden gedreht hat.« Reiner horchte auf. Das Opfer hatte doch auch einen Radfahrer erwähnt, wenn er sich nicht irrte.

»Wie meinen Sie das, Herr Koll? Könnten Sie etwas deutlicher werden?«, bat Reiner ihn und riss sich sichtlich zusammen, dem Zeugen nicht auf die Sprünge zu helfen und dadurch vermutlich die Aussage zu beeinflussen.

»Da fuhr so ein merkwürdiger Typ im Park umher. Ich weiß noch, dass der ein altes Rad fuhr, das er mit Blumen dekoriert hatte. Plastikblumen, glaube ich. Die sahen jedenfalls künstlich aus. Die hatte er am Lenker und hinten am Fahrradkorb angebracht.«

»Gut, und können Sie den Fahrer beschreiben?«

»Das war so ein Penner, olivgrüne Jacke, braune Hose, lange schmierige Haare und ein Vollbart.«

Reiner notierte sich eilig die Beschreibung.

»Was genau kam Ihnen denn merkwürdig am Verhalten des Mannes vor?«, wollte Reiner wissen.

»Na ja, weil der da so lange rumgefahren ist. Einmal ist er auch ganz nah an dem Mädchen vorbeigefahren. Ich weiß noch, dass ich kurz dachte, der würde das Kind umfahren. Dann habe ich mich weiter um meine Arbeit gekümmert und den Kerl vergessen. Bis eben, da musste ich plötzlich wieder daran denken.«

»Herr Koll, das hilft uns auf jeden Fall weiter. Danke, dass Sie angerufen haben. Und sollte Ihnen noch etwas einfallen, dann wissen Sie ja, wen Sie anrufen können.«

»Ja, weiß ich. Ich glaube nicht, dass da noch mehr war. Einen schönen Tag noch.«

»Ihnen auch.« Damit war das Gespräch beendet.

Reiner erhob sich und öffnete seine Bürotür zum Gang. »Peter? Susann?«, rief er in den Flur. Es dauerte nur ein paar Sekunden, da öffneten sich die beiden Türen seiner Kollegen. Fragend sahen sie ihn an.

»Kommt doch mal bitte kurz in mein Büro«, forderte er sie auf.

In seinem geräumigen Zimmer angekommen, setzten die drei Hauptkommissare sich an den Besuchertisch.

»Der Zeuge Koll hat gerade angerufen«, eröffnete Reiner das Gespräch.

»Ja, das haben wir mitgekriegt«, antwortete Peter kurz angebunden.

Es ist ihm unangenehm, dass der Zeuge, dessen Aussage er eigentlich überprüft haben sollte, sich inzwischen aus eigenem Antrieb bei ihnen gemeldet hatte, überlegte Susann.

»Mag sein, Peter. Kennst du denn auch den Grund für seinen Anruf?« Reiner sah Peter herausfordernd an.

Der schlug die Augen nieder. »Nein. Schieß los«, sprach er kleinlaut.

Susann fand das Verhalten höchst interessant. Noch mehr interessierte sie jedoch, was der Herr Koll zu sagen gehabt hatte. »Und?«, fragte sie deshalb ungeduldig nach.

»Er erinnert sich daran, einen Fahrradfahrer auf einem mit Blumen geschmückten Rad gesehen zu haben, der seine Runden im Park gedreht hat. Der Typ soll einmal sehr nah an unserem Opfer vorbeigefahren sein.«

Peter sah ruckartig auf. »Konnte er den Kerl beschreiben?« Und bevor Reiner darauf eingehen konnte: »Nein, warte! Ein großer, ungepflegter Kerl?«

»Ja! Woher weißt du das?«, fragte Reiner hellhörig geworden nach.

»So haben die Alkis am Bahnhof am Montag einen Typen beschrieben, der kurz vorher wohl auf einen von ihnen losgegangen sein soll. Kalle wird der in der Szene genannt. Gemäß Melderegister lautet sein vollständiger Name Karl Lemberg, wohnhaft am Theodor-Heuß-Ring, im sogenannten Bullenkloster. Ich wollte dem sowieso noch einen Besuch abstatten.«

»Aha, wolltest du«, murmelte Susann halblaut.

Peter sah sie schuldbewusst an. »Ja, tut mir leid, Susann. Mir ist was dazwischengekommen.«

Susann hob beide Hände. »Schon gut, Peter. Wir sind ja alle erwachsen, oder? Du wirst das schon alles im Griff haben.« Sie mochte sich selbst nicht in ihrer Rolle der beleidigten Leberwurst. Trotzdem konnte sie das Gefühl, ausgeschlossen zu sein, nicht abstellen.

Peter sprach zu Reiner: »Er soll etwas von toten Kindern gefaselt haben. Ich hatte dem bisher nicht so eine große Bedeutung beigemessen, weil er wohl andauernd irgendwelchen Blödsinn vor sich hin brabbeln soll. Mit dieser Information bekommt das Ganze hingegen eine andere Dimension.«

Reiner sah Susann an. »Würdest du Finja Wolf nach dem Radfahrer fragen? Soweit ich weiß, hat sie nichts von einem mit Blumen geschmückten Rad erwähnt.«

»Kann ich gleich telefonisch erledigen.«

»Danke, Susann.« Dann wandte Reiner sich an Peter: »Wann fährst du hin?«

Peter sah kurz auf die Uhr und dann zu Reiner. »Ich muss eigentlich bald wieder los. Du weißt ja, der Termin. Ich könnte doch morgen früh hinfahren. Dann können wir auch sicher sein, dass der Kerl zu Hause und nicht wieder unterwegs ist.«

Reiner blickte kurz zu Susann und klopfte Peter dann auf die Schulter. »Das sollte ausreichen. Viel Glück.«

»Danke dir«, murmelte Peter und erhob sich. Ohne ein weiteres Wort ging er aus dem Raum. Susann kam es so vor, als würde er ein riesiges Gewicht auf seinen Schultern tragen. Da war doch etwas im Gange! Doch als sie sich zu Reiner umdrehte, hob der nur abwehrend die Hände.

»Frag mich nicht, Susann. Frag ihn.« Dabei blickte er in Richtung Tür.

»Worauf du dich verlassen kannst.« Sprach's und ließ Reiner auf seinem Besucherstuhl zurück.

DONNERSTAG, 20. JUNI, NOCH 16 TAGE

Heute Abend begann die Kieler Woche. Zwar galt als offizieller Beginn der Holstenbummel am Samstag, seit ein paar Jahren hatte es sich jedoch eingebürgert, dass die meisten Buden bereits am Donnerstag geöffnet hatten.

Peter liebte normalerweise das größte Segelereignis der Welt mit dem schönsten Volksfest der Welt, wie er persönlich fand. Noch letztes Jahr war er fast täglich mit Karin auf dem Internationalen Markt auf dem Rathausplatz gewesen, um Speisen unterschiedlichster Nationen zu probieren und das eine oder andere Bier dazu zu genießen. Karin und er liebten es, vor dem irischen Stand mit einem Kilkenny in der Hand zwischen all den anderen

Menschen zu stehen, der Livemusik zu lauschen und bei den Gassenhauern lauthals mit dem Publikum mitzusingen.

Seiner Frau hatte es vor allem der irische Musiker Cathal Dolan angetan, der fast in jedem Jahr dort auftrat und die Menge zu unterhalten wusste.

In diesem Jahr würden sie es nicht zur Kieler Woche schaffen, so viel war ihm klar geworden. Stattdessen musste er sich damit auseinandersetzen, ein geeignetes Heim oder eine günstige Pflege für seine Frau zu finden.

Der Arzttermin gestern war ernüchternd gewesen. »Alzheimer im fortgeschrittenen Stadium«, hatte sein Hausarzt diagnostiziert. Dabei hätte er den Alzheimertest mit Karin gar nicht zu machen brauchen, so verwirrt, wie sie gewesen war.

Wie sollte es nur mit ihm weitergehen? Er konnte sich ein Leben ohne Karin gar nicht vorstellen. Sie hatten doch noch so viele Pläne gehabt für die Zeit, wenn er endlich pensioniert war. Das wäre im nächsten Jahr so weit gewesen. Im Augenblick konnte er Karin ja nicht einmal für eine Stunde unbeaufsichtigt lassen, um seinen Dienst auszuüben. Er hatte seine Tochter bitten müssen, später vorbeizukommen, um den Babysitter für ihre eigene Mutter zu spielen, wenn er Karl Lemberg in seiner Wohnung befragte.

Unglücklich surfte er durch die Websites der Heime. Die monatlichen Kosten erschreckten ihn. Ähnlich sah es auf den Plattformen für die polnischen Pflegekräfte aus. Außerdem konnte er sich gar nicht vorstellen, sein Heim dauerhaft mit einer fremden Person zu teilen. Dazu kam die Trauer, die von seiner Seele Besitz ergriffen hatte. Das Gefühl, einen geliebten Menschen zu verlieren, war kaum zu ertragen.

Die Türklingel schreckte ihn aus seinen traurigen Gedanken. Benommen schlurfte er zur Tür und ließ Valerie herein.

»Mama schläft.«

»Ist gut. Dann setze ich mich ein wenig auf die Terrasse. Es ist ja schön warm heute.« Zuvor ging seine Tochter ins

Schlafzimmer und vergewisserte sich, dass ihre Mutter tatsächlich noch schlief.

»Sie hat eine Tablette genommen.« Peter hielt inne und verbesserte sich dann. »Nein. Ich habe ihr eine Schlaftablette gegeben. Sie war so furchtbar unruhig. Die halbe Nacht schon. Ich habe kaum geschlafen, weil sie sich nicht beruhigen ließ. Deshalb habe ich ihr nach dem Frühstück eine Tablette gegeben.« Schuldbewusst sah er zu Boden.

Seine Tochter drehte sich zu ihm um und nahm ihn in den Arm. »Ist schon gut, Papa. Mach dir keine Vorwürfe! Ich habe das gegoogelt. Manchmal ist das wirklich das Beste für alle Beteiligten, auch für Mama in diesem Fall. Sie muss ja auch mal zur Ruhe kommen. Und du doch auch!«

Fast hätte er geweint. So tief war er dann doch noch nicht gesunken, dass er vor seiner Tochter heulen würde.

»Nee. Mach ich mir doch gar nicht, Spatz.« Er löste sich vorsichtig aus ihrer Umarmung. »Bin nur erschöpft. Danke, dass du auf Mama aufpasst. Ich mach auch schnell, versprochen.«

»Bis vierzehn Uhr ist Kathi im Kindergarten. Also lass dir Zeit, Papa.«

»Das schaffe ich locker. Gegen zwölf bin ich sicher wieder da.« Er sah auf die Uhr: zehn Uhr durch. Knapp zwei Stunden sollten wirklich reichen.

»Wenn du zurück bist, essen wir zusammen zu Mittag. Ich koche uns was. Ihr habt doch was im Kühlschrank, oder?«

»In letzter Zeit weniger«, gab Peter zu.

»Na, dann bestell ich uns was beim Chinesen. Mittagstisch. Das ist auch günstig«, wandte seine Tochter fröhlich ein.

Peter sah seine erwachsene Tochter an und ihm wurde ganz warm ums Herz. Sie war eine erwachsene, selbstbewusste Frau geworden, seine kleine Ente, wie er sie als Kind genannt hatte. Wieso war ihm das erst jetzt aufgefallen?

»Ist gut. Das klingt nach einem perfekten Plan. Ich bin pünktlich wieder da.« Als Peter die Haustür hinter sich zuzog, hatte er das erlösende Gefühl, dass ihm ein großer Teil seiner Last abgenommen worden war.

In diesem Moment bekam er eine SMS von Susann.

`Finja hat keinen Blumenschmuck gesehen. Sie spricht von einem Mountainbikefahrer. Höchstens zwanzig Jahre alt.`

Was sollte er jetzt damit anfangen? Da konnte man wieder einmal sehen, wie unzuverlässig Zeugen waren. Das machte Karl Lemberg natürlich weniger verdächtig. Trotzdem war dies noch lange kein Grund dafür, den Kerl nicht nach einem Alibi zu fragen. Peter startete seinen Wagen und fuhr los.

Kurze Zeit später parkte er seinen Wagen in zweiter Reihe vor dem dreistöckigen Gebäude aus Beton. Beim Betreten des Eingangsbereiches wurde er von dem Hausmeister angesprochen, der sein verglastes Büro gleich rechts neben dem Eingang hatte.

»Moin, kann ich helfen?« Der Mittvierziger in Jeans und T-Shirt wirkte kompetent und seriös. Wer dieses Gebäude zum ersten Mal betrat, wäre sicherlich überrascht gewesen von seinem gepflegten Erscheinungsbild, das so gar nicht in dieses Milieu passen wollte. Doch Peter kannte sich hier von zahlreichen Einsätzen aus seiner Zeit als Polizist in Uniform aus.

»Moin, Herr Berger. Ich will zu einem Karl Lemberg. Wo finde ich den denn?«

»Ach, der Stinkstiefel?« Dabei hielt Hannes Berger sich demonstrativ die Nase zu. »Der wohnt im zweiten Stock. Nummer dreiundzwanzig.«

»Ist er denn zu Hause?«, wollte Peter wissen.

»Jo. Der ist noch nicht losgefahren, um Flaschen zu sammeln. Müsste eigentlich jeden Moment runterkommen. Ist ein Frühaufsteher.«

»Danke, dann gehe ich mal nach oben. Nummer dreiundzwanzig, alles klar«, antwortete Peter und machte sich auf den Weg zum Treppenaufgang. Einen Fahrstuhl gab es hier nicht.

Auf dem Weg nach oben hörte er hier und dort Geschrei und laute Musik. Der Bau war schon sehr hellhörig. Andererseits bezweifelte Peter, dass man selbst in einem besser isolierten Haus nicht die ganzen Nebengeräusche hören würde, so laut, wie die waren.

Im zweiten Stock angekommen, ging er nach rechts und fand die Tür mit der weißen Dreiundzwanzig darauf schnell. Zunächst horchte er, konnte jedoch hinter der Tür nichts hören. Dann klopfte er an die Tür. »Aufmachen, Herr Lemberg. Polizei.«

Er musste entgegen seiner Befürchtung gar nicht warten oder womöglich noch einmal nachdrücklicher an die Tür klopfen, denn Karl Lemberg alias Kalle alias Stinkstiefel machte nach wenigen Sekunden die Tür auf und sah ihn mit etwas dumpfem Blick von oben herab an. Der Mann stank wie ein Berserker und war fast zwei Meter groß. Peter hatte urplötzlich ein mulmiges Gefühl und bedauerte, dass er keine Verstärkung mitgenommen hatte.

»Ja?« Bei näherem Hinsehen wirkte der Kerl jedoch eigentlich ganz harmlos, wie Peter fand.

»Darf ich kurz reinkommen? Muss ja nicht jeder hier hören«, bemerkte er und wurde ohne Widerspruch hereingelassen.

Mit zwei Schritten hatten sie den kleinen Flur durchquert und standen nun in einem Raum mit einer Matratze, einem Stuhl und einer Küchenzeile. Durch das geschlossene Fenster hörte man die Autos auf dem Theodor-Heuß-Ring entlangbrausen.

Der Riese blickte ihn an. Seine großen Hände hingen schlaff an seinem voluminösen Körper herab.

Peter wusste erst gar nicht, wie er anfangen sollte. Doch dann fing er sich. »Wir ermitteln in einem Gewaltverbrechen gegen Kinder und gehen gerade allen möglichen Zeugenaussagen nach.« Peter konnte keine Reaktion im Gesicht seines Gegenübers ausmachen. »Wo waren Sie am ersten Juni, Herr Lemberg?«

Der sah ihn überrascht an und überlegte. »Da war ich unterwegs.«

»Aha. Wo denn, und haben Sie Zeugen dafür?«

Doch der blieb einsilbig. »Weiß nicht mehr. Bin immer unterwegs.«

»Hm, hm«, machte Peter und sah sich demonstrativ in der Ranzbude um. Karl Lemberg folgte seinen Blicken. Es wurde ganz still in der Einzimmerwohnung. Peter konnte hören, wie der Alki schluckte.

»Herr Lemberg, wenn Sie nicht präziser werden können, muss ich Sie mit auf die Wache nehmen, fürchte ich.«

Nervös rieb der sich die feuchten Hände an der schmutzigen Hose ab. »Ich bin doch jeden Tag mit dem Rad unterwegs und sammle Flaschen und so 'n Zeug. Immer hier in der Gegend. Mann, woher soll ich denn noch wissen, wo ich vor drei Wochen gewesen bin!«, jammerte er. Plötzlich hielt er jedoch inne und lauschte. Er hielt seinen Kopf etwas schräg und murmelte unverständlich vor sich hin. Im nächsten Augenblick erhellte sich sein ganzes Gesicht und er sah Peter freudig an. »Ich war in Gaarden!«, rief er aus. »Da ham die so ein Fest gemacht im Garten. Jürgi war auch da. Der kann das bestätigen.«

»Die Unterkunft für die Alkoholszene in Gaarden meinen Sie?«, hakte Peter nach.

»Genau. Wir nennen die eigentlich nur die Bude. Da bin ich vormittags nach dem ersten Sammeln hingefahren und erst in der Dämmerung zurück. Hab 'n bisschen viel vom Korn gehabt und erst mal geschlafen.« Kurz dachte er nach. »Eddie war mit dem Hund auch noch da. Netter Kerl.«

»Gut, Herr Lemberg, dann werde ich den Jürgi und den Eddie mal fragen, ob die das bestätigen können.« Peter studierte Karls Gesicht, konnte jedoch keine Beunruhigung darin erkennen.

»Dann wünsche ich noch einen schönen Tag«, sprach er und ging zur Tür.

»Ebenso«, klang es aus dem Zimmer hinter ihm, dann war Peter nur noch froh, die Stinkbude verlassen zu können.

Unten grüßte er den Hausmeister durch die Glasscheibe und trat auf die Straße. Er sah kurz auf seine Uhr. Wenn er sich beeilte, konnte er noch das Protokoll auf der Wache schreiben, bevor er wieder nach Hause fuhr, um mit seiner Tochter zu Mittag zu essen. Viel lieber würde er jedoch auf der Dienststelle seinen Tag verbringen, wie er sich zu seiner Schande eingestehen musste. Dort wusste er wenigstens, was zu tun war. Zu Hause erwartete ihn eine unwegsame Situation nach der nächsten.

Er saß in seinem Wagen und schüttelte den Kopf bei dem Gedanken, dass er sich plötzlich davor fürchtete, nächstes Jahr in Pension zu gehen.

Ein Ereignis, auf das er sich seit zehn Jahren freute und das er kaum erwarten konnte, machte ihm nun Angst.

Doch dann erinnerte er sich an die Worte seiner Tochter von zuvor. Mit welcher Zuversicht und Stärke sie das Zepter praktisch übernommen hatte. Er musste das nicht allein durchstehen. Auch bei diesem Gedanken wunderte er sich über sich selbst. Er, der Einzelkämpfer, der nie Hilfe in Anspruch genommen hatte, tröstete sich mit dem Gedanken, die Last von seinen Schultern ein Stück weit abgeben zu können.

»Wird Zeit, die Kollegen aufzuklären, altes Haus«, sprach er laut ins Wageninnere. Und wieder fühlte er sich ein klein wenig befreiter bei diesem Gedanken. Er hatte im Grunde sehr loyale Kollegen und eine Vorgesetzte, die selbst so vieles im Leben durchgemacht hatte, dass sie wegen eines Kollegen in einer Lebenskrise bestimmt keine schlaflosen Nächte bekam.

»Man lernt wohl nie aus«, bemerkte er schmunzelnd und schaltete das Radio ein. Er mochte den Sender *Welle Nord,* weil dort Musik aus seiner Zeit gespielt wurde. Gerade gab Bruce Springsteen *Born in the USA* zum Besten, und Peter drehte die Lautstärke voll auf. Wenn seine Englischkenntnisse auch nicht dazu ausreichten, den gesamten Songtext mitzusingen, genügten sie doch, um den Refrain mitzuschmettern. Und genau das tat er nun.

FREITAG, 21. JUNI, NOCH 15 TAGE

Ziellos fuhr Karl seit dem frühen Morgen auf seinem Rad in der Gegend herum und hielt nach Flaschen und Dosen Ausschau. Der Besuch des Kommissars gestern hatte ihn beunruhigt. Er war nur froh, dass der nicht seine Sachen durchwühlt hatte. Wegen seines Alibis machte er sich hingegen keine Sorgen. Eddie und Jürgi würden seine Aussage mit Sicherheit bestätigen.

Der Vorfall mit Jürgi war nun schon einige Tage her und er war sich ganz sicher, dass der nicht mehr sauer auf ihn war.

In dem kleinen Café in Hasseldieksdamm neben der Schule war gerade nichts los, obwohl die Kids am Vormittag zur Stammkundschaft zählten. Zu seinem Glück war gerade Unterricht. Eigentlich war es kein richtiges Café, sondern eher eine Mischung aus Bäckerei und Kiosk mit zwei kleinen Tischen auf dem Gehweg.

Karl stellte sein Rad ab und betrat den Laden. Die Frau hinter dem Tresen kannte ihn gut.

Sie hatte ihn einmal zur Seite genommen. »Kalle«, hatte sie gesagt, »du kannst gern herkommen, wenn die Schule gerade Unterricht hat, dann sind die Kids nicht hier. In den Pausen und nach Unterrichtsschluss bleibst du bitte fern.« Dabei hielt sie sich die Hand vor die Nase.

Karl hatte zwar nicht gleich verstanden, wie sie das gemeint hatte, die Stimmen hatten ihn jedoch später über die Bedeutung ihrer Worte aufgeklärt. Böse war er ihr deswegen indes nicht. Er wusste ja, dass er sich mal waschen sollte. Doch irgendwie sah er selbst keine Notwendigkeit dafür.

Jetzt war der Laden leer, sodass er sein Käsebrötchen abholen konnte. Er brauchte nie zu zahlen, denn Christel bewahrte meist ein paar Stullen vom Vortag auf für *Leute wie ihn*.

»Hallo, Kalle! Alles klar?« Christel hielt ihm die Brötchentüte über den Tresen entgegen. Sie würde, gleich nachdem Kalle wieder verschwunden war, die Türen öffnen und frische Luft durch das Geschäft strömen lassen. Es fiel ihr sichtlich schwer, einen Brechreiz zu unterdrücken.

»Jo.« Mit einer schmutzigen und von offenen Stellen übersäten Hand griff Karl nach der Tüte, bedankte sich und machte sich wieder auf den Weg. »Danke, Christel!«, brummelte er nochmals beim Verlassen des Cafés.

Draußen verstaute er die Tüte im Fahrradkorb und setzte sich wieder in Bewegung. Er würde seine Mahlzeit in dem kleinen Wäldchen gegenüber dem Tierheim ein paar Hundert Meter weiter zu sich nehmen. Dort hatte er seine Ruhe.

*

Zur selben Zeit, nicht weit von dem Café entfernt, war Mirja sehr vorsichtig, als sie Pascha die Leine anlegte und sich durch den Garten nach draußen schlich. Blitzschnell rannte sie um die Ecke und damit außer Sichtweite ihrer Großeltern. Heute war sie nicht in der Schule, sondern bei ihren Großeltern, da sie morgens über Bauchschmerzen geklagt hatte. Glücklicherweise ging es ihr inzwischen wieder besser. Es war fast Mittag. Oma stand am Herd und kümmerte sich ums Mittagessen, während Opa am Küchentisch die Zeitung las.

Ab und zu las er seiner Frau etwas vor, über das die beiden dann diskutierten.

Der Hasseldieksdammer Weg war wie ausgestorben. In der Schule schräg gegenüber war Unterricht, viele Nachbarn waren im Urlaub, genossen die Sonne in ihren Gärten oder bereiteten selbst das Mittagessen vor.

Mirja genoss das Gefühl von Freiheit ebenso wie das Wissen, etwas Verbotenes zu tun.

Fröhlich schlug sie den Weg zum Uhlenkroger Gehölz ein.

Zwar durfte sie das Tierheim mit Pascha nicht betreten und sich die Tiere dort ansehen, was sie manchmal machte, wenn sie allein draußen unterwegs war. Die Frauen dort kannten sie und gestatteten ihr manchmal, die Katzen zu streicheln.

Stattdessen würde sie sich diesmal trauen, das kleine Wäldchen gegenüber zu erkunden.

Mit Opa war sie schon einige Male dort gewesen. Daher wusste Mirja, dass sie Pascha im Wald an der Leine lassen musste. Ein paarmal waren sie dort den Hundeausführern des Tierheims mit ihren Hunden begegnet.

Einmal waren sie einem Mann mit einem riesigen Hund mit Maulkorb begegnet, der fürchterlich an der Leine gezogen und ihren Pascha angebellt hatte. Mirja hatte Angst bekommen und Opas Hand gedrückt. Der war ganz ruhig geblieben und hatte ihr erklärt, dass diese Hunde nichts dafürkonnten, wie sie waren. Sie hätten einfach schlimme Erfahrungen gemacht. Schuld sei der Mensch.

Damals hatte Mirja sich Gedanken über den Hundeausführer gemacht und sich gefragt, was dieser Mann wohl so Schlimmes getan habe und weshalb er den Hund weiter ausführen durfte, wenn er doch schuld an dessen Verhalten war.

Zu Hause hatte sie Mama danach gefragt, die sie dann darüber aufgeklärt hatte, dass Opa nicht *diesen*, sondern alle Menschen damit gemeint hätte.

Mamas Erklärung wollte Mirja nicht so recht einleuchten. Sie selbst war doch auch ein Mensch, genau wie Oma, Opa und Mama. Und sie fühlte sich nun wirklich nicht schuldig, ebenso wenig konnte sie sich vorstellen, was ihre Großeltern oder Mutter mit dem wütenden Hund zu schaffen haben sollten.

Sie hoffte einfach, diesem Hund heute nicht zu begegnen, als sie in das kleine Wäldchen eintauchte.

Sofort hatte sie das Gefühl, eine andere Welt zu betreten. Das Sonnenlicht schien nur gedämpft durch die Blätterkronen der Bäume und warf helle und dunkle Flecken auf die Erde, die Luft war erfüllt von Vogelgezwitscher.

Pascha schnüffelte an jedem Busch und hob an jedem Baum das Bein. Mirja zog ihn ungeduldig weiter. Es war schattig und recht kühl. Sie merkte, dass ihr rotes Trägerkleid nicht warm genug war.

Nachdem sie einige Minuten kreuz und quer durch den Wald gelaufen war, nahm sie einen unangenehmen Geruch wahr. Knackte es nicht da im Busch? Ängstlich sah Mirja sich um. Ihre blonden Haare kitzelten im Nacken.

Plötzlich blieb Pascha ruckartig stehen und starrte ins Dickicht. Mirja versuchte angestrengt zu entdecken, was seine Aufmerksamkeit fesselte, konnte jedoch nichts erkennen.

»Pascha, komm jetzt!«, sprach sie laut und zog an der Flexileine. Der reagierte nicht auf ihren Befehl, sondern wirkte sehr aufgeregt und drängte nach vorn. Mirja merkte entsetzt, dass sie ihren Hund nicht mehr lange halten konnte, und stemmte sich mit ihrem ganzen Körpergewicht dagegen.

Da nahm sie plötzlich eine Bewegung im Gebüsch wahr. Sie sah, dass sich die Zweige teilten. Gleichzeitig wehte eine weitere Brise dieses wildtierartigen Gestanks zu ihr herüber.

»Pascha!«, schrie sie aus vollem Halse. Sie wusste, dass sie die Leine jeden Moment würde loslassen müssen. Plötzlich ergriff jemand von hinten ihre Hand und hielt die Leine für sie fest.

Erschrocken schrie Mirja auf und blickte sich um. Sie sah in die Augen eines jungen Mannes in Sportsachen.

Er zog Pascha mühelos zu sich heran, ließ die Flexileine einfahren und reichte sie Mirja. »Du solltest besser nicht allein mit deinem Hund hier durch den Wald laufen, Kleine. Hier kann dir ja sonst was geschehen.« Dabei sah er über die Schulter. In der Ferne näherte sich ein Spaziergänger mit seinem Hund.

Der besorgte Unterton entging Mirja nicht. Sofort bekam sie ein schlechtes Gewissen. Vielleicht war es auch bloß die Erleichterung darüber, dass ein Erwachsener ihr aus der Klemme half.

Ein paar Tränen rannen über ihr Gesicht, als sie dem Mann beschrieb, was sie gerade erlebt hatte. Dieser schnupperte konzentriert in Richtung Unterholz. »Ja. Ich rieche das auch. Ist sicher ein totes Tier. Das erklärt auch, weshalb dein Hund unbedingt dahinwollte. Komm, wir machen uns gemeinsam auf den Weg zu deinen Großeltern. Die werden dich bestimmt schon vermissen und machen sich sicher Sorgen.« Wieder sah er sich prüfend um. Dann griff er nach Mirjas Hand.

Zögernd ließ sie es geschehen. »Ich darf gar nicht mit Fremden sprechen«, gab sie leise zu.

Der hielt ihre Hand noch etwas fester. »Tja, dann hättest du wohl nicht allein im Wald spazieren gehen dürfen.«

Hörte sie da eine Drohung in seinem Ton? Mirja fühlte sich ganz klein.

»Ich bin Micha«, sprach der Fremde weiter. »Jetzt kennst du mich.« Und zu ihrer großen Erleichterung hörte Mirja ein Lächeln in seiner Stimme.

»Ich lasse dich jedenfalls nicht allein weiterlaufen. Erst wenn ich dich sicher abgegeben habe, wirst du mich los.« Damit wurde sein Griff um ihre Hand noch fester, fast tat es weh.

Plötzlich fühlte sie sich wieder unbehaglich. Ihre anfängliche Erleichterung über ihre Rettung wich einer unbestimmten Angst.

Hatte Mama ihr nicht ausdrücklich verboten, mit einem Fremden zu reden? Und nun *sprach* sie nicht nur mit einem fremden Mann, sie *ging* auch noch mit ihm durch den einsamen Wald! Doch sie traute sich nicht, ihm die Hand zu entziehen. Irgendwie kam ihr das unhöflich vor.

Schweigend ging Mirja neben dem nach Schweiß riechenden Mann her und hoffte, dass sie bald zu Hause war.

Es dauerte eine Weile, bis Mirja den richtigen Weg wiedergefunden hatte. Als sie den Wald verließen, wurden sie von einem Radfahrer auf einem mit Blumen geschmückten Fahrrad überholt. Der Gestank, der ihm hinterherwehte, war unausstehlich.

»Siehst du, wer sich da alles so herumtreibt, Kleine?«, betonte ihr Retter und zeigte auf den Radler.

»Ja«, entgegnete Mirja kleinlaut. Dann erkannte sie das Haus ihrer Großeltern in der Ferne. »Dahinten wohne ich«, verkündete sie, »jetzt kannst du mich loslassen.« Sie entzog dem Fremden ruckartig ihre Hand und lief los.

Er sah ihr noch kurz hinterher, seine Backenzähne mahlten angestrengt. Dann machte er sich auf den Weg zurück.

Freundlich grüßte er den Jogger, der ihm dabei entgegenkam.

*

Verdammt! So nah war er ihr gewesen! So nah! Ihr Duft hing noch in seiner Nase, so süß und sauber! Er hatte einen Fehler gemacht, weil die fette Qualle bald nicht mehr liefern wollte. Er war unvorsichtig geworden vor lauter Ungeduld. Da hatte er improvisiert und natürlich musste das schiefgehen!

Hab Geduld!, ermahnte er sich. Halte dich an deinen Plan, dann wirst du deine Beute schlagen. *Bei diesem Gedanken lief ihm das Wasser im Mund zusammen und er wischte sich den Speichel von den Lippen.*

*

Als Mirja den Garten betrat, hörte sie laute Stimmen aus dem Haus ihrer Großeltern.

»… im Garten nachgesehen. Pascha ist auch weg!« Das war Opas aufgeregte Stimme.

Leise näherte sie sich der Terrassentür und ließ Pascha von der Leine. Der rannte sofort ins Haus, um seinen Durst zu stillen.

»Pascha! Pascha!« Das war Oma. Im Laufschritt rannte diese durch das Wohnzimmer, wo sie Mirja vor der geöffneten Terrassentür stehen sah.

»Ich hab sie, Günther! Sie ist zu Hause!« Laut schluchzend eilte ihre Großmutter auf sie zu und schloss sie weinend in die Arme. Sofort erschien Opa in der Tür, das Telefon, mit dem der augenscheinlich mit Mirjas Mutter sprach, noch am Ohr.

»Susann, sie ist da!« Und nach einer kurzen Pause: »Nein, sie sieht gut aus. Unverletzt.«

So aufgelöst hatte Mirja ihre Großeltern noch nie erlebt. Sie schämte sich ganz furchtbar und machte sich große Sorgen, wenn sie an das Donnerwetter dachte, das sie von Mama zu erwarten hatte. Zum zweiten Mal an diesem Tag musste Mirja weinen und vergrub ihr tränennasses Gesicht in Omas zitterndem Bauch.

Doch es nützte ihr nichts. »Elsa, lass Mirja mal los«, hörte sie ihren Großvater mit erschöpfter Stimme sagen. Dann drückte er ihr den Hörer in die Hand. »Deine Mutter will dich sprechen, Mirja.« Vor lauter schlechtem Gewissen konnte Mirja ihren Großeltern nicht in die Augen sehen. Widerstrebend nahm sie den hingestreckten Hörer entgegen. »Mami?«

»Wo warst du?!«, schrie ihre Mutter in den Hörer. »Habe ich dir nicht verboten, allein rauszugehen? Wieso kannst du nicht einfach mal gehorchen?! Wir sind fast umgekommen vor Sorge!«

»Ich war doch nur kurz um die Ecke«, log Mirja. »Pascha musste unbedingt raus und ich wollte Oma nicht beim Kochen stören. Ich war doch nur gaaaanz kurz weg!« Die Lüge kam ihr ganz leicht über die Lippen. Für die Wahrheit war sie viel zu eingeschüchtert. Nicht auszudenken, was passieren würde, wenn sie vom Wald und dem Mann erzählte!

Oma nahm ihr den Hörer ab und schob sie nach drinnen, wo Opa sie mit einem strengen Blick in Empfang und mit zur Küche nahm. Im Weggehen konnte sie Omas beschwichtigende Stimme hören. Hoffentlich konnte sie Mama beruhigen! *So* wollte Mirja ihrer Mutter lieber nicht persönlich gegenübertreten.

*

Nachdem Susann das Gespräch mit ihrer Mutter beendet hatte, blieb sie nachdenklich vor ihrem Computer sitzen.

So aufgeregt hatte sie ihren Vater noch nie zuvor erlebt. Ihr Mutterinstinkt war sofort auf Panik eingestellt gewesen. Nun übernahm ihr Ermittlerinstinkt die Denkaufgabe.

Sie versuchte, den zeitlichen Ablauf zu rekonstruieren. Ihre Eltern müssen bereits eine ganze Weile nach Mirja gesucht haben. Wahrscheinlich zuerst im Haus, dann im Garten. Waren sie auch zur Straße gelaufen und hatten dort nach ihrer Enkelin gerufen? Bestimmt!

Hatten sie sich danach noch ein paar Minuten gegeben, in denen sie auf Mirjas Rückkehr gehofft hatten? Ganz sicher!

Sie konnte förmlich das Gespräch ihrer Eltern hören. »Hast du auch im Wandschrank im ersten Stock nachgesehen?« Ihre Mutter mit ihrer hohen Stimme, die ganz dünn wurde, wenn sie sich Sorgen machte.

»Natürlich. Ich habe auch unter allen Betten und oben auf dem Dachboden nachgesehen.« Die beherrschte Stimme ihres Vaters.

In Krisenzeiten behielt er normalerweise die Nerven.

Als Susann sich damals von Stefan getrennt hatte, war es ihr Vater gewesen, der sich um den Umzug in eine kleinere Wohnung gekümmert hatte. Im Gegensatz zu ihrer eher ängstlichen Mutter hatte er Susann zur Trennung geraten. Susann hatte seine Stärke geerbt, zum Leidwesen ihrer eigenen Tochter ließ sie hingegen die Sanftheit ihrer Mutter missen.

Das führte manchmal dazu, dass Mirja sich ihr gegenüber verschloss.

War es diesmal auch so?

In Gedanken ließ sie das Gespräch mit ihrer Tochter Revue passieren.

Susann hatte sich sehr aufgeregt. Sie hatte ihre Tochter angeschrien. Mirja hatte geweint und unter Tränen bekräftigt, nur kurz weggewesen zu sein.

Aber konnte sie ihr trauen?

Wenn ihre Einschätzung stimmte, dann waren mindestens zwanzig Minuten von der Entdeckung des Verschwindens bis zum Anruf vergangen.

Wie viel Zeit war vergangen, bis ihre Eltern überhaupt bemerkt hatten, dass Kind und Hund fehlten?

Ohne sich dessen bewusst zu sein, hatte Susann sich Notizen gemacht.

»Du warst mindestens eine halbe Stunde weg, mein Kind«, sprach sie in den leeren Raum.

»Wo warst du? Und wieso hast du uns nichts erzählt?«

Susann nahm sich vor, in den nächsten Tagen auf den Vorfall zurückzukommen. Womöglich war alles ganz harmlos. Hätte ihre Tochter etwas Schlimmes erlebt, hätte sie sich ihr oder den Großeltern doch sicher anvertraut. Vermutlich tat sie es gerade in diesem Moment. Oder später am Tag, wenn die Aufregung verklungen war.

Nächste Woche würden sie sicher alle darüber lachen können.

Das hoffte ihr Mutterherz.

Die Ermittlerin hingegen nahm die Notizen und verstaute sie in der Schublade ihres Schreibtisches.

Schließlich wandte Susann sich wieder ihren Notizen zu, die sie sich während der Befragung der Tierpfleger am Vormittag gemacht hatte.

Während sie noch dabei war, ihre Aufzeichnungen in den PC zu übertragen, öffnete sich ihre Bürotür und Reiner trat ein.

»Hi«, begrüßte er seine Kollegin, zog sich einen Stuhl heran und warf einen flüchtigen Blick auf den Bildschirm. »Ah! Du warst im Tierpark?«

Susann unterbrach ihre Arbeit. »Ja. Drei Pfleger konnte ich befragen. Haben alle ein Alibi. Muss ich nur noch überprüfen.« Sie fasste ihre blonden Haare und band sie mit einem Haargummi zu einem Zopf zusammen.

»Das machst du immer, wenn du in unserer Gesellschaft bist«, stellte er fest und lächelte Susann spitzbübisch an.

Die war sichtlich aus dem Konzept gebracht.

»Äh. Ja, ich trage meine Haare eigentlich nur privat offen, weißt du? Oder wenn ich allein bin.«

So ganz konnte sie ihre Verwunderung über Reiners Bemerkung nicht verhehlen, weshalb ihre Antwort schroffer ausfiel als beabsichtigt.

Der hob abwehrend beide Hände. »Ich wollte dir nicht zu nahe treten, Susann. Ich hätte einfach meinen Mund halten sollen. Tut mir leid!«

»Null Problem. Es ist auch nur aus praktischen Gründen. Offen fallen mir die Haare ständig ins Gesicht, da ist so ein Zopf halt zweckmäßig.« In Wahrheit wollte sie dadurch vermeiden, allzu weiblich in einer von Männern dominierten Arbeitswelt zu wirken, was sie ihrem Kollegen natürlich niemals auf die Nase binden würde.

Ein unangenehmes Schweigen entstand.

Ungewöhnlich zurückhaltend saß ihr Teamleiter nur wenige Zentimeter von ihr entfernt und starrte auf seine sehnigen Hände. Susann konnte sein Aftershave riechen.

»Nun gut«, sprach Reiner plötzlich in die Stille und erhob sich von seinem Stuhl. »Ich wollte rüber zu *John's*, 'nen Burger essen, und wollte fragen, ob du Lust und Zeit hast, mitzukommen. Oder hast du schon zu Mittag gegessen?«

An sich war daran nichts Besonderes. Wenn es passte, machten sie öfters mal gemeinsam Mittagspause.

Doch etwas in Reiners Stimme ließ sie wieder an sein breites Kreuz denken.

»Ach, das ist keine gute Idee! Ich habe gerade mit den Protokollen angefangen. Bring mir doch ein Sandwich mit. Egal welches. Such du was aus, ja?«, entgegnete sie betont locker.

»Alles klar!« flötete Reiner im Rausgehen und schloss die Tür hinter sich, ohne zurückzublicken.

»Was war denn das?«, fragte Susann laut in die Stille und strich sich nachdenklich über ihr Haar.

Schließlich zog sie ihren Zopf stramm und setzte ihre Arbeit am Computer fort.

*

Nachdem sie die Befragungsprotokolle geschrieben hatte, öffnete sie eine weitere Seite und fasste ihre Eindrücke und Beobachtungen zusammen. Dieses Vorgehen gehörte nicht zum Standard. Susann hatte sich diese Arbeitsweise irgendwann angewöhnt. Das half ihr dabei, sich später besser an die Aussagen sowie die Gedanken und Intuitionen, die sie bei ihr ausgelöst hatten, zu erinnern.

Als sie dabei war, das Büro im Tierpark zu beschreiben, stutzte sie plötzlich. Irgendetwas war ihr doch heute Vormittag ganz besonders aufgefallen, überlegte sie. Dann erinnerte sie sich an das Plakat an der Wand, das für eine Tierpatenschaft warb.

Sie ging ins Internet und sah sich auf der Website des Tierparks um. Schnell hatte sie den Link zu den Patenschaften gefunden und öffnete ihn.

Sowohl Firmen als auch Privatpersonen konnte Patenschaften für einzelne Tiere übernehmen. Man spendete einen vom Tierpark festgesetzten monatlichen Betrag und wurde im Gegenzug namentlich auf einem Schild am jeweiligen Gehege verewigt. Außerdem wurde man einmal jährlich zu einem Rundgang mit Führung und Fütterung eingeladen. Der Clou bestand darin, dass man sein Patentier einmal im Monat besuchen durfte, Fütterung und Pflege eingeschlossen, sofern der Wunsch danach bestand.

Als Susann den Infotext herunterscrollte, erschienen tatsächlich die Namen der Paten. Für manche Tiere hatten lokal ansässige Firmen die Patenschaft übernommen. In dem Fall wurden diese genannt.

»Nette Werbung«, murmelte Susann.

Das würde einen Haufen Arbeit nach sich ziehen. Sie notierte sich die Namen aller männlichen Paten samt Patentier sowie die Namen der Firmen. Sie würde für die Überprüfung aller Personen sicher Unterstützung brauchen. Wenn Reiner nachher mit dem Sandwich zurück war, würde sie ihn darum bitten. Wenn weder Reiner noch Peter Zeit dafür aufbringen konnten, musste sie eben andere Kollegen um Hilfe bitten.

Doch zuerst wollte sie die Alibis der beiden Tierpfleger überprüfen.

Da war der dreißigjährige Axel Müller, verheiratet, eine Tochter. Zum Zeitpunkt des Verbrechens vor drei Wochen war er angeblich mit seiner fünf Jahre alten Tochter bei den Großeltern väterlicherseits zu Besuch. Sie nahm sich vor, seine Eltern heute noch zu befragen.

Michael Groth, geschieden, kinderlos, sechsundfünfzig Jahre, behauptete, seine fünfundachtzigjährige Mutter im Altenheim besucht zu haben.

Während der Befragung wirkte der grobschlächtige Typ unsicher. Doch das konnte viele Ursachen haben. Susann checkte seine Daten.

Kein Treffer.

Manche Menschen machte allein der Umgang mit der Polizei nervös. Unter den gegebenen Umständen war es nur natürlich, wenn jemand etwas angespannt reagierte.

Sie suchte die Adresse der Seniorenresidenz heraus und musste feststellen, dass diese sich auf Bewohner mit Demenz spezialisiert hatte.

Susann rollte mit den Augen. Das machte die Überprüfung schwieriger als erwartet. Wenn sie Pech hatte, würde die alte Dame sich gar nicht daran erinnern können, ob sie überhaupt Besuch von ihrem Sohn bekommen hatte. Geschweige denn, dass sie das genaue Datum mit Tageszeitangabe nennen konnte.

Susann hoffte, dass die Besucher dort registriert wurden.

Sie sah sich die Adresse des Pflegers an. Der Straßenname sagte ihr nichts. Eine kurze Suche mit Google Maps ergab, dass er in Mettenhof wohnte. Susann öffnete den Kieler Stadtplan. Die Nähe zu den Tatorten war auffällig. Mit dem Fahrrad konnte man bequem zur Moorteichwiese radeln. Der kürzeste Weg verlief über den Hasseldieksdammer Weg.

»Praktisch am Haus meiner Eltern vorbei«, bemerkte Susann.

Die Härchen an ihren Armen stellten sich auf.

»Okay, Bürschchen. Dich werde ich einmal genauer unter die Lupe nehmen.«

Im selben Moment öffnete sich ihre Bürotür und Reiner trat ein, ein Thunfischsandwich in der einen und einen Schokomuffin in der anderen Hand balancierend.

»Ich sehe, du bist noch beschäftigt. Hier – dein Sandwich und ein kleiner Nachtisch. Die isst du doch so gern.« Damit hob er den Muffin kurz in die Höhe und legte beides auf ihren Schreibtisch.

Susann rollte mit ihrem Stuhl herum und betrachtete ihren Kollegen. »Danke, Reiner. Das ist sehr aufmerksam von dir. Was schulde ich dir?«

Seit wann gingen sie denn so förmlich miteinander um?

Du musst aufhören, in jede Bemerkung, die Reiner macht, etwas hineinzuinterpretieren, schalt sie sich, griff nach dem Sandwich und lächelte ihren Teamleiter dankbar an.

»Wie wäre es denn«, meinte dieser, »wenn du mich nach Dienstschluss auf ein Bier einladen würdest?« Und mit einem amüsierten Blick auf Susanns erschrockenes Gesicht fügte er lässig hinzu: »Ein privatdienstliches Bier, sozusagen. Ich denke, so können wir uns in lockerer Umgebung austauschen – über den Fall, versteht sich.«

Zu ihrer Erleichterung hatte Susann ihre Schlagfertigkeit wiedergefunden. Schmunzelnd sah sie Reiner aus ihrer sitzenden Position direkt in die braunen Augen. »Klar, sofern ich Mirja noch ein Stündchen länger bei meinen Eltern lassen kann. Es ist ja Wochenende. Hast du Peter denn schon gefragt? Ich finde, bei einem Austausch über den Fall sollte er nicht fehlen, oder?«

Abwartend hob sie beide Augenbrauen in die Höhe.

»Hab ich, aber seine Frau hat wohl Gäste eingeladen. Er ist leider verhindert heute.« Mit diesen Worten wandte Reiner sich zur Tür. »Sag mir Bescheid, ob es mit deinen Eltern klappt.« Ohne sich umzudrehen, verschwand er aus ihrem Büro.

Ein Blick auf die Uhr zeigte ihr, dass ihr noch drei Stunden bis Dienstschluss blieben. Sie schrieb ihrem Vater eine kurze Nachricht, dass es länger werden würde, was er prompt mit einem Daumen hoch quittierte, verbunden mit dem Angebot, dass Mirja doch bei ihnen heute übernachten könne. Susann überlegte einen Moment. Einerseits hätte sie ihre Tochter gern zu der Aktion heute Mittag näher ausgefragt, andererseits wäre es vielleicht ganz gut, wenn sie etwas Zeit verstreichen ließ. Außerdem liebte Mirja es, bei ihren Großeltern zu schlafen. Dort durfte sie für gewöhnlich etwas länger aufbleiben und ließ sich mit Kakao und Keksen vor dem Fernseher verwöhnen.

Also schrieb sie, dass sie das Angebot gern und dankbar annehme.

Anschließend wollte sie sich um die Tierpaten kümmern.

»Mist!«, fluchte sie leise. Da hatte sie doch glatt vergessen, Reiner um Unterstützung zu bitten! Nun gut, dazu würde sie heute Abend noch Gelegenheit bekommen.

*

Währenddessen machte Reiner es sich ein paar Türen weiter vor seinem Computer bequem. Seine Trübsal wegen Claudias Auszug hatte sich erstaunlicherweise nicht lange gehalten. Im Gegenteil! Im Grunde genommen hatte er sich in ihrer Beziehung ständig unter Druck gesetzt gefühlt.

An dem Klischee des ständig arbeitenden Kommissars, der Tag und Nacht im Dienst war und dadurch seine Ehe oder Beziehung aufs Spiel setzte, war was dran, gerade in Zeiten wie diesen, wenn man als Mitglied einer Sonderkommission ein Gewaltverbrechen aufzuklären hatte.

Gab es denn ein widerlicheres Verbrechen, als Kinder zu schänden? Seiner Meinung nach – und da stand er wahrhaftig nicht allein mit da – sollten Kinderschänder genauso bestraft werden wie Mörder, schließlich zerstörten sie ein Leben mit ihrer Tat. Ihn ärgerte, dass die Öffentlichkeit solche Täter meist als krank beschrieb, so als könnten die ja nichts dafür! Häufig fand sich jemand, der die schreckliche Kindheit des Täters als Entschuldigung ins Spiel brachte.

Reiner war sich sicher, dass niemand von denen jemals ein missbrauchtes Kind gesehen hatte. Niemand von diesen Leuten hatte je den Schmerz im Gesicht eines solchen Kindes mit ansehen müssen, oder die verzweifelten Eltern und die in der Folge des Verbrechens vernachlässigten Geschwister erlebt. In mindestens der Hälfte der Fälle brach die Familie auseinander. Und niemand sollte sich einreden lassen, dass sich eine Kinderseele jemals von diesem traumatischen Erlebnis erholen würde.

Der Täter bekam alle staatliche Hilfe, um wieder ein Mitglied der Gesellschaft werden zu können. Seine Personenrechte wurden vor besorgten Anwohnern geschützt. Doch, so fragte er sich, wo blieb die Hilfe für die Opfer und deren Familien?

Reiner wollte diesen Fall so schnell wie möglich abschließen. Sie alle wussten, dass es nur eine Frage der Zeit war, bis das Monster wieder zuschlug. Wenn er sein Muster beibehielt, bereits in zwei Wochen. Bestimmt war der Mistkerl längst auf der Suche nach seinem nächsten Opfer.

Reiner war gespannt auf Susanns Ermittlungsergebnisse. Er hatte großen Respekt vor ihrem Engagement, und das, obwohl sie es als alleinerziehende Mutter sicher nicht leicht hatte, Dienst und Privatleben unter einen Hut zu bringen.

Ihr Mann hatte sie vor zwei Jahren wegen einer anderen verlassen.

Ermittler blieben besser unter sich, hatte ein ehemaliger Kollege nach seiner dritten Scheidung einmal gesagt. Inzwischen fand Reiner, dass da was Wahres dran war.

Noch halb in Gedanken bei seiner Kollegin, die ihr glattes Haar zu einem Zopf zusammenfasste, öffnete er sein Mailkonto.

»Na endlich!« Hastig öffnete Reiner die E-Mail des Tierheims Uhlenkrog. Im Anhang war eine detaillierte Liste über die ehrenamtlichen Mitarbeiter aufgeführt. Leise pfiff Reiner durch die Zähne. Fast zwanzig Leute tummelten sich mehr oder weniger regelmäßig auf dem Gelände.

Glücklicherweise konnte er elf von ihnen von vornherein ausschließen, da es sich dabei um weibliche Helfer handelte.

Sein Handy meldete sich mit einem leisen *Pling*. Susann hatte ihm ein Daumen hoch gesendet.

Gut gelaunt wählte er die Nummer des Tierheims. Es dauerte etwas, bis der Hörer am anderen Ende der Leitung abgenommen wurde.

»Tierheim Uhlenkrog, Paula Hoffmeister. Was kann ich für Sie tun?«

»Kripo Kiel, Hauptkommissar Groß«, stellte Reiner sich vor. »Ich habe gerade die Liste gelesen, die Sie mir freundlicherweise geschickt haben«, eröffnete er das Gespräch.

»Gern. Wenn wir weiterhelfen können, tun wir das natürlich.« Sie hatte eine freundliche Stimme, ein wenig rau. *Raucherin*, vermutete Reiner.

»Ich habe da noch eine Bitte.« Reiner schlug den gleichen freundlichen Ton an. »In der Liste finden sich ja neun Männer. Hätten Sie zu denen vielleicht noch weitergehende Informationen für mich?«

»Was möchten Sie denn wissen?«, antwortete die Frau freundlich, wenn auch leicht verhalten.

»Um den Kreis einzugrenzen, benötigen wir das Alter, Statur und seit wann die Leute bei Ihnen beschäftigt sind.«

»Puh!«

Reiner hörte ein Rascheln, gefolgt von einem Ratschen. Die Dame hatte sich gerade eine Zigarette angezündet. Reiner hörte, wie sie den Rauch ausblies.

»Alter – Hm. Reicht Ihnen da eine grobe Einschätzung, denn natürlich muss hier keiner der Ehrenamtlichen sein Alter angeben?«, fragte sie.

»Eine Einschätzung reicht erst mal. Haben Sie die Liste, die Sie mir gemailt haben, zufälligerweise gerade vorliegen? Dann könnten wir die gemeinsam durchgehen und uns beiden damit Zeit einsparen.«

»Vorliegen nicht, aber wenn Sie einen Moment Geduld haben, sehe ich mal im Computer nach. Ich will nur schnell die Zigarette ausmachen, ich habe gerade eine kleine Pause gemacht. Ich nehme Sie mal mit zurück ins Büro. Kleinen Moment, geht sofort los.«

»Bingo!«, dachte Reiner.

Laut sagte er: »Kein Problem. Ich warte gern.«

Bis vor etwa einem Jahr hatte er auch geraucht. Es hatte ihn beruhigt, wenn der Stress gewaltig war, und belohnt, wenn er diesen bewältigt hatte. Also eigentlich ständig.

Kurz nach seinem vierzigsten Geburtstag im Sommer letzten Jahres bemerkte er dann, dass er kurzatmiger geworden war, und ließ sich durchchecken. Es war nicht die Lunge, wie befürchtet, sondern das Herz, was die Sache auch nicht besser gemacht hatte. Seitdem achtete er darauf, nicht zu viel Fast Food zu sich zu nehmen, was in seinem Beruf und jetzt als Single nicht gerade einfach für ihn war. Und er hörte auf zu rauchen. Einfach so. Normalerweise vermisste er seine Zigaretten nicht. Doch in Situationen wie diesen, wenn er die Geräusche, die mit dem Ritual einhergingen – das Knistern der Schachtel, das Zippen des Feuerzeugs und das Geräusch, wenn der Rauch mit Druck ausgeblasen wurde –, so deutlich wahrnahm, war die Versuchung gleichbleibend groß geblieben.

»So, kann losgehen.«

Er wurde jäh aus seinen Gedanken gerissen. »Gut. Können Sie mir all die Namen durchgeben, die über sechzig oder unter zwanzig Jahre alt sind?«

»Das ist einfach.« Husten. Ja, auch das kannte er aus der Vergangenheit.

»'tschuldigung. Das Laster«, entschuldigte Paula Hoffmeister sich mit einem Lächeln in der Stimme. » Kann's einfach nicht lassen.«

»Ich habe es vor einem Jahr aufgegeben.« Etwas unverfänglich Privates einzuflechten hatte ihm schon manche Tür geöffnet. Nicht dass er Paulas Tür – in Gedanken war sie nicht Frau Hoffmeister für ihn – groß öffnen müsste. Sie war sehr kooperativ.

»Sie Glücklicher!«, rief sie anerkennend. »Wie schafft man das denn? Können Sie mir vielleicht einen guten Tipp geben? Habe es selbst schon mit Akupunktur und Hypnose probiert. Hat leider nicht lange Erfolg gezeigt.«

Herzkranzgefäßverengung, hätte Reiner antworten können, das wäre dann wiederum zu privat gewesen, jedenfalls für seinen Geschmack.

»Meine Frau«, log er stattdessen.

Paula lachte. »Keine Chance! Mein Mann ist selbst Kettenraucher! Da kann man dann wohl nichts machen.«

Auch Reiner lachte.

»Gut, kommen wir zur Sache.« Ihrer Stimme war anzuhören, dass sie sich jetzt konzentrierte. »Also zwischen zwanzig und sechzig. Die meisten, die uns helfen, sind im Rentenalter, ein paar Jüngere sind dabei. … Hier! Der Thomas Lenz. Ich weiß, dass er Frührentner ist. Der müsste so in den Fünfzigern sein. Der ist schon lange dabei, vier, fünf Jahre vielleicht?«

Reiner hatte den Namen auf der Liste gefunden. »Der führt die Hunde aus. Richtig?«

»Ja. Der betreut drei Hunde zurzeit. Unsere schwierigen Fälle, sozusagen. Womit wir bei der Statur wären: Er ist kräftig gebaut. Ich will nicht sagen dick, hat aber schon ein paar Kilo zu viel auf der Waage, schätze ich.«

Reiner machte ein Kreuz an den Namen. »Ist er verheiratet?«

»Nein, geschieden. Ich glaube auch nicht, dass er eine feste Freundin hat. Jedenfalls wirkt er nicht wie ein Mann in einer festen Beziehung, wenn Sie wissen, was ich meine.«

»Könnten Sie das präziser ausdrücken?«

»Haha! Tja, er wirkt ein wenig schmuddelig. Mal unrasiert, müsste öfter zum Friseur, die Kleidung ist meistens die gleiche und müsste viel öfter gewaschen werden. Außerdem riecht Thomas nach Schweiß. Und ich meine nicht diesen frischen Schweiß, den Männer nach dem Sport oder körperlicher Arbeit verströmen, sondern alten Schweiß.«

Sie machte eine kleine Pause.

»Eine Frau würde das doch gar nicht zulassen! Also wenn mein Mann sich so gehen lassen würde, dann würde ich ihn in die Wanne scheuchen. Verstehen Sie, was ich sagen will?«

Dann, als hätte sie ein schlechtes Gewissen, weil sie gerade nicht so nett über einen Menschen geredet hatte: »Verstehen Sie mich nicht falsch! Thomas ist ein ganz Lieber. Ich vermute nur, dass er nicht viel anderes als sein Ehrenamt hier hat.«

Reiner hatte sich fleißig Notizen gemacht. Den guten Thomas würde er gern persönlich treffen. Dessen Telefonnummer nebst Adresse fand er neben seinem Namen.

»Das war sehr aufschlussreich, Frau Hoffmeister. Wie sieht es mit den übrigen Leuten aus?«

»Der Wilfried Kasten dürfte auch so in den Fünfzigern sein, vielleicht sechzig. Der kümmert sich vor allem um die Vögel in der Voliere. Klein und schmächtig, Asthmatiker. Eigentlich ist das gar nicht so gut für sein Asthma, so oft mit dem Federvieh rumzuhantieren. Aber der will nicht woanders eingesetzt werden. Ich glaube, der wollte mal Tauben züchten, was aus irgendwelchen Gründen nicht geklappt hat.« Kurze Pause. »Nee, ich komm nicht drauf.«

»Den lassen wir erst mal«, befand Reiner und klammerte den Namen auf seiner Liste ein, schrieb die Informationen, die er gerade bekommen hatte, trotzdem dazu.

»Suchen Sie eher die kräftigen Typen?«, wollte Paula Hoffmeister wissen.

Die ist auf Zack, dachte Reiner. *Könnte direkt bei uns anfangen.*

»Ja, das stimmt schon. Jedenfalls in erster Linie.«

»Sind eh nur noch zwei auf der Liste, die vom Alter her infrage kommen. Der Freddie Funke und der Kai Behrendt. Freddie ist um die dreißig, macht Bodybuilding. Ein hübscher Bursche und ein Sonnenschein. Der arbeitet in irgendeiner Gartenbaufirma als Gärtner. Er hat mir mal erzählt, dass er eigentlich Tierpfleger werden wollte. Hat nicht geklappt, jedenfalls nicht in Kiel. Durch sein Ehrenamt hier im Tierheim kommt er seinem Traum wenigstens ein bisschen näher. Und bevor Sie fragen – der ist glücklich verheiratet, wie er gern betont. Die beiden haben ein kleines Kind. Ein zweites ist gerade unterwegs. Ist seit gut zwei Jahren jeden Samstag dabei.«

Die Frau war ja eine Goldgrube! Ein Eldorado an Informationen! Reiner konnte seine Freude kaum verhehlen. Auch hinter Freddie Funkes Name kam ein Kreuz. Obwohl er ahnte, dass der liebe Sonnenschein-ich-bin-glücklich-verheiratet-Freddie nicht ihr Mann war.

Doch in Wirklichkeit konnte *jeder* Mann, der körperlich in der Lage war, ein Kind zu überfallen, auch ihr Täter sein. Niemand konnte in einen Menschen hineinsehen. Ein hübsches Gesicht konnte eine schwarze Seele verbergen, ein grober Charakter einen anständigen Menschen verstecken. Letztendlich war alles Fassade.

»Bleibt noch Kai Behrendt«, soufflierte er.

»Stimmt. Der müsste so in Freddies Alter sein. Schlank und durchtrainiert. Ist vor acht Monaten von Lübeck nach Kiel gezogen. Der steht auf unsere Katzen und«, sie legte eine kleine Pause ein, »auf unseren Azubi.« Schallendes Gelächter, das in einen rasselnden Husten überging.

»´tschuldigung, ´tschuldigung!« Ein letzter Husten, ein Räuspern. »Ich lach ja nicht, weil der schwul ist wie ein Stock. Ich stelle mir nur gerade wieder das Gesicht von Kevin, dem Azubi im ersten Lehrjahr, vor, als ihm der Kai probehalber an den Arsch gefasst hat.« Eine erneute Lachsalve erklang, so ansteckend, dass Reiner die Faust an den Mund drücken musste, um nicht mitzulachen. Als Staatsbeamter musste er schließlich auf die *political Correctness* achten.

Als es am anderen Ende der Leitung endlich wieder still wurde, entgegnete er dann auch ganz trocken: »Den können wir dann wohl auch streichen.« Damit löste er einen erneuten Lachkrampf aus, dem sich ein noch heftiger Hustenanfall anschloss.

»Aber so was von!«, brachte Paula endlich glucksend hervor.

»Frau Hoffmeister, es war mir ein Vergnügen, Sie haben uns sehr geholfen. Ich bedanke mich für die hilfreichen Informationen und wünsche Ihnen noch einen schönen Tag.«

»Das Vergnügen war ganz auf meiner Seite. Und den werde ich jetzt haben. Ihnen auch einen schönen Tag und viel Erfolg bei den Ermittlungen.«

Damit wurde das Gespräch beendet.

Sofort wählte Reiner die Nummer von Thomas Lenz. Doch diesmal hatte er kein Glück. Sein Anruf blieb unbeantwortet. Dann würde er das Gespräch auf morgen verlegen. Der Vorteil am Singleleben war, dass man auch ohne schlechtes Gewissen am Wochenende arbeiten konnte. Keine Vorwürfe, keine beleidigten Blicke.

Als Nächstes probierte er Freddie Funke zu erreichen. Nach dem zweiten Läuten wurde der Hörer abgenommen und eine Kleinkinderstimme meldete sich: »Hallo!«

»Hallo! Ist dein Papa da?«

»Nein. Papa Arbeit.«

Aus der Ferne hörte er eine Frauenstimme, die Mutter, vermutete er. »Magdalena? Nicht das Telefon abnehmen. Gib Mama den Hörer!« Ein Rascheln war zu hören.

»Hallo? Funke hier. Wer ist dort?«

»Guten Tag, hier spricht Hauptkommissar Groß von der Kripo Kiel. Ist Ihr Mann da?«

Pause.

»Nein. Der arbeitet. Worum geht es denn?« Argwöhnisch fragte sie nach.

Reiner setzte seine freundlichste Stimme ein. »Ich möchte ihn fragen, wo er am ersten Juni in den Nachmittagsstunden war.« Dann kam ihm eine Idee. »Vielleicht können Sie mir dazu ja Auskunft geben?«

»Warum wollen Sie das denn wissen?« Ihr Argwohn war merklich gestiegen.

»Wir ermitteln in einem Gewaltverbrechen und möchten Ihren Mann als möglichen Zeugen befragen.« Doch Reiner hatte Frau Funke unterschätzt. Sie verschloss sich wie eine Auster.

»Hören Sie, Herr Groß. Ich wüsste nicht, was mein Mann mit einem Gewaltverbrechen zu tun haben könnte, auch nicht als

Zeuge. Und am Telefon werde ich Ihnen erst recht keine Auskunft über irgendwas geben.« *Außer dass dein Mann gerade zur Arbeit ist,* dachte Reiner im Stillen.

»Wenn Sie wirklich von der Polizei sind, dann wird es Ihnen sicher nichts ausmachen, persönlich bei uns aufzuschlagen. *Dann* erzähle ich Ihnen sehr gern, wo Freddie am Samstag, den ersten Juni, gewesen ist. Einen schönen Tag noch.«

Zack, aufgelegt.

Reiner hätte zurückrufen und die Dame darauf aufmerksam machen können, dass er ihrem Mann genauso gut eine Vorladung schicken könnte.

Doch er ließ es gut sein. Reiner konnte ihr diese Reaktion nicht einmal verdenken. Im Gegenteil: Es war nur gut, dass sie sich so vorsichtig verhielt. Ein Blick auf die Computeruhr sagte ihm, dass er noch genügend Zeit hatte, die Familie Funke persönlich aufzusuchen. Er kontrollierte, ob er seinen Dienstausweis am Mann hatte, griff nach Handy und Autoschlüssel und machte sich auf den Weg nach Schilksee, wo die Familie in einer Mietwohnung ganz in der Nähe des Olympiazentrums an der Förde wohnte.

*

Sein Weg führte ihn über die Hochbrücke, die sich über dem Nord-Ostsee-Kanal spannte und rechter Hand den Blick über die Holtenauer Schleuse und die sich zur Ostsee hin öffnende Förde freigab. Für Reiner war es jedes Mal ein Highlight, über den Kanal zu fahren und den grandiosen Ausblick zu genießen.

Danach hielt er sich rechts und bog in die Fördestraße ein, die ihn am Falckensteiner Strand vorbei direkt nach Schilksee mit seinem Yachthafen führte. Er orientierte sich an der Ausschilderung Richtung Olympiazentrum, ein Wohnkomplex aus Beton, der während der Olympischen Spiele 1972 am Yachthafen entstanden war. Heutzutage befanden sich kleine Restaurants und Souvenirläden im Erdgeschoss und darüber kleine Wohnungen, die meist als Ferienwohnung genutzt wurden.

Familie Funke wohnte in einem der Wohnblöcke aus rotem Backstein davor, gleichwohl ohne den Luxus eines Meerblickes. Trotzdem war man von dort in wenigen Gehminuten am Strand.

Schnell fand Reiner die richtige Hausnummer und klingelte bei der Familie. Der Summer wurde kurz darauf betätigt und er stieg die Treppen zum ersten Stockwerk hinauf.

Oben wartete Frau Funke bereits in der Tür. Sie hatte kastanienbraunes, seidig glänzendes Haar, das ihr in Kaskaden über die Schultern fiel. Ihr Sommerkleid aus Stretch betonte ihre vollen Brüste sowie ihren unglaublichen Bauch. So wie es aussah, konnte es jeden Moment so weit sein. Reiner hoffte, nicht noch als Geburtshelfer tätig werden zu müssen.

Ein kleiner Rotschopf, dem Windelalter noch nicht entwachsen, blickte neugierig hinter ihr hervor.

»Ja bitte?« Ihre tellergroßen grünen Augen blickten argwöhnisch. Mit einer Hand streichelte sie den Kopf ihrer Tochter, die andere hielt sie schützend vor ihren Bauch.

Eine Löwin, dachte Reiner sofort. Er hielt ihr seinen Ausweis entgegen.

»Wir haben vorhin miteinander telefoniert.«

Sie studierte die Marke genau.

Endlich war sie zufrieden, öffnete die Tür ganz und trat zur Seite. »Bitte, kommen Sie herein.«

Reiner schob sich an ihrem Körper vorbei, wobei er unwillkürlich seinen Bauch einzog, um ihren nicht zu berühren.

»Danke.« Er sah sich kurz um. Die Wohnung war in hellen Pastelltönen gehalten. Über einer weißen Kommode hingen einige Familienschnappschüsse.

Auf einen zeigte er nun. »Ist das Ihr Mann?« Zu sehen war ein Paar, das sich lachend in den Armen hielt. Frau Funke erkannte er sogleich. Der Mann war hochgewachsen und athletisch gebaut. Seine braunen Augen blickten freundlich in die Kamera. Frau Funke lächelte und ihr Gesicht entspannte sich. Reiner fand sie beinahe überirdisch schön.

»Das ist Freddie«, bestätigte sie. »Kommen Sie mit ins Wohnzimmer. Da können wir uns setzen.« Sie zeigte auf ihren Bauch. »Ich bin echt froh, wenn es endlich so weit ist.«

Reiner wusste nicht recht, wo er hingucken sollte. Er wollte auf keinen Fall indiskret sein. Unhöflich hingegen auch nicht. Deshalb blickte er kurz auf ihren Bauch, nicht ohne vorher ihre Brüste mit seinem Blick gestreift zu haben.

»Lange kann es ja nicht mehr dauern, oder?« Reiner schluckte trocken. Sein Gegenüber schien sich ihrer Wirkung auf ihn nicht bewusst zu sein. Sie setzte sich in einen Sessel und bedeutete ihm mit einer Handbewegung, es ihr gleichzutun. Der kleine Rotschopf kletterte sofort auf Mamas Schoß und schmiegte sich an ihre Brust.

»Sie hat Hunger.«

»Ja, ähm. Wenn Sie stillen müssen, dann … soll ich im Flur warten?« Er war schon im Begriff, sich aus seinem Sessel zu erheben, da lachte Frau Funke.

»Nein, nein! Ich stille doch nicht mehr. Ich wollte nur sagen, dass wir nicht allzu viel Zeit haben, dann muss ich ihren Brei machen. Wenn Emma Hunger hat, brüllt sie das ganze Haus zusammen.«

Nun kam Reiner sich dumm vor.

Da half Frau Funke ihm aus der Klemme, indem sie das Gespräch auf das eigentliche Thema lenkte, weshalb er schließlich hier war.

»Nachdem wir telefoniert hatten«, hob sie an, »habe ich sofort meinen Mann angerufen. Er hat absolut keine Ahnung, weshalb er als Zeuge befragt werden soll.«

»Können Sie mir denn sagen, wo Ihr Mann zu dem besagten Zeitpunkt war?« Reiner hatte seine Professionalität wiedergefunden und sah ihr prüfend in die Augen.

»Ja, das kann ich. Das war ein Samstag. Dann geht er seinem Hobby nach. Er arbeitet ehrenamtlich im Kieler Tierheim. Er liebt Tiere, müssen Sie wissen. Dort ist er normalerweise zwischen zehn und vierzehn Uhr. Anschließend fährt er einkaufen und kommt direkt vom Einkaufen nach Hause.«

Reiner hatte seinen Notizblock aufgeklappt und schrieb fleißig mit. Nun sah er kurz auf.

»Wann genau war er am ersten Juni denn zurück?«

Sie musste nicht überlegen.

»Nach Emmas Mittagsschlaf, wie sonst auch. Also um fünfzehn Uhr.«

Reiner klappte sein Notizheft zu und erhob sich.

»Vielen Dank, Frau Funke, für Ihre Auskunft. Das hilft uns sicher weiter.«

Die befreite sich liebevoll aus der Umklammerung ihres Kindes und erhob sich ihrerseits schwerfällig aus dem Sessel. Dann ging sie vor ihm zur Wohnungstür, sodass Reiner einen ungehinderten Blick auf ihre Kehrseite werfen konnte. *Freddie, Freddie,* dachte er, *was bist du nur für ein Glückspilz!*

Da drehte sie sich um und hielt ihm ihre Hand entgegen.

»Auf Wiedersehen, Herr Groß.«

Ertappt fasste er die ihm dargebotene Hand. »Auf Wiedersehen.«

Und mit einem Blick auf ihren Bauch: »Und alles Gute!«

Nun lächelte sie wieder. »Danke.«

Dann wurde die Tür hinter Reiner geschlossen. *Wieso sollte ein Mann mit so einer Frau zu Hause sich an Kindern vergreifen,* fragte er sich auf dem Weg zum Auto. Unwillkürlich dachte er an Claudia, die er unheimlich sexy gefunden hatte, als sie sich kennengelernt hatten.

Claudia war ihm damals an dem Kiosk am Plöner See, der als Treffpunkt für Motorradfahrer diente, über den Weg gelaufen, oder besser gesagt, gefahren. Er stand mit einer Cola und Bratwurst an einem der Stehtische und genoss das erste sonnige Wochenende seit Beginn der Motorradsaison, als diese heiße Braut vor seiner Nase von ihrem Bike stieg und den Helm abnahm. Sie war ganz in schwarzes Leder gehüllt, und die Art, wie sie ihr schwarzes Haar schüttelte, machte ihn unheimlich an.

Sie hatte seinen Blick bemerkt, wie sie ihm später gestand, und sich frech zu ihm gesellt. Natürlich hatte er sie zu einem Imbiss eingeladen. Der Nachmittag mit Claudia hatte ihm unheimlich viel Spaß gemacht. Sie sprühte vor Energie und Witz und steckte ihn mit ihrer guten Laune an. Ungehemmt flirtete sie mit ihm, sodass er schon von einer schnellen Nummer träumte.

Dazu kam es jedoch nicht. Irgendwann wollte sie weiterfahren. Sein Angebot, mit ihr zu fahren, schlug sie mit einem wissenden Lächeln aus. Immerhin tauschten sie ihre Handynummern aus.

Im Bett waren sie sehr viel später gelandet, da war es längst um ihn geschehen, sodass es ihm gar nicht mehr um eine schnelle Eroberung ging.

Ihr erstes Mal war wie ein Rausch, nach dem man süchtig wurde. Von da an trieben sie es praktisch immer und überall. Noch bei dem Gedanken an die erste Zeit mit Claudia bekam er heiße Ohren.

Auch er hatte eine Frau mit einem perfekten Körper zu Hause gehabt. Claudia hatte nicht aufgehört, ihn zu wollen. Und trotzdem hatte er ihr auf Dauer nicht genügt, wie er sich jetzt eingestand.

Bleib aufmerksam, befahl er sich, *Äußerlichkeiten sind manchmal nur Fassade.*

Auf der Fahrt zurück ins Präsidium genoss er noch einmal die tolle Aussicht von der Brücke, diesmal auf die andere Seite des Kanals, und bog wenig später auf den Parkplatz seiner Dienststelle ein.

*

Nachdem er seine Notizen in den Computer eingegeben hatte, ging er rüber zu Susanns Büro. Sie war gerade dabei, ihre Sachen zu packen und den PC herunterzufahren. Als er zur Tür reinblickte, sah sie sich kurz zu ihm um. Sie lächelte ihn an. »Bin so weit.«

»Sehr schön. Hoffentlich hast du ordentlich Hunger.«

»Weiß nicht. Durst habe ich auf jeden Fall!«

Einträchtig verließen die zwei Kollegen das Gebäude und machten sich auf den kurzen Fußweg zum Burger Restaurant *John's*. Die meisten Tische waren bereits besetzt, sodass sie sich an den großen Tresen setzten. Der Barkeeper kannte sie gut. Sie waren sozusagen Stammgäste. »Moin«, begrüßte er sie. »Bier? Oder seid ihr im Dienst?«

»Unsereins ist *immer* im Dienst, Matze, das weißt du doch!«

Der grinste und winkte ab. »Jaja. Erzähl mir ein' vom Pferd.«

Reiner machte ein extra bestürztes Gesicht und sah sich theatralisch zu Susann um.

»Zwei Holsten«, orderte sie und schlug Reiner spielerisch auf den Arm.

»Ich nehme den Sportlersalat dazu«, schob Reiner hinterher. »Mit Essig und Öl. Kein Brot.«

Susann sah ihn von der Seite an. »Bist du auf Diät?«

»Quatsch. Ich hatte heute nur bereits den Burger und den Muffin. Ich muss auf mein Cholesterin achten. Weißt ja.«

»Stimmt.« Susann wusste, dass Reiner gesundheitsbedingt auf seine Ernährung achten musste. Noch sehr genau erinnerte sie sich an die Zeit, als er Angst vor Lungenkrebs gehabt hatte. Im Gegensatz zu Peter, der sich eigentlich nie über Persönliches äußerte, ging Reiner offen mit seinem Privatleben um. Das gefiel ihr an ihm.

Das Bier wurde vor sie auf den Tresen gestellt. »Prost, ihr beiden.« Sie hoben ihre Flaschen. »Prost, Matze.« Dann stießen sie an und tranken.

»Reiner«, setzte Susann an, bevor sie es wieder vergaß. »Würdest du mich bei der Überprüfung der Paten im Tierheim unterstützen? Allein schaffe ich es nicht. Das würde viel zu lange dauern.« Reiner überlegte nicht lang.

»Kann ich machen. Du musst mir nur die Liste mailen.«

»Super, danke dir.« Das schätzte Susann an Reiner. Er war da, wenn man ihn brauchte.

»Ich habe heute mit der Frau vom Tierheim telefoniert. Paula Hoffmeister. Die wäre eigentlich auch in unserem Verein richtig.«

Susann nahm einen weiteren Schluck aus der Flasche. »Wie meinst du das?«

»Die ist ganz schön auf Zack. Kann eins und eins zusammenzählen. Coole Frau.«

»Aha.« Wenig Begeisterung war zu hören. «Und, ist was bei rumgekommen?«

»Dank ihrer klugen Einschätzung der Mitarbeiter konnten wir die Liste der infrage kommenden Männer auf zwei zusammenstreichen. Mit der Frau von einem der beiden habe ich vorhin persönlich gesprochen.« Zu ihrem Aussehen und dessen Wirkung auf ihn äußerte Reiner sich vorsorglich nicht. »Demnach war er bis vierzehn Uhr im Tierheim und um fünfzehn Uhr zu Hause.«

»Wo wohnen die denn?«

»In Schilksee.«

»Dann bleibt eine halbe Stunde, in der er kein Alibi vorweisen kann.«

»In der Zeit war er einkaufen, meint seine Frau.«

Susann war nicht überzeugt. »Wenn das dann auch stimmt.«

»Ja.«

Matze stellte einen großen Teller Salat mit Putenbruststreifen vor Reiner. »Guten!«

»Danke.«

»Guten Appetit«, wünschte auch Susann. »Und der zweite Mitarbeiter?«

Reiner schluckte den ersten Bissen hinunter und spülte mit einem Schluck Bier nach. »Da hatte ich noch kein Glück. Ich probiere es morgen noch mal. Ist irgendwie ein merkwürdiger Typ.«

Susann sah ihn interessiert an. »Wie meinst du das?«

»Na ja, der soll allein leben, ist in den Fünfzigern, geschieden. Wohl ein netter Kerl«, Reiner machte Anführungszeichen in die

Luft, »dabei ziemlich schmuddelig. Außerdem stinkt er laut Paula Hoffmeister nach altem Schweiß.«

»Mmm, lecker!« Susann verzog angeekelt das Gesicht. » Damit steht er ja nicht allein da. Davon gibt es doch viele Männer.«

»Also, ich gehöre hoffentlich nicht dazu. Jetzt, da ich auch alleinstehend bin!« Reiner lachte. Da beugte Susann sich zu ihrem Kollegen rüber und tat, als würde sie an ihm schnüffeln. Ihr Haar, das sie jetzt offen trug, kitzelte seine Wange.

»Mmm, Herr Kollege, Sie riechen frisch wie der Morgentau!«

Reiner gluckste. »Da bin ich sehr froh, Frau Kollegin!« Dann in weniger spaßigem Ton: »Sie aber auch.«

Tatsächlich war ihm ihr Duft in die Nase gestiegen und auf der Wange spürte er noch die Stelle, an der ihr Haar ihn berührt hatte.

Susann griff nach ihrer Flasche und nahm einen Schluck, um das plötzliche Schweigen zu überbrücken. Reiner machte sich daran, seinen Salat zu essen. So saßen sie einige Minuten nebeneinander.

»Schade, dass Peter nicht dabei ist«, stellte Susann nach einer Weile fest.

»Ach«, meinte Reiner. »Du weißt doch, dass er sich nicht gern nach Dienstschluss mit Kollegen trifft. Da ist er ja ziemlich konsequent.«

»Trotzdem«, beharrte Susann. »Was haben Karin und er heute noch mal vorgehabt?«

Reiner zögerte. Ihm behagte das Thema nicht.

»Hab's vergessen.« Er hatte den Salat aufgegessen und Matze kam zu ihnen, um den leeren Teller abzuräumen. «Matze, noch ein Bier bitte!« und zu Susann: »Du auch noch eins?«

Die hob ihre halb volle Flasche. »Bin noch versorgt. Außerdem muss ich noch fahren.« Kurz überlegte sie und fügte dann hinzu: »Ich kann dich gern fahren, dann kannst du noch 'nen Korn dazu trinken.«

»Wow! Das Angebot nehme ich heute doch gern an!«, gab Reiner ehrlich erfreut zurück und orderte gleich einen Schnaps bei Matze.

»Tja«, neckte er sie, »frei und ungebunden zu sein *und* in der City zu wohnen, hat eben auch Vorteile!«

»Wie ich sehe, geht es dir wieder prima«, stichelte Susann freundschaftlich.

»Mir geht es ausgezeichnet«, gab Reiner zurück. »Nein, wirklich. Wenn ich jetzt darüber nachdenke, war die Beziehung zu Claudia eigentlich schon länger nichts mehr. Habe es nur irgendwie nicht gemerkt.«

Susann wusste, was Reiner meinte. »Ja, man ist so in seinem Trott, dass man das alles gar nicht hinterfragt.«

Inzwischen standen das zweite Bier und der Korn vor Reiner, der mehrere kräftige Schlucke nahm. Als er die Flasche wieder absetzte, war sie halb leer. Mit einer kurzen Handbewegung bestellte er das nächste Herrengedeck.

Susann gönnte ihm diese Art von Entspannung.

»Ich kann mir den Schock richtig vorstellen, als du die Nachricht auf Claudias Handy gelesen hast«, sprach sie weiter. »Ich bin damals auch aus allen Wolken gefallen, als ich herausgekriegt habe, dass Stefan mich betrügt.«

Ohne darüber nachzudenken, legte Reiner seine Hand auf ihre. »So ein Idiot«, seine Stimme klang rau. »Ich habe schon damals gesagt, wie blöd der ist, eine Frau wie dich gehen zu lassen.« Seinen Daumen bewegte er auf ihrem Handrücken hin und her. Susann hielt ganz still.

»Darf es noch was sein?« Matzes Stimme dröhnte viel zu laut. Reiner zog seine Hand weg.

»Für mich noch eins.« Und mit Blick auf Susanns inzwischen leere Flasche: »Und eine Rhabarbersaftschorle ohne Kohlensäure für meine Lieblingskollegin.«

»Du hast es dir gemerkt«, stellte Susann erstaunt fest.

Reiner zeigte ihr sein entwaffnendes Jungenlächeln. »So schwer ist das ja nicht. Was Essen und Trinken angeht, bist du ziemlich«, er machte eine Pause und sah betont gleichgültig an die Decke, »genügsam, um nicht zu sagen, autistisch veranlagt.« Nur sagte er *»autischisch«*.

Susann grinste ihren Kollegen an. »Autischisch, soso!«, zog sie ihn auf. »Hat da jemand zu tief ins Glas geblickt?«

»Mag sein«, gab Reiner offenherzig zu. »Aber glaube mir, lieber würde ich ganz woanders tief reingucken.« Er drehte sich zu ihr und fixierte ihr Gesicht, was ihm bereits nicht mehr so leichtfiel, wie Susann seinem glasigen Blick entnehmen konnte.

Gerade wusste sie nicht, was sie sich wünschen sollte. Dass er aussprach, was ihm auf der Zunge lag, oder dass er lieber still sein sollte. Letztendlich war es seine Wahl, nicht ihre.

»In deine blauen Augen, zum Beispiel.« Sein Gesicht kam dem ihren bedenklich nah, nur wenige Zentimeter trennten ihre Lippen. Sie war drauf und dran, es geschehen zu lassen. Doch dann lehnte sie sich etwas zurück und vergrößerte dadurch den Abstand zu ihm.

»Susann, ich bin nicht betrunken.« Einen Moment blieb er in der vorgebeugten Haltung sitzen und sah ihr frei ins Gesicht. Dann lehnte er sich wieder zurück.

»Vielleicht angesäuselt und dadurch mutiger als sonst. Keinesfalls betrunken.«

»Danke, Reiner. Ich nehme das als Kompliment.« Susann lächelte. Und es stimmte, sie fühlte sich geschmeichelt durch seine Aufmerksamkeit und den etwas unbeholfenen Annäherungsversuch. *Sie* hatte zum Glück fast nichts getrunken und sah die Dinge klar.

»Wie sieht es aus – soll ich dich nach Hause fahren?«

»Ja, Susann. Wird wohl das Beste sein. Deine zwei Getränke übernehme ich.«

Das ging für sie in Ordnung. »Danke dir. Nächstes Mal zahle ich dann wirklich das Bier.«

»Ein nächstes Mal? Wirklich? Dann kann ich ja noch hoffen!« Reiner hatte zu seinem scherzhaften Ton zurückgefunden und fasste sich in einer übertriebenen Geste mit beiden Händen an seine Brust. Lachend schlug Susann nach ihm.

Der Moment war vorüber. Jetzt waren sie wieder nur zwei Kollegen, die nach Dienstschluss gemeinsam ein Bier getrunken hatten.

SAMSTAG, 22. JUNI, NOCH 14 TAGE

Am Samstagmorgen erwachte Reiner mit einem Kater. Nachdem Susann ihn am Abend zuvor vor seiner Wohnung abgesetzt hatte, hatte er mit Whisky weitergemacht, ehe er schlafen gegangen war.

Angestrengt rief er sich den gestrigen Abend in Erinnerung. Er hoffte inständig, nichts Dummes gesagt oder getan zu haben. Er erinnerte sich gut an alles, was bei *John's* gewesen war, auch daran, dass er versucht hatte, Susann im Auto zum Abschied zu küssen. Gequält schloss er die Augen. *Du Idiot!,* schimpfte er. Gott sei Dank war Susann so professionell!

Um nicht weiter nachdenken zu müssen, stand er auf. Nachdem er geduscht und einen Kaffee getrunken hatte, wählte er die Nummer von Thomas Lenz.

Diesmal hatte er Glück, denn der nahm nach dem ersten Klingeln ab.

»Lenz.«

»Kripo Kiel, Hauptkommissar Groß. Hätten Sie ein paar Minuten Zeit für mich?« Reiner hatte mit allen möglichen Reaktionen gerechnet, nur nicht mit der, die folgte.

»Ist es wegen dem Kerl und dem Mädchen im Wald?«

Überrumpelt stutzte Reiner einen Moment. »Wie meinen Sie das?«, fragte er dann.

Der Mann am anderen Ende der Leitung klang aufgeregt. »Ich wollte mich ja auch schon melden, habe mich nur nicht gleich getraut. Wissen Sie, ich mische mich nicht gern in die Angelegenheiten anderer ein. Nur war das doch irgendwie eine merkwürdige Situation gestern Nachmittag.«

Nun verstand Reiner gar nichts mehr. »Jetzt mal der Reihe nach, Herr Lenz. Was fanden Sie komisch und welchen Wald meinen Sie überhaupt?«

Nun war es an Thomas Lenz, sich zu wundern.

»Darf ich fragen, weshalb Sie mich dann anrufen?«, fragte er hörbar verdutzt. Diese Reaktion kam so natürlich, dass Reiner sich so gut wie sicher war, dass dieser Mann mit den Überfällen nichts zu tun hatte. Trotzdem wollte er seine Befragung durchführen. Er hatte schon Pferde kotzen sehen, wie man so schön sagte.

»Ich habe Ihre Kontaktdaten vom Tierheim Uhlenkrog. Wir ermitteln in einem Gewaltverbrechen und ich wüsste gern, wo Sie am Samstag, den ersten Juni, in den Nachmittagsstunden waren.«

»Angeln«, kam es wie aus der Pistole geschossen.

»Kann das jemand bestätigen?«

»Mein Kumpel Bjarne. Bjarne Folkers. Ich kann Ihnen seine Nummer geben, wenn Sie wollen.«

Reiner notierte sich Name, Nummer und Adresse.

»So. Nun von vorn. Was wollten Sie mir zu Beginn unseres Gespräches mitteilen?«

»Ich war gestern mit Benny im Uhlenkroger Gehölz, gleich gegenüber vom Tierheim. Benny ist einer der Hunde, die ich regelmäßig ausführe. Freitags ist Benny dran. Das ist ein Pitbull aus einer katastrophalen Haltung. Der darf nur mit Maulkorb raus. Jedenfalls war ich schon auf dem Rückweg, muss gegen zwölf oder dreizehn Uhr gewesen sein. Da höre ich ein Kind schreien. Ein Mädchen. Ich bin in die Richtung und da sehe ich von Weitem einen jungen Kerl in Sportsachen mit einem kleinen Mädchen an der Hand laufen. Das Mädchen hatte einen Hund an der

Leine. Eine französische Bulldogge. Er hat ihr nichts getan oder so. Trotzdem kam es mir irgendwie merkwürdig vor. Erst schreit da ein Kind und dann gehen die beiden eilig davon. Ich hab die ganze Zeit, seit ich wieder zu Hause war, vor dem Telefon gesessen und mit mir gerungen, ob ich die Polizei anrufen soll oder nicht. Und plötzlich sind Sie in der Leitung.«

»Wir machen das so: Ich nehme Ihre Aussage hier am Telefon auf, für den Fall, dass in den nächsten Tagen etwas in dieser Richtung gemeldet wird.«

»Gut.« Seine Erleichterung war nicht zu überhören. »Was wollen Sie wissen?«

»Alles, an was Sie sich erinnern können. Aussehen des Mannes, des Kindes, des Hundes, Ort und so weiter und so fort.«

»Sie schreiben mit?«

»Ja, ich schreibe mit. Falls Sie zu schnell sind, sage ich Bescheid. Los geht's!«

»Also, ich habe die beiden ja nur von hinten gesehen. Sie waren bestimmt sechzig, siebzig Meter vor mir. Der Mann hatte Sportsachen an, Laufsachen vielleicht. Er hatte einen Pferdeschwanz. Die Haare dunkelblond oder braun.« Er legte eine kurze Pause ein. »Das Mädchen war sehr zierlich, vielleicht sieben oder acht Jahre alt. So gut kann ich das nicht schätzen, wissen Sie. Ich habe mit Kindern eigentlich nie zu tun. Ich denke, dass sie schon zur Schule ging. Sie hatte schulterlanges blondes Haar und sie trug ein ärmelloses rotes Kleid. Die französische Bulldogge war weiß mit braunen Flecken.« Er überlegte eine Weile und fuhr dann etwas zögernd fort. »Ich weiß nicht, ob ich mir das eingebildet habe, doch irgendetwas an der Art, wie der Mann das Kind an der Hand festhielt, war merkwürdig.«

»Inwiefern?«, hakte Reiner nach. Allmählich kam ihm die Situation, die der Mann schilderte, ebenfalls merkwürdig vor. Noch klingelten seine Alarmglocken allerdings nicht.

»Wie soll ich das denn beschreiben?«, sprach sein Gesprächspartner mehr zu sich selbst als zu ihm.

»Ich war ja weiter weg, deshalb kann ich mir absolut nicht sicher sein. Wissen Sie, Herr Kommissar, ich möchte niemanden in Schwierigkeiten bringen. Ich hatte irgendwie den Eindruck, als würde er die Hand des Kindes sehr fest anpacken. Das Mädchen hielt auch Abstand zu dem Mann. Jedenfalls war ihr Arm gestreckt und sie lief ein bisschen hinter dem Kerl. Es sah so aus, als hielte sie gerade so viel Abstand, wie es ihr an der Hand des Typs möglich war.«

»Und Sie sind nicht eingeschritten?«, hakte Reiner nach. Er wollte sein wachsendes Unverständnis für das zögerliche Verhalten von Lenz gar nicht verbergen.

Das war das Problem in der heutigen Gesellschaft, fand Reiner, dass die Leute mit Scheuklappen durchs Leben liefen. Bloß nicht einmischen! Jeder kümmerte sich um seinen eigenen Kram. Passten die Menschen denn gar nicht mehr aufeinander auf?

»Ich bin den beiden gefolgt, lag sowieso auf meinem Weg. Als die zwei dann am Tierheim den Wald verließen und in Richtung Hasseldieksdammer Weg gingen, war ich eigentlich beruhigt.«

»Eigentlich?«, insistierte Reiner.

»Ja, weil doch in den Nachrichten von diesem Kinderschänder berichtet wurde. Aber dann wäre er doch nicht mit dem Kind zur Straße gegangen, oder?«

»Wohl nicht«, überlegte Reiner laut. »Ich habe Ihre Aussage hiermit zu Protokoll genommen, Herr Lenz. Ihr Alibi für den ersten Juni werde ich überprüfen.« Bevor Reiner das Gespräch beendete, hatte er noch eine wichtige Frage: »Wollen Sie denn gar nicht wissen, wieso ich Sie danach gefragt habe, was Sie am ersten Juni gemacht haben?«

»Die Mädchen«, kam die Antwort prompt. Sachlich, ohne Unsicherheit in der Stimme.

»Richtig«, bestätigte Reiner, verabschiedete sich dann und legte auf.

*

Fast zur selben Zeit telefonierte Adrian mit seinem Freund Florian, den jeder nur Flo nannte. Das Wetter war sonnig und für nordische Verhältnisse fast schon heiß. Deshalb wollten die jungen Männer heute zum Strand fahren.

»Wir treffen uns am besten da. Ich komme mit dem Rad.« Adrian hatte sein Handy auf Lautsprecher gestellt und packte nebenbei seine Strandtasche.

»Alles klar, Kumpel. Cemal und Dennis fahren bei mir im Auto mit. Wenn du willst, holen wir dich ab.«

Adrian lehnte dankend ab. »Nee, schon gut. Ich brauch die Fitness, hab's in letzter Zeit schleifen lassen.« Außerdem würde der Parkplatz an einem Sonnabend sowieso brechend voll sein. Bestimmt mussten sie auf dem Ausweichparkplatz parken und von da mindestens einen Kilometer zu Fuß gehen.

»Ey, Alter«, schallte es aus dem Hörer. »Keiner von uns ist so durchtrainiert wie du. Aber schon gut. Dann bis nachher neben der Brücke. Ciao!«

Sein bester Freund hatte das Gespräch weggedrückt und Adrian sah kurz auf die Handyuhr. Bis zur verabredeten Zeit blieben ihm zwei Stunden. Zeit genug, sich ein, zwei belegte Brötchen vom Bäcker zu holen.

Vorher wollte er unbedingt noch duschen und sich ausgiebig rasieren.

Adrian hasste Körperbehaarung.

Länger als eine Stunde brauchte er sowieso nicht bis zum Falckensteiner Strand.

Nachdem er sauber und glatt rasiert war, zog er sich seine kurze Sporthose und ein Muskelshirt an und machte sich auf den kurzen Weg zum Bäcker.

Als er die Straße überqueren wollte, fiel ihm ein kleiner Hund auf, der herrenlos, jedoch mit Leine auf dem Gehweg vor Adrians Hauseingang herumlief.

Er wusste sofort, wem das Hündchen gehörte, und ging vorsichtig auf Felix, wie der junge Hund gerufen wurde, zu. Der war gar nicht schüchtern und kam neugierig angelaufen.

Adrian bückte sich und griff blitzschnell nach der Leine. »Du kleiner Ausreißer, du!«, gurrte er und streichelte über das weiche Fell. Dabei blickte er sich suchend um. Niemand war zu sehen.

Kurz überlegte er, was zu tun sei. Vielleicht war es am besten, zum Haus gegenüber zu gehen. Dort wohnte die Kleine doch. Er würde einfach irgendwo klingeln. Die Nachbarn würden ihm schon die richtige Klingel zeigen. Gerade als er die Straße mit dem Hund überquerte, kamen ihm das Mädchen und seine Mutter aufgeregt entgegengelaufen.

»Gott sei Dank!«, rief die Mutter.

»Felix!«, schrie das Mädchen.

»Himmel, wir haben ihn schon überall gesucht!« Inzwischen waren die beiden bei Adrian angekommen und die Mutter ergriff dankbar die ihr hingestreckte Leine. Klara kniete vor ihrem Hund und schimpfte auf Polnisch mit ihm, wie Kinder es taten, wenn sie mit ihrer Puppe spielten. Dabei kraulte und kuschelte sie den kleinen Hund.

»Ich bin Irina.« Adrian fasste die ihm hingestreckte Hand. »Und das ist Klara.« Liebevoll betrachtete die Mutter ihre Tochter. Dann blickte sie mit kornblumenblauen Augen, die sie an ihre Tochter vererbt hatte, zu Adrian auf. Sie war klein, keine eins siebzig, schätzte er.

»Vielen, vielen Dank, dass du das Hundchen gehalten hast fest. Gar nicht zu denken aus, wenn er überfahren worden wäre.«

Adrian gefiel das gebrochene Deutsch und der Akzent, in den sie in ihrer Aufregung verfallen war. Irgendwie fand er ihn süß. Sie hatte ihn geduzt. Das hatte ihn anfangs verblüfft, bei genauerem Hinsehen bemerkte er jedoch, dass sie beide ungefähr im selben Alter sein mussten.

»Wie kann ich dir danken?« Irina wühlte in ihrer Handtasche. »Hier – Finderlohn.« Den ausgestreckten Zehneuroschein nahm Adrian nicht an. Abwehrend hob er beide Hände.

»Auf keinen Fall nehme ich Geld von dir! Das war doch selbstverständlich. Ich habe sogar gewusst, dass das euer Hund ist.«

Und weil ihm der plötzliche Vorbehalt in ihrem Gesicht nicht gefiel, fügte er hastig hinzu: »Na ja, jeder hier weiß das. Man sieht euch ja häufig mit ihm rausgehen.«

Er schien die Klippe umschifft zu haben, denn Irina zeigte ihm wieder ihr strahlendes Lächeln.

»Okay. Gut. Also vielleicht trinken wir irgendwann mal was zusammen?« Ihre Blicke waren einmal über seinen muskulösen Körper gewandert. Offensichtlich gefiel ihr, was sie da sah.

»Wir wohnen da. Im zweiten Stock. Mit Balkon.« Adrian folgte ihrem Fingerzeig und sein Blick blieb an einem Fenster mit rosa Gardinen hängen.

»Ja, das ist Klaras Zimmer. Sie liebt Rosa.« Verschwörerisch rollte Irina mit den Augen. Adrian musste grinsen.

»Gut, gern. Ich muss jetzt zum Bäcker, hab noch was vor.«

»Schön. Dann bis irgendwann, vielleicht?«

Adrian lächelte.

Nach einem weiteren Blick auf seinen muskulösen Körper drehte sie sich um, nahm ihre Tochter an die Hand und sie spazierten samt dem Ausreißer davon.

Klara wandte sich nach ein paar Metern um und winkte dem Mann, der ihnen hinterhersah. »Mama?«

»Ja, Klara?« In Gedanken war Irina noch bei der Situation eben und lächelte in sich hinein.

»Wie heißt der Mann?«

Da erst bemerkte sie, dass er ihr seinen Namen gar nicht genannt hatte.

Es würde wohl keine Balkonverabredung geben.

»Ich weiß es nicht, Klara.«

»Schade.«

Ja, das fand Irina auch.

*

Die Bäckereiverkäuferin hatte die Szene durch das Schaufenster beobachten können und begrüßte Adrian mit einem strahlenden Lächeln. »Da haben Sie ja gerade eine gute Tat begangen.

Das ist ja so ein nettes kleines Mädchen. Nicht auszudenken, wenn ihr kleiner Hund verloren gegangen wäre.«

Etwas verlegen gab Adrian das Lächeln zurück. »Ach, das war pures Glück. Keine große Sache.«

»Trotzdem freue ich mich für das Kind. Was darf es denn sein?«

Adrian entschied sich für zwei Käsebrötchen, nahm sich eine Halbliterflasche Mineralwasser aus dem Kühlregal und stellte sie auf den Tresen. Nachdem er bezahlt hatte, schnappte er sich die Sachen und verließ grüßend den Laden.

In seiner Wohnung angekommen, packte er seine Tasche fertig, griff sich seinen Fahrradhelm und machte sich auf den Weg zum Fahrradkeller, wo er sein Zeug am Rad verstaute und sich auf den Weg zum Strand aufmachte.

Er nahm den Weg durch den Park, in der Hoffnung, dort einen Blick auf Klara und ihre Mutter werfen zu können. Wie erwartet, traf er die beiden dort an.

Das Kind lief mit seinem Hund ein paar Meter vorweg. Seine Mutter war damit beschäftigt, auf ihr Smartphone zu starren.

Missbilligend schüttelte Adrian den Kopf. *Du solltest besser auf deine Kleine aufpassen*!, rief er ihr in Gedanken zu. So viel konnte heutzutage passieren.

Unbemerkt fuhr er an Mutter und Kind vorbei. In einer knappen Stunde sollte er am Strand sein. Wenn er in die Pedale trat, würde er es bis um vierzehn Uhr schaffen.

*

Pünktlich war Adrian schließlich am verabredeten Treffpunkt erschienen. Nachdem die vier Freunde sich in der Kieler Förde abgekühlt hatten, warfen sie sich auf ihre Handtücher und ließen sich die Sonne auf ihre athletischen Körper scheinen.

Der breite weiße Sandstrand war auch wegen seiner guten Anbindung beliebt bei den Kielern. Man konnte bequem mit dem Bus aus der Stadt dorthin fahren oder sogar, wenn man sportlich war, mit dem Rad dorthin gelangen. Dafür nahm man gern in Kauf, dass man ziemlich weit ins Wasser waten musste, bis man eine Tiefe erreicht hatte, in der man auch als Erwachsener schwimmen konnte.

Für Kinder waren diese Bedingungen natürlich ideal. Dementsprechend fanden sich hier viele Familien mit kleineren Kindern ein. Auch die eine oder andere Gruppe junger Mädchen hatte es sich am Strand gemütlich gemacht.

Adrian und seine Freunde ließen ihre Blicke dann auch wohlwollend über die meist schlanken Körper der vorbeispazierenden Frauen wandern. Ab und zu machten sie eine halblaute anerkennende Bemerkung in Richtung *Besonders gut ausgestatteter Exemplare,* wie Flo sich auszudrücken pflegte. Der meldete sich nun träge zu Wort. »Sag mal, Addi, wie ist es denn letztens gelaufen bei dir nach dem Club?«

»Joa, ganz gut.«

»Wie hieß die Kleine gleich noch?«, wollte Dennis wissen.

Die vier Jungs lagen inzwischen auf dem Rücken, die Augen zum Schutz vor der gleißenden Sonne geschlossen. Obwohl Adrian angestrengt darüber nachdachte, konnte er sich beim besten Willen nicht an den Namen des Mädchens, dem er seine Nummer gegeben hatte, erinnern.

»Hab's vergessen«, gab er zu.

»Mann, Alter, den Namen vergessen?«

Cemal blickte kurz hoch und sah zu Adrian herüber.

Der hielt seine Augen weiterhin geschlossen und lag völlig entspannt auf seinem Handtuch. » Rangelassen hat sie dich doch, oder?«

»Klar«, erwiderte Adrian leicht widerwillig. Eigentlich hatte er keine Lust auf das Thema.

»Kann ja nicht so doll gewesen sein«, mischte Flo sich ein, »wenn man sich nicht mal an den Namen der Tussi erinnern kann.«

Das Problem war, dass Adrian sich tatsächlich nicht mehr an die Nacht erinnern konnte. Er wusste, dass sie im Bett gelandet waren. Er erinnerte sich an ihre weichen Brüste und in seinem

Kopf kursierten einige heiße Bilder davon, wie sie sich vor ihm entkleidet, ja, eigentlich einen Striptease hingelegt hatte. Dass er ihr seine Handynummer hinterlassen hatte, verschwieg er. Er wollte vor seinen Freunden nicht als Loser dastehen.

»Geil war's, Kumpel«, ließ er Flo nun wissen. »was ja nicht heißt, dass ich die Frau gleich heiraten muss, oder?«

Als das erwartete wiehernde Gelächter seiner Kumpels einsetzte, grinste er breit.

In der darauffolgenden Stille döste er ein bisschen. Das träge Plätschern der Wellen vermischte sich mit der Kakophonie lachender Kinder.

Kornblumenblau, dachte er noch. Dann schlief er ein.

*

Mit einem breiten Lächeln saß Susann auf ihrem Balkon und genoss die Mittagssonne. Am Morgen hatte sie mit ihrer Mutter telefoniert. Mirja wollte unbedingt über das Wochenende bei ihren Großeltern bleiben. Sie hatten vor, über Nacht mit ihrer Enkelin auf dem Campingplatz in St. Peter Ording an der Nordsee zu bleiben. Dort hatten sie seit Ewigkeiten einen Dauerstellplatz. Schon als Susann ein Kind war, hatten sie regelmäßig ihre Urlaube auf dem Campingplatz verbracht. Für sie als Einzelkind war es himmlisch gewesen, die Ferien am Strand zu verbringen, wo sie jede Menge Freunde hatte, mit denen sie den ganzen Tag auf dem Campingplatz herumstreifen konnte. Abends wurde meist gegrillt und anschließend durfte sie bis zum Dunkelwerden mit den Kindern der anderen Dauercamper herumstromern. In jedem Jahr kamen dann etliche Kurzurlauberkinder hinzu.

Die damaligen Väter und Mütter waren heute, wie ihre eigenen Eltern auch, Großeltern, die nun häufig gemeinsam mit ihren Enkelkindern die Tage im Wohnwagen an der Nordsee verbrachten.

Wie Susann früher, liebte auch Mirja es, mit ihren Großeltern auf den Campingplatz zu fahren. Deshalb wollte Susann ihr die Freude nicht verderben und hatte zugesagt. Sie hatte ihrer

Tochter schnell eine kleine Reisetasche mit Bade- und Wechselsachen gepackt und allen dreien ein schönes Wochenende gewünscht. Vor morgen Abend erwartete sie ihre Tochter nicht zurück und wollte die freie Zeit auch dazu nutzen, die Befragung der Müllers, die sie eigentlich gestern machen wollte, heute nachzuholen.

Leider hatte ein Anruf bei den Eltern des Zoo-Mitarbeiters keinen Erfolg gehabt. Susann vermutete, dass sie bei diesem sonnigen Wetter ins Grüne oder Blaue gefahren waren, und beschloss, es zu einem späteren Zeitpunkt noch einmal zu versuchen.

Nun saß sie selbst ganz entspannt auf dem kleinen Balkon unter ihrem Sonnenschirm und knabberte gedankenverloren an einem Sandwich, das sie sich belegt hatte.

Sie dachte an den gestrigen Abend mit Reiner zurück und konnte nicht verhindern, dass sie über das ganze Gesicht grinste. Sie stellte sich gern vor, dass er heute Morgen mit einem ausgewachsenen Kater aufgewacht war.

Kurz war sie versucht, ihm eine Nachricht zu schreiben. Vielleicht würde er sie ja sogar zum Holstenbummel heute Abend begleiten. Ihre Finger schwebten bereits über dem Display ihres Handys.

Doch dann hielt sie inne. Was wollte sie eigentlich von Reiner? Sie war schon sehr lange allein und sein gestriges männliches Werben hatte ihrem Selbstbewusstsein ordentlich Auftrieb gegeben. Andererseits hatte sie ihn ja vorher schon kurzzeitig mit anderen Augen betrachtet, überlegte sie, und musste unwillkürlich an sein breites Kreuz denken.

Doch sie waren Kollegen! Das an sich war eigentlich schon ein Ausschlusskriterium. Wenn sie das Schicksal herausforderte und mit ihm heute auf die Kieler Woche ging, konnte sie weder für ihn noch für sich garantieren. Nein, kollegial würde das sicher nicht enden. Besser, sie würde ihre Freundin Steffi anrufen und sie fragen, ob sie beide zusammen losgehen wollten.

Seufzend schrieb sie ihr eine Nachricht und bekam prompt eine Zusage. Ein paar Nachrichten später hatten sie sich für zwanzig Uhr vor dem irischen Stand auf dem Rathausplatz verabredet. Bis dahin würde sich die Menschenmenge nach der Eröffnung dort verteilt haben.

»Aber wenn mir ein Hübscher über den Weg läuft heute Abend, sage ich nicht Nein«, versprach sie sich laut. Bis dahin wollte sie es sich gemütlich machen.

Das Alibi von Axel Müller konnte sie auch in der nächsten Woche noch überprüfen.

SONNTAG, 23. JUNI, NOCH 13 TAGE

Die Erleichterung über die Erkenntnis, sich den Kollegen anvertrauen zu können, hielt nicht sehr lange an. Gestern war Holstenbummel, normalerweise ein festes Datum für ihn und Karin. Doch wenn er an den gestrigen Abend zurückdachte, schloss sich die Klammer unwillkürlich wieder fester um seinen Brustkorb.

Statt Kilkenny am irischen Stand und Baklava beim Türken hatten sie vor dem Fernseher gesessen und sich die Live-Übertragung der Eröffnungsrede zur 125. Kieler Woche von Bundesministerin Franziska Giffey angesehen. Er hatte Karin am Nachmittag, nachdem sie tatsächlich zu dritt zu Mittag gegessen hatten und Valerie kurz darauf gegangen war, eine weitere Beruhigungstablette geben müssen. Sie war nicht nur unruhig in der Wohnung herumgelaufen, sondern hatte plötzlich begonnen, die Schubladen seines Schreibtisches zu durchwühlen. Als er sie davon abhalten wollte, hatte sie ihn gekratzt und ihn angeschrien: »Wer war die Frau beim Essen? Du hast die Frechheit, deine Geliebte mit hierherzubringen? Na warte! Ich finde schon die Beweise!«

Nur mit Mühe hatte Peter es schließlich geschafft, seine Frau in einen Klammergriff zu nehmen und zu warten, dass ihr Anfall abebbte – was nicht der Fall gewesen war. Sie hatte geschrien und mit ihren Füßen in die Luft getreten. Er hatte schon Angst gehabt, dass die Nachbarn die Polizei rufen würden.

Hilflos hatte er versucht, sie mit Worten zu beruhigen, ohne sie zu erreichen. Seine Frau war in ihrer fremden Welt gefangen. Endlich hatte sie erschöpft innegehalten und war regelrecht erschlafft. Vorsichtig hatte er sie zu sich umgedreht, stets auf der Hut vor einem neuerlichen Angriff, doch stattdessen hatte sie in seinen Armen bitterlich zu weinen angefangen.

»Ich weiß nicht mehr, wer ich bin!«, hatte sie an seiner Schulter geschluchzt. »Peter, was geschieht mit mir?«

Die Antwort war er ihr schuldig geblieben, da er selbst heftig weinen musste. So hatten sie beide eine ganze Weile umschlungen in seinem Arbeitszimmer gestanden und sich aneinander festgehalten wie zwei Ertrinkende.

Er hatte sich nicht anders zu helfen gewusst, als ihr eine Beruhigungstablette zu verabreichen. Sie hatte sich nicht dagegen gewehrt.

Danach hatte er seine Frau auf das Sofa gesetzt und den Fernseher eingeschaltet. Er hatte keine Ahnung gehabt, ob sie dem Fernsehprogramm folgen konnte, doch offensichtlich hatten die bewegten Bilder und fremden Stimmen sie abgelenkt, und so hatte er die Unordnung im Arbeitszimmer beseitigen können. Eigentlich hätte er Karl Lembergs Alibi überprüfen müssen, doch er kam hier nicht weg. Und die Blöße, seine Kollegen darum zu bitten, seine Arbeit zu machen, wollte er sich nicht geben – noch nicht. Für morgen hatte er seine Tochter einbestellen können. Dann sollte er es schaffen, zum Bahnhof zu fahren, in der Hoffnung, die Brüder dort anzutreffen. Während der Kieler Woche nicht so leicht, denn auch auf dem Bahnhofsvorplatz waren Buden und eine Bühne aufgebaut. Er konnte es eben nur versuchen.

Heute war so ein wunderbar warmer Tag, zu gern wäre er mit Karin am Strand entlanggeschlendert, doch sie schlief noch, obwohl es bereits Mittag war. Wecken wollte er sie auf keinen Fall. Also aß er die Reste seines Mittagessens von gestern und setzte sich anschließend auf die kleine Terrasse, um die friedliche Zeit zu genießen, die ihm blieb, bis Karin aufwachte.

Er wollte nicht darüber nachdenken, was ihn dann erwartete. Natürlich hoffte er auf einen guten Tag.

*

Während ihr Kollege sich auf seiner Terrasse zu entspannen versuchte, rekelte Susann sich faul und zufrieden in ihrem Bett.

Sie hatten einen tollen Abend gehabt. Ihre Freundin Steffi und sie hatten sich von ihrem Treffpunkt auf dem Rathausplatz essend und trinkend bis zur Kiellinie an der Förde vorgearbeitet. Es war wieder einmal eine fantastische Stimmung: Überall spielten Bands, zigtausend Menschen aus aller Welt schlenderten umher und es blieb größtenteils friedlich. Das lag nicht zuletzt an der starken Präsenz der Polizei, die sogar Bereitschaftswachen an unterschiedlichen Standorten aufgebaut hatte.

Irgendwo zwischen Alter Markt und Schlossplatz wurden sie dann von zwei jungen Männern angesprochen. Dem Aussehen nach waren sie bestimmt fünf, sechs Jahre jünger als Susann und Steffi, was alle vier jedoch nicht störte.

Nach ein paar Erdbeerbowlen hatten sie dann wortlos beschlossen, zu viert weiterzulaufen.

Als Susann sich nun den dann folgenden Verlauf des Abends noch einmal vorstellte, breitete sich ein Prickeln in ihrem Körper aus. Ihr Versprechen hatte sie gehalten und nicht Nein gesagt, als Danny sie an sich gezogen hatte. Fast hatte sie vergessen, wie schön ein leidenschaftlicher Kuss sich anfühlte. Trotzdem hatte sie sein Angebot, auf einen Absacker mit zu ihm nach Hause zu gehen, ausgeschlagen, was sie nicht bereute. Sie brauchte Zeit, um sich auf die Liebe einzulassen. Zum wiederholten Male nahm sie ihr Handy zur Hand und las die Nachrichten, die sie zwischenzeitlich ausgetauscht hatten. Er wolle sie unbedingt wiedersehen, schrieb er ihr bereits zum dritten Mal. Susann ging in sich. Wollte sie das auch?

`Wollen wir uns das Feuerwerk am Sonntag zusammen ansehen? ☺`. Bevor sie es sich anders überlegen konnte, schickte sie die Nachricht ab.

Es dauerte keine zwei Sekunden, da zirpte ihr Handy. `Sehr gern, meine Hübsche!`

»Okay«, murmelte sie und wusste gerade nicht, ob bei dem Gedanken an ein Date die Vorfreude oder die Angst überwog. Sie würde auf jeden Fall ihre Eltern bitten, Mirja am letzten Tag der Kieler Woche zu sich zu nehmen. Dann konnte sie spontan entscheiden, ob sie zu ihrer Verabredung erscheinen würde oder lieber nicht.

*

»Ich weiß, Albina!« Entnervt nahm Irina einen Schluck ihres *Tyskie Gronie*. Am polnischen Stand des Internationalen Markts auf dem Rathausplatz fühlte sie sich ihrer Heimat besonders nah. Es war früher Nachmittag und noch viel Platz an den Marktständen. Klara und Felix hatte sie am Vorabend zu Pawels Mutter gebracht. Dort sollte Pawel sich bis heute Abend um seine Tochter und ihren Hund kümmern.

»Trotzdem habe ich einfach kein gutes Gefühl dabei, dass Pawel nächstes Wochenende ganz allein auf die beiden aufpassen soll.«

Ihre Freundin nahm ihrerseits einen großen Schluck des polnischen Bieres. »Irgendwann muss er doch die Chance bekommen, zu beweisen, dass er Verantwortung für seine eigene Tochter übernehmen kann. Außerdem passt seine Mama doch auf ihn auf.« Albina konnte sich ein leicht spöttisches Grinsen nicht verkneifen.

Irina verdrehte die Augen. »Ja, das Riesenbaby! Auch jetzt passt Mama auf ihn auf. Mann, was habe ich mir damals eigentlich dabei gedacht, diesen großen Jungen zum Vater zu machen.«

Ratlos schüttelte sie den Kopf und trank ihr Bier aus. »Ich hole uns noch zwei.«

Die beiden Frauen hatten am Vorabend bereits ordentlich beim Holstenbummel gefeiert. So oft hatten sie schließlich nicht die Gelegenheit dazu.

Sie stellte zwei neue Flaschen auf den Stehtisch, und beide Frauen nahmen einen langen Zug. Dann sah Albina ihre Freundin an. »Irina, du musst loslassen. Gib den beiden eine Chance! Wir fahren doch nur für zwei Nächte weg, und auch nur hundert Kilometer entfernt von deinem Baby. Sollte irgendwas mit ihr sein, sind wir innerhalb einer Stunde wieder in Kiel.«

»Du hast ja recht, Albina. Ich habe ja auch nicht gesagt, dass wir nicht fahren. Ich habe nur ein ungutes Gefühl dabei. Gerade weil in unserer Gegend dieser Kinderschänder sein Unwesen treibt. Ich kann nur hoffen, dass Pawel seine Tochter keine Minute aus den Augen lässt.« Dann musste sie unwillkürlich an ihren Nachbarn denken und ein ausgedehntes Lächeln breitete sich auf ihrem Gesicht aus.

»Hey! Woran denkst du?«, wollte ihre Freundin wissen. »Du grinst ja wie ein Honigkuchenpferd!«

»Ach ich muss wieder an den Nachbarn denken, der Felix gerettet hat.« Albina lächelte nun ebenfalls.

»Hat sich da jemand verguckt?«, stichelte sie freundschaftlich. Sie wünschte ihrer Freundin, dass sie sich mal wieder verlieben könnte. Seit Klara auf der Welt war, gab es für sie keine Männer mehr in ihrem Leben.

»Vielleicht ein bisschen«, gab Irina zu. »Leider weiß ich nicht einmal, wie er heißt.« Bedauernd nahm sie einen Schluck aus der Flasche. »Wenn ich ihn mit Pawel vergleiche …«

Albina trank ihr Bier aus. »Ja, ich weiß, was du meinst. Das ist ein *Mann.* Kein Kind.«

»Ja. So einer wäre ein fantastischer Vater!«, schwärmte Irina und trank ihrerseits die Flasche aus. Albina sah sich kurz um. »Ich hole uns von da drüben eine Handpizza. Bin gleich zurück.

Dann können wir uns noch ein wenig über echte Männer unterhalten.«

»Ja«, sprach Irina mehr zu sich selbst, denn eigentlich wollte sie nur über einen Mann sprechen. Sie hoffte so sehr, ihn bald wiederzutreffen.

MONTAG, 24. JUNI, NOCH 12 TAGE

Am Montagmorgen saß die dreiköpfige Soko für einen Abgleich ihrer Ermittlungsergebnisse im kleinen Besprechungsraum. Peter hatte diesmal Krapfen und den Kaffee spendiert. Er wischte sich den Zucker von den Lippen. Irgendwie schien es zwischen seinen beiden Kollegen zu knistern. Er konnte die Stimmung nicht besser beschreiben, sie war so wie vor einem Gewitter – elektrisch aufgeladen. Sie gaben sich viel Mühe, das musste er den beiden lassen. Aber man musste nicht unbedingt bei der Kripo sein, um zu merken, was da lief. Ob die beiden es selbst überhaupt bemerkten? Wohl eher auf einer unbewussten Ebene. Doch das würde sich bald ändern. Peter hatte zwar die sechzig überschritten, nichtsdestotrotz kannte er die Bedeutung dieser ständigen Berührungen.

Flüchtig, ja. Zufällig? Nein!

Er hoffte nur, dass sie den Fall gelöst hatten, bevor aus Blicken und leichten Berührungen mehr wurde.

Peter berichtete von Karl Lembergs Befragung in dessen Wohnung.

Auf sichtbarer Ebene waren beide voll bei der Sache. Doch darunter waberte etwas, wie Milch, die kurz vorm Überkochen war. Die Oberfläche erscheint noch glatt, während sie darunter bereits Blasen schlägt. Wenn man nicht aufpasste, kochte sie plötzlich über und man muss den Schlamassel dann beseitigen.

»Der Kerl hat wohl seinen Verstand versoffen«, schloss Peter seinen Vortrag. »Ich kann mir gar nicht vorstellen, dass der in seinem Zustand überhaupt noch einen hochkriegt.«

Reiner räusperte sich. »Mit der richtigen Stimulation vielleicht ja doch.«

Susann blätterte betont konzentriert in ihren Unterlagen.

Hörte sie eigentlich zu?

»Ich habe Katja darum gebeten, ein wenig Detektiv zu spielen in Hinblick auf seine Vergangenheit. Krankenhausaufenthalte, Psychiater, so was in der Art«, fügte Peter noch hinzu.

Ihre Sekretärin liebte es, in die Ermittlungsarbeit mit einbezogen zu werden, und war in der Vergangenheit regelmäßig fündig geworden.

»Ich habe nichts Konkretes, bin noch dabei, Alibis zu überprüfen«, schloss Susann sich Peters Ausführungen an. »Netterweise wolltest du mich ja dabei unterstützen.« Ein fragender Blick zu ihrem Teamleiter.

Der grinste.

»Habe es nicht vergessen, Susann.«

»Freut mich zu hören!«

Peter verstand nur Bahnhof.

Reiner nahm den Faden wieder auf: »Na gut, dann mache ich mal weiter. Die Ermittlungen im Tierheim haben mich, ehrlich gesagt, kein Stück weitergebracht. Inzwischen konnte ich fast alle infrage kommenden Angestellten und Ehrenamtlichen befragen. Sind alle sauber.« Reiner blätterte kurz in seinen Unterlagen.

»Tja, das war's von meiner Seite erst mal.«

Das Gespräch mit Lenz erwähnte er nicht. Er hielt es für ihre Ermittlungen nicht für relevant.

»Dann gehen wir wohl alle wieder an die Arbeit. Peter, danke noch mal für die Krapfen und den Kaffee.«

Damit war die Besprechung beendet.

*

Während die drei Beamten ihre Besprechung abhielten, saß Karl Lemberg auf seiner Matratze und machte sich Sorgen. Seit der Bulle letzte Woche bei ihm zu Hause gewesen war – *Bei ihm zu Hause!* –, fühlte er sich nicht mehr sicher. Seitdem hatte er sich nicht mehr in die Nähe des Kindes getraut, obwohl die Stimmen ihm dies ohne Unterbrechung befahlen.

Dadurch war Karl gezwungen, seine Flaschen in Gaarden und am Bahnhof zu sammeln, um das Geld für Alkohol und Zigaretten zusammenzubekommen. Er hasste es dort. Zu viel Konkurrenz für seinen Geschmack. Außerdem hasste er das Gelaber. Für Small Talk war er noch nie der Typ gewesen.

Bekümmert saß er im Schneidersitz auf seiner Matratze, den Kopf auf beide Hände gestützt.

»Was, wenn sie deine Bude durchsucht hätten, Karl?« Der Stimmenchor. Noch leise, fast flüsternd.

»Ich weiß, ich weiß!« Ein gequälter Seufzer, ein Blick zum Küchenschrank seiner Pantryküche.

Was, wenn sie seine *Sammlung* entdeckt hätten?

Dann würden sie wissen, dass er schuldig war an ihrem Tod und ihn einsperren, so viel wusste er.

»Sammeln, sammeln, sammeln – SAMMELN!«

Was blieb ihm übrig? Er musste ja doch gehorchen.

DIENSTAG, 25. JUNI, NOCH 11 TAGE

Am nächsten Tag machten Irina und Klara sich auf den Weg zum Einkaufen. Irina litt unter Halsschmerzen und einer laufenden Nase, weshalb sie sich für diesen Tag bei ihrem Arbeitgeber krankgemeldet hatte. Sie hatten gerade das Haus verlassen, als ihre Tochter plötzlich ganz aufgeregt wurde.

»Mami, Mami! Da drüben! Der Mann!« Freudig sprang Klara an Irinas Hand auf und ab. Auf der anderen Straßenseite war *Felix' Retter*, wie sie ihn in Gedanken getauft hatte, gerade auf dem Weg nach Hause, wie sie vermutete. In beiden Händen trug er Einkaufstüten. *Wocheneinkauf*, stellte Irina in Gedanken fest.

Den stellte er nun ab und sah sich um. Zögernd hob er eine Hand zum Gruß und winkte ihnen zu. Irina erwiderte den Gruß. Dabei wäre es vermutlich geblieben, wenn ihre Tochter sich nicht eingemischt hätte.

»Hallo! Danke noch mal!«, rief sie über die Straße hinweg mit ihrer hellen Kinderstimme.

Der attraktive Mann lachte. »Gern geschehen, Klara. Geht es Felix gut?«

Nun überquerte Irina mit ihrer Tochter die Straße. »Ich komme mal rüber, wir müssen ja nicht die ganze Nachbarschaft teilhaben lassen«, meinte sie verschwörerisch.

»Ich weiß«, übernahm Adrian ihren Tonfall, »die Wände haben hier Ohren und die Fenster Augen.«

Klara kicherte. So ganz verstanden hatte sie den Sinn der Worte zwar nicht, die Vorstellung von Häusern mit Augen und Ohren fand sie jedoch witzig.

Irina lächelte vielsagend. »Erst recht, wenn man alleinerziehend ist und Single.« Sie wartete ab, ob er darauf ansprang.

»Das kenne ich«, verriet er ihr. »Aber ich glaube, als männlicher Single steht man nicht ganz so unter Beobachtung.«

Irinas Herz machte einen kleinen Hüpfer. Seit der Trennung von Pawel hatte sie sich bis jetzt für keinen Mann mehr ernsthaft interessiert.

»Wie heißt du eigentlich?« Klara sah gespannt zu ihm auf.

»Hatte ich mich denn gar nicht vorgestellt? Ich bin Adrian.«

»Mami nennt dich Felix' Retter.« Belustigt sah Adrian Klaras Mami an. Die errötete.

»Klara, du sollst dich nicht einmischen, wenn Erwachsene miteinander reden! Das weißt du doch!« Insgeheim war Irina erfreut über die Wendung, die das Gespräch gerade nahm.

»Schon gut«, beschwichtigte Adrian sie. »Das ehrt mich natürlich.« Dann sah er sich suchend um. »Wo ist der kleine Ausreißer denn eigentlich? Er wird doch nicht schon wieder abhandengekommen sein?«

Irina und Klara lachten.

Kornblumenblau, dachte Adrian sofort.

»Nein, nein. Er ist oben. Wir wollten eine Kleinigkeit einkaufen, da lasse ich ihn lieber in der Wohnung.« Irina sah Adrian abschätzend an. »Später gehen wir eine Runde mit ihm durch den Park.« Ihre Blicke blieben aneinander hängen.

»Willst du mitkommen?« Klara stellte die Frage, die Irina nicht zu stellen gewagt hätte. Sie liebte ihre Tochter. In diesem Moment ganz besonders.

Überrumpelt sah Adrian das kleine Mädchen an. Einen Augenblick wog er die Möglichkeiten ab. Dann sah er der Mutter ins strahlende Gesicht.

»Wenn deine Mami damit einverstanden ist?«

Und ob sie das war! Und sie hatte auch gar keine Lust, ihre Freude zu verbergen. Zum Spielchenspielen fühlte sie sich zu alt. Außerdem hatte Irina gelernt, eine Gelegenheit beim Schopfe zu ergreifen, wenn sie sich bot. Denn so oft bot sich in ihrer Situation keine.

»Gern!« Mit ihren kornblumenblauen Augen strahlte Irina ihn an. »Heute Nachmittag gegen sechzehn Uhr wären wir so weit, okay?«

»Das passt mir gut. Soll ich bei euch klingeln?«

»Weißt du denn, wo?« Erstaunt blickten die blauen Augen zu ihm auf. Adrian zeigte auf das Fenster mit den rosa Gardinen.

»Zweiter Stock rechts, polnischer Name?«

»Kowalski«, verriet Irina ihm. Sie mochte kluge Männer.

*

Er war pünktlich. Das gefiel ihr. Pawel war selten pünktlich gewesen. Er war wie ein Kind. Adrian war da anders. Ihn umgab so eine Aura. Ein wenig geheimnisvoll, dabei freundlich und witzig – und unheimlich männlich.

Zu dritt spazierten sie durch den Park, am Abenteuerspielplatz vorbei. Adrian ließ es sich nicht nehmen, Klara beim Schaukeln anzustoßen, obwohl ihre Tochter diese Starthilfe gar nicht nötig gehabt hätte. Klara genoss so offensichtlich die Aufmerksamkeit und – ja – die Fürsorge, ein besseres Wort fiel Irina nicht ein, die Adrian ihr entgegenbrachte.

Natürlich blieb Irina vorsichtig. Mit einer Tochter im Schlepptau musste eine Mutter vorsichtig im Umgang mit einem Mann sein. Vor allem mit einem Mann, für den das Herz heftig zu schlagen begonnen hatte. Irina war zwar jung, jedoch nicht naiv, auch wenn ihr Körper ihr deutlich mitteilte, dass *es* schon lange her war.

Diesmal fühlte es sich so richtig an.

Felix schnüffelte auf der Wiese, Klara amüsierte sich prächtig mit einem Mann, der ihr Vater sein könnte, und Irina sah der traumhaften Idylle einfach glücklich zu. Ab und zu warf Adrian ihr einen kurzen Blick zu und lächelte. Ja, auch er hatte ganz sicher seinen Spaß!

Es war bereits Zeit fürs Abendbrot, als sie wieder vor Irinas Wohnung angekommen waren. Klara war glücklich, hungrig und müde. Auch Irina hatte großen Appetit, wobei sie dabei nicht an Brot und Kakao dachte.

Mit geröteten Wangen sah sie zu Adrian hoch. »In einer Stunde ist Klara im Bett. Wenn du Lust hast …« Sie ließ den Satz bewusst unbeendet.

Adrian lächelte erst Klara und dann Irina an. »Es war mir ein echtes Vergnügen, die Damen. Jetzt wird es Zeit für mich, in meine Bude zu gehen. Ich habe noch einiges zu erledigen.«

Irina konnte ihre Enttäuschung kaum verbergen.

Da strich Adrian ihr in einer halb zärtlichen, halb kumpelhaften Geste über den nackten Arm. » Sonntag hätte ich wieder Zeit. Gleiche Zeit, gleicher Ort?«

Ein Lächeln huschte über ihr Gesicht. »Perfekt.« Sie hoffte auf einen Abschiedskuss, und sei es nur ein freundschaftlicher Luftkuss auf die Wange.

Doch Adrian hockte sich hin und streckte seine muskulösen Arme nach ihrer Kleinen aus, die sich begeistert in sie hineinwarf. Mit einem lauten, feuchten Schmatzer auf ihre Wange verabschiedete Adrian sich von ihr, erhob sich und lächelte Irina zu. Dann drehte er sich um, trabte locker über die Straße zu seinem Mietshaus und verschwand im Treppenhaus.

MITTWOCH, 26. JUNI, NOCH 10 TAGE

Am späten Nachmittag fuhr Susann zum Altenheim. An der Rezeption zeigte sie ihren Dienstausweis vor und fragte nach der Bewohnerin Frau Groth.

»Frau Groth finden Sie geradeaus im Aufenthaltsraum«, gab die Frau mit dem zweifarbig gefärbten Kurzhaarschnitt bereitwillig Auskunft. »Dort wird Frau Tischner Ihnen weiterhelfen. Das ist die junge Frau mit dem Nasenpiercing, unsere Praktikantin.«

Susann bedankte sich und ging durch eine doppelflügige Glastür in einen hellen, freundlichen Raum. Männer und Frauen saßen meist schweigend an den Tischen oder in ihren Rollstühlen und sahen ins Leere oder hatten die Augen geschlossen. An einem der Gruppentische entdeckte Susann die Praktikantin, ein junges Ding von höchstens zwanzig Jahren. Sie war gerade dabei, einem Mann im Rollstuhl einen Becher mit Flüssigkeit anzureichen, was sich als ziemlich schwierig erwies, da er konsequent den Kopf wegdrehte, wenn der Becher sich seinem Gesicht näherte.

Susann spürte, wie sich Beklemmung in ihr breitmachte.

Als die junge Frau sie bemerkte, stellte sie den Becher auf den Tisch – außer Reichweite des Bewohners neben ihr.

»Entschuldigung, kann ich etwas für Sie tun?«

Wieder zeigte Susann ihren Dienstausweis und stellte sich vor. »Ich würde gern mit Frau Groth sprechen.«

Die schwarzhaarige Praktikantin zeigte auf eine Frau, die in ihrem Rollstuhl vor dem Panoramafenster saß und schlief.

»Sie schläft nicht«, wurde Susann sogleich eines Besseren belehrt. »Frau Groth dämmert einfach vor sich hin. Ich glaube auch nicht, dass Sie ein Gespräch mit ihr führen können. Versuchen können Sie es ja.«

Verunsichert ging Susann auf die alte Frau zu. »Frau Groth?«

Keine Reaktion.

Dann etwas lauter: »Frau Groth!«

Nichts.

»FRAU GROTH!!!«, rief da die Pflegerin aus vollem Halse.

Unbemerkt hatte sie sich dazugesellt. Susann war sichtbar zusammengezuckt.

Frau Groth hingegen öffnete nur träge zuerst ein Auge, dann das andere. »Hä?«, krächzte sie.

»HIER IST JEMAND, DER SIE SPRECHEN MÖCHTE!«

»Habe keine Lust.« Die Augen schlossen sich so langsam, wie sie sich zuvor geöffnet hatten.

Doch Frau Tischner ließ nicht so schnell locker. Sie brachte ihren Mund so nah an das Ohr der alten Frau, dass Susann fast erwartete, sie würde sie küssen.

»VON DER POLIZEI!«

Unbeeindruckt, sowohl von der Lautstärke als auch der Bedeutung der Worte, hob Frau Groth, ohne ein Auge zu öffnen, eine Hand und machte eine energische Winkbewegung.

Die junge Pflegerin sah Susann an. »Sie will nicht.«

Das war wohl mehr als offensichtlich. »Sagen Sie, kommt ihr Sohn sie manchmal besuchen?«

»Der Herr Groth? Ja. Der kommt eigentlich einmal die Woche. Mit dem spricht sie meist auch nicht. Der sitzt für gewöhnlich ein halbes Stündchen neben ihr und hält ihre Hand – Wenn sie es sich gefallen lässt.«

»Aha«, machte Susann. »Wird eigentlich Buch geführt über die Besuche hier?«

Ihr Gegenüber berührte kurz ihr Nasenpiercing, einen kleinen Glitzerstein auf dem linken Nasenflügel. »Eigentlich schon, ich weiß nur nicht, wie lange wir die Aufzeichnungen aufbewahren. Fragen Sie doch mal vorn am Empfang. Die wissen das.«

Auf einmal schepperte es laut. Dem Rollifahrer war es irgendwie gelungen, an den Becher mit Kaffee zu gelangen. Nun floss die braune Brühe über den gesamten Tisch und tropfte ihm auf die Beine. Wütend begann er zu heulen.

»Ich muss da hin!«, rief die junge Frau und rannte los. »Rezeption!«, schrie sie noch und zeigte im Laufen auf den Ausgang.

»Danke!«, rief Susann zurück, glaubte indes nicht, dass sie gehört wurde. Die junge Frau war viel zu sehr damit beschäftigt, den jetzt randalierenden Alten zu beruhigen. Susann war heilfroh, den Raum verlassen zu dürfen.

Bei der Anmeldung angekommen, fragte sie nach dem Datum des Besuchs und hatte Glück.

»Ja. Herr Groth war an dem Tag hier. Eingetragen um siebzehn Uhr zwanzig, ausgetragen um achtzehn Uhr. Da steht's.« Mit einem unlackierten, kurz geschnittenen Fingernagel zeigte sie auf das Datum, das ihr Computer anzeigte.

Schnell überschlug Susann im Geiste die Fahrtzeit vom Tatort bis hierher. Zeit, sich eventuell umzuziehen und hierherzufahren, hätte er gehabt.

»Können Sie sich noch an den Tag erinnern? Ich meine, an Herrn Groth an diesem Tag?«

Die kräftig gebaute Frau überlegte kurz. »Ich hatte Schicht an dem Tag.« Dann erhellte sich ihre Miene. »Ah! Und ich erinnere mich, dass Herr Groth Pralinen für uns mitgebracht hatte. Das macht er manchmal. Er war eigentlich wie sonst auch, vielleicht ein wenig aufgekratzt.«

»Inwiefern?«

»Gut drauf, fröhlich. Er hat mir ein Kompliment wegen meiner Haare gemacht. Das war nämlich der Tag nach meinem Friseurtermin.« Unbewusst fasste sie sich ans Haar.

Susann bedankte sich und gab ihr ihre Visitenkarte. »Falls Ihnen noch etwas einfallen sollte, rufen Sie die Nummer dort an, ja?«

Ehrfürchtig nahm die Frau die Karte entgegen. »Das kennt man doch sonst nur aus dem Tatort.«

»Einen schönen Tag noch«, verabschiedete Susann sich und verließ schmunzelnd das Gebäude.

Zurück im Büro, wählte sie die Privatnummer von Michael Groth und hinterließ auf dem Anrufbeantworter die Aufforderung, sich innerhalb der nächsten vierundzwanzig Stunden auf dem Präsidium einzufinden.

Sie hatte vor, dem Charmeur gehörig auf den Zahn zu fühlen. Irgendetwas stimmte mit dem Mann nicht.

Als Nächstes wählte sie die Nummer der Eheleute Müller, die ihr der Tierpfleger gegeben hatte. Niemand nahm den Hörer ab, auch kein Anrufbeantworter sprang an. Kurz sah sie auf die Uhr. Wurde Zeit, Schluss zu machen. Auf dem Rückweg würde sie endlich bei den älteren Leuten vorbeifahren.

*

Sie fand den Wohnkomplex in Projensdorf auf Anhieb, denn ganz in der Nähe hatte ihr Zahnarzt seine Praxis. Die roten Backsteinhäuser standen quer zur Straße aufgereiht. Zur besseren Orientierung waren alle Blöcke mit den Hausnummern und Buchstabenfolgen beschriftet, sodass sie keine Mühe hatte, den richtigen Eingang zu finden. Nachdem sie die Klingel betätigt hatte, rechnete sie eigentlich nicht damit, dass sie jemanden antreffen würde. Umso erfreuter war sie, als nach wenigen Sekunden die Gegensprechanlage knisterte.

»Ja?«, tönte es krächzend aus dem Lautsprecher.

»Kriminalpolizei, Greve mein Name. Darf ich reinkommen?«

Kurz herrschte Stille, sodass Susann bereits den Finger ein zweites Mal auf den Klingelknopf legte. Doch bevor sie dazu kam, noch einmal draufzudrücken, ertönte der Summer und die Tür öffnete sich. Sie betrat ein gepflegtes Treppenhaus und wurde bereits im Erdgeschoss von einem älteren Herrn beäugt, der seine Tür einen Spaltbreit geöffnet hatte.

»Herr Müller?«

Ängstlich blickte der alte Mann sie an. »Ist etwas passiert?«, fragte er mit dünner Stimme.

Statt einer Antwort hob Susann ihm ihren Ausweis entgegen. »Können wir das drinnen besprechen, Herr Müller?«

Der öffnete sofort die Tür und bat sie höflich herein. »Entschuldigen Sie meine Umgangsformen. Ich bin nur sehr überrascht, oder besser gesagt, auch beunruhigt. Noch nie war die Polizei bei uns.«

»Ist schon gut. Das kenne ich.« Susann sah sich in dem kleinen Flur mit dem weißen Schuhregal an der Wand um. »Ist Ihre Frau auch da?«

Herr Müller schüttelte bedauernd den Kopf. »Ilse ist mit unserer Enkelin auf der Kieler Woche. Unser Sohn holt seine Tochter in zwei Stunden ab. Vorher wird sie nicht hier sein, fürchte ich.«

»Na gut. Können wir uns irgendwo setzen?«

Beflissen zeigte der gepflegte Herr auf die übernächste Tür auf der linken Seite. »Hier entlang bitte. Da ist das Wohnzimmer.« Auch das Wohnzimmer war ganz in Weiß gehalten. Susann war recht erstaunt über die moderne Einrichtung.

»Setzen Sie sich doch bitte auf das Sofa«, bat Herr Müller sie und nahm selbst über Eck auf einem weißen Ledersessel Platz. Fragend sah er sie nun an. »Also, worum geht es denn nun?«

Nervös knetete er seine mit dicken blauen Adern überzogenen Hände.

»Herr Müller, was haben Sie am Samstag, den ersten Juni, gemacht?«

Verdattert sah er sie an. »Wieso fragen Sie das?«, wollte er wissen. »Werde ich irgendwie verdächtigt?«

»Es wäre einfach hilfreich, wenn Sie mir meine Frage beantworten würden.« Susann sah den alten Herrn freundlich an. Der überlegte.

»Ach, ich weiß es wieder! Da war unsere Enkelin hier.«

»Allein?«, hakte Susann nach.

»Ja. Unser Sohn hat Hanna gegen Mittag hergebracht und gegen Abend wieder abgeholt.«

Susanns Alarmlichter schalteten auf Rot.

»Wann hat Ihr Sohn die Hanna denn gebracht?«, wollte sie wissen, bemüht, sich ihre Angespanntheit nicht anmerken zu lassen, um den alten Herrn nicht noch mehr zu verunsichern. Der musste diesmal nicht überlegen.

»Um zwölf. Wir haben zu viert zu Mittag gegessen und gleich darauf ist er losgefahren. Er trainiert für den Triathlon, wissen Sie? Und an dem Tag wollte er auf dem Rad trainieren, das er auf dem Gepäckträger dabeihatte.«

Susann konnte den Stolz des Vaters auf seinen Sohn nicht überhören.

»Das war es schon, Herr Müller«, beendete sie das Gespräch. Sie wollte so schnell wie möglich Reiner anrufen, damit sie gemeinsam vor dem Haus der Müllers auf den sportlichen Sohn warten konnten.

»Das war alles?«, staunte der alte Herr und erhob sich mit ihr.

»Ja, das war alles. Vielen Dank für Ihre Mitarbeit. Ich finde allein hinaus. Einen schönen Abend noch.«

»Danke, Frau …« Kurz hielt er inne auf der Suche nach dem Namen der netten Polizistin. Wie so häufig war er ihm bereits wieder entfallen. Deshalb ließ er seinen Satz unbeendet und gab sich damit zufrieden, darauf zu warten, dass die Tür ins Schloss fiel. Dann ging er in die Küche, aus der er gekommen war, als es vorhin an der Tür geklingelt hatte. Ratlos sah er sich dort um. Er konnte sich einfach nicht mehr daran erinnern, was er hier gewollt hatte.

Susann zog im Laufen ihr Handy heraus und drückte die Kurzwahlnummer ihres Kollegen. Der meldete sich fast sofort.

»Reiner, ich bin's. Ich war gerade bei den Eltern von dem Tierpfleger Axel Müller, um sein Alibi für den ersten Juni zu überprüfen.« In wenigen Worten brachte sie ihn auf den neuesten Stand.

»Bin in zehn Minuten bei dir«, antwortete dieser und hatte schon aufgelegt.

Keine zehn Minuten später fuhr einer der Dienstwagen auf den kleinen Parkplatz vor den Häuserreihen, auf dem auch Susann in ihrem Privatwagen stand. Die Türen öffneten sich und neben Reiner stiegen drei weitere Kollegen aus. Sie verteilten sich strategisch um das Haus herum.

Reiner stieg in Susanns Auto und setzte sich auf den Beifahrersitz. Über Funk hielt er Kontakt zu den Kollegen, die ihre Positionen inzwischen eingenommen hatten.

»Ist er es?«, fragte Reiner.

Susann atmete hörbar aus. Sie hatte gar nicht gemerkt, dass sie die Luft angehalten hatte. »Passen würde er vom Profil her.«

»Warum sollte er auch bezüglich eines Alibis lügen, wenn es nur ums Trainieren mit dem Rad ging«, überlegte Reiner laut.

»Ja, das macht ihn verdächtig«, stimmte Susann ihm zu. Trotzdem war sie sich nicht sicher. Die Menschen hatten viele Gründe, zu lügen. Es konnte ein ganz anderer Grund vorliegen.

»Er muss doch damit gerechnet haben, dass ich sein Alibi überprüfe. Er hatte sich ja nicht einmal mit seinen Eltern abgesprochen. Sein Vater wusste von nichts.« Der alte Herr, der so ganz anders war als sein Sohn, tat ihr leid.

Plötzlich hielt sie inne. »Da!« Sie zeigte vorsichtig auf eine ältere Frau mit einem kleinen Mädchen, die zielstrebig auf den

Hauseingang der Müllers zuging. »Das muss Frau Müller sein. Seine Mutter.«

»Und das Kind ist seine Tochter«, stellte Reiner das Offensichtliche fest. Sie beobachteten, wie die beiden im Hauseingang verschwanden.

»Jetzt wird ihr Mann von meinem Besuch erzählen.«

»Hoffentlich war die Mutter auch nicht eingeweiht«, bemerkte Reiner. »Sonst können wir hier ganz umsonst auf den Sohnemann warten.«

Sie wechselten einen kurzen Blick, dann griff Reiner zum Handy und gab Anweisung, die Wohnung des Verdächtigen ebenfalls zu überwachen.

»Puh!« Susann lehnte sich auf ihrem Sitz zurück.

»Ist er das?« Reiner zeigte auf den Radfahrer, der gerade angefahren kam. Auf dem Gepäckträger befand sich ein Kindersitz. Susann konnte das Gesicht des Mannes nicht erkennen, da es durch den Helm und eine Sonnenbrille verdeckt war. Dann erkannte sie die Tätowierung wieder.

»Zugriff!« rief sie und hatte bereits ihre Tür geöffnet. Reiner tat es ihr gleich und informierte die Kollegen darüber, während sie beide auf den Mann zugingen, der gerade dabei war, sein Rad abzuschließen.

Sie waren noch drei Meter von ihm entfernt, als Susann ihn ansprach. »Axel Müller?« Der Mann hatte seinen Helm abgenommen und drehte sich zu ihnen um. Als er Susann erkannte, machte er eine schnelle, reflexartige Drehung, sah jedoch die anderen Polizisten und blieb mitten in der Fluchtbewegung stehen.

»Ja?« Er hatte denselben trotzigen Ton wie bei ihrer ersten Begegnung. Seine Kiefermuskeln arbeiteten. Der Mann stand sichtlich unter Strom.

Reiner übernahm. »Herr Müller. Bitte begleiten Sie uns aufs Revier. Wir haben einige Fragen an Sie.«

Unruhig blickte der von den Polizisten zum Fenster im Erdgeschoss, hinter dem sich die Küche seiner Eltern befand. »Meine Tochter ist noch bei meinen Eltern.«

»Wir kümmern uns darum«, entgegnete Reiner unbewegt und trat nah an den Verdächtigen heran. »Je besser Sie kooperieren, desto eher sind Sie wieder zu Hause bei Ihrer Familie«, log er. Reiner hatte das Gefühl, einen Mann vor sich zu haben, der augenscheinlich etwas zu verbergen und dazu ein hohes Aggressionspotential hatte. Mochte durchaus sein, dass sie ihren Täter gefunden hatten. Kurz gab er Anweisung, die Eltern von Axel Müller zu unterrichten und die Kollegen vor der Wohnung des Verdächtigen abzuziehen, dann machten sie sich auf den Weg zum Dienstwagen. Susann hatte einem der Polizisten ihren Autoschlüssel hinterlassen, sodass die beiden zurückbleibenden Kollegen später mit ihrem Wagen aufs Revier fahren konnten. Der dritte setzte sich mit dem Verdächtigen in den Fond, Reiner hinters Steuer und Susann setzte sich auf den Beifahrersitz.

Axel Müller schwieg auf der gesamten Fahrt, was ihnen allen nur recht war.

Auf dem Revier angekommen, führten sie den Verdächtigen in einen fensterlosen Verhörraum und ließen ihn dort eine Zeit lang schmoren. Durch den venezianischen Spiegel beobachteten Reiner und Susann ihn.

»Er ist nervös«, konstatierte Reiner.

»Klar, wäre ich auch an seiner Stelle«, entgegnete Susann grimmig. Von dem überheblichen Macho, den sie im Tierpark befragt und der ihr doch tatsächlich ein wenig Angst gemacht hatte, war nichts mehr übrig. »Ich geh jetzt rein«, stellte sie dann klar und erhob sich. Reiner hatte nichts dagegen einzuwenden, schließlich war er ihr Verdächtiger. Zum wiederholten Male sah Reiner ungeduldig auf sein Handy. Er hatte Peter über den Zugriff per SMS informiert, doch der hatte sich bisher nicht gemeldet. Es wurde Zeit, dass er die Kollegen und vor allem die Leitung über seine private Situation informierte. Sollte Peter das in dieser Woche nicht hinbekommen, würde er selbst diese undankbare Aufgabe übernehmen müssen. In diesem Moment betrat Susann das Verhörzimmer und er stellte den Ton laut.

Interessiert beobachtete Reiner, wie sich die Körperhaltung des Verdächtigen veränderte. Sofort setzte der sich aufrecht hin und spreizte die Beine weit auseinander, die Arme vor der Brust verschränkt. Reiner kannte dieses Imponiergehabe nur zu gut. Mit den gespreizten Beinen steckte der Kinderschänder sein Revier ab. *Du musst aufhören, ihn schon als Täter anzusehen!*, ermahnte er sich im Stillen. Noch war er ein Zeuge, der ein falsches Alibi angegeben hatte. Dafür konnte es hundert harmlose Erklärungen geben, die für ihren Fall komplett uninteressant waren.

»Herr Müller, wo waren Sie am Samstag, den ersten Juni?«, begann Susann die Befragung.

»Bei meinen Eltern, hab ich doch schon ausgesagt.« Reiner registrierte den aggressiven Unterton. Dieser Typ Mann, so befürchtete er, würde vor einer Frau nicht klein beigeben. Er mutmaßte, dass Susann nicht weiterkommen würde.

»Wir haben mit Ihrem Vater gesprochen«, fuhr sie unbeeindruckt fort. »Der erzählt etwas ganz anderes.«

»Mein alter Herr ist manchmal nicht mehr ganz auf der Höhe, wenn Sie wissen, was ich meine«, behauptete er und tippte sich zur Verdeutlichung mit dem Finger an die Schläfe.

»Auf mich machte Ihr Vater einen gesunden Eindruck«, konterte Susann. Keine Reaktion. Axel Müller hatte das Interesse an dem Gespräch verloren.

»Wo waren Sie wirklich?«

Keine Reaktion.

»Herr Müller, solange Sie mir keine Antwort auf diese Frage geben wollen, kann ich Sie nicht gehen lassen.«

Schulterzucken.

»Dann werden wir Ihre Frau davon in Kenntnis setzen, dass Sie die heutige Nacht hier verbringen werden.«

Reiner traute seinen Ohren nicht. So einfach ging das ja nun leider nicht, das wusste Susann doch! In diesem Moment öffnete sich die Tür zu dem kleinen Raum, in dem Reiner saß, und eine Nikotinfahne wehte herein. Dr. Thule schloss die Tür hinter sich.

»Was macht unser Verdächtiger?«, wollte sie wissen und nahm neben Reiner Platz.

»Er sagt nichts.«

»Gut, dann lassen wir ihn über Nacht hier. Habe mit dem Staatsanwalt gesprochen. Wir stehen ganz schön unter Druck, deshalb hat er sein Okay gegeben.«

»Gut. Das hilft uns.«

»Ist er es?« Die Eiskönigin beäugte den Verdächtigen durch die verspiegelte Fensterscheibe, als hätte sie ein besonders ekelerregendes Insekt auf ihrem Teller sitzen.

»Kann gut sein«, bemerkte Reiner und ergänzte seufzend: »Hoffentlich!«

»Ja. Kann man nur hoffen.« Dann erhob sie sich und entschwand genauso grußlos, wie sie gekommen war, durch die Tür.

Sie ließen den schweigenden Axel Müller abführen und gaben Anweisung, seine Frau zu informieren.

Wenig später erschienen die beiden Polizisten, die mit Susanns Auto gefahren waren, auf dem Revier und berichteten von der Reaktion von Axel Müllers Eltern, als sie erfuhren, dass ihr Sohn mit zur Wache genommen wurde.

»Die beiden alten Leute waren ganz aus dem Häuschen. Sie ließen nichts auf ihren Jungen kommen. Das ist ja auch verständlich.«

»Tja, wir werden sehen«, erwiderte Susann. »Vielleicht ist er morgen ja eher bereit, mit uns zu reden.« Dann sah sie auf die Uhr. »Ich muss jetzt wirklich los, Mirja muss ins Bett. Morgen ist Schule und ich muss sie erst noch bei meinen Eltern abholen.«

»Na klar. Wir sehen uns dann morgen früh. Vielleicht sollte ich dann mal mein Glück bei Herrn Müller versuchen?«

Susann sah ihn prüfend an. Sie hasste es, wegen ihres Geschlechts benachteiligt zu werden. Dabei war ihr sehr wohl bewusst, dass Axel Müller zu dem Typ Mann gehörte, der einem männlichen Kollegen eher etwas erzählen würde als ihr, einer Frau.

»Gute Idee«, stimmte sie deshalb Reiners Vorschlag zu. Dann machte sie sich auf den Weg zu ihrer Tochter.

DONNERSTAG, 27. JUNI, NOCH 9 TAGE

Früh am nächsten Morgen saß Reiner dem sichtlich weichgekochten Axel Müller im Vernehmungszimmer gegenüber. Diesmal beobachtete Susann das Geschehen verborgen hinter dem Spiegel.

»Herr Müller«, eröffnete Reiner die Vernehmung, »Sie hatten ja nun Gelegenheit, darüber nachzudenken, wo Sie denn nun am ersten Juni waren. Ist es Ihnen wieder eingefallen?«

Müller blickte ihn kurz trotzig an, änderte dann abrupt seine Haltung und setzte sich aufrecht an den Tisch. »Ich war beim Radfahren«, antwortete er und bevor Reiner darauf reagieren konnte, ergänzte er: »Ich habe eine Affäre. Sie wohnt in Holtenau. Da bin ich hingefahren. Bitte, meine Frau darf das nicht erfahren, denn sonst verlässt sie mich und ich sehe meine Tochter nie mehr wieder.«

Susann wurde ganz übel bei dem Selbstmitleid, das in Müllers Stimme mitklang.

Reiner reagierte auf die Bitte Müllers nicht. »Name, Anschrift, Telefonnummer.«

Kleinlaut gab der Verdächtige ihm die gewünschten Informationen.

Susann verließ den Beobachtungsraum und ging in ihr Büro, um die Aussage sofort zu überprüfen.

Nach wenigen Minuten hatte sie ihre Informationen und eilte zurück zum Vernehmungszimmer. Sie steckte den Kopf kurz durch die Tür und bat Reiner hinaus.

»Und? Hast du es gecheckt?«, wollte der wissen.

»Ja. Seine Geliebte hat das bestätigt. Auch zu den übrigen Tatzeiten war er bei ihr. Samstags ist ‚ihr' Tag, wie sie sich ausdrückte.«

»Mist.«

»Ja, wir müssen ihn laufen lassen«, stellte Susann fest. Damit ging sie zurück in ihr Büro. Diesen Part überließ sie Reiner. Sie hatte überhaupt keine Lust, sich die höhnische Visage dieses Machos anzusehen, wenn sie diejenige war, die indirekt zugeben musste, sich geirrt zu haben.

Kurze Zeit später betrat Reiner ihr Büro. »Dieser Idiot!«, schimpfte er. »Hat natürlich sofort wieder Oberwasser gehabt.«

»Das habe ich mir schon gedacht«, bestätigte Susann seinen Eindruck.

»Allerdings hat er mir noch einen Tipp gegeben, bevor er aus der Tür raus ist«, warf Reiner ein.

Susann sah ihn fragend an.

»Wir sollten uns mal diesen Groth vornehmen, meinte er. Der sei nicht ganz koscher. Genauer wollte er nicht werden. Er meinte, der würde irgendwas im Tierpark mauscheln.«

»Was meint er denn?«

»Ich habe keine Ahnung. Letzten Endes kann es ja nicht schaden, Groth einmal hierherzubestellen und es herauszufinden. Was meinst du?«

Susann überlegte kurz. »Ja, er war übermäßig nervös, als ich ihn befragt hatte. Ich rufe ihn gleich mal an.«

Diesmal hatte sie ausnahmsweise mal auf Anhieb Glück, denn Groth nahm beim ersten Klingeln ab. Er klang sichtlich nervös, fast schon panisch, fing sich schnell und willigte bereitwillig ein, zu einer weiteren Befragung aufs Revier zu kommen.

»Ist es in Ordnung, wenn ich am Montag komme?«, fragte er, »Ich habe am Wochenende Dienst und muss dann einige Paten herumführen.«

Susann überlegte kurz. Auch sie hatte sich ja für das Wochenende etwas mit ihrer Tochter vorgenommen.

»Also gut. Dann seien Sie bitte um elf Uhr hier, Herr Groth.«
»Ganz sicher«, versprach der und legte den Hörer auf.

FREITAG, 28. JUNI, NOCH 8 TAGE

Die dreiköpfige Soko traf sich wieder einmal, um die Ermittlungsergebnisse abzugleichen. Peter sah ziemlich mitgenommen aus. Susann war sich sicher, dass er ihnen – ihr – etwas sehr Wichtiges verschwieg. Sie hatte den Eindruck, dass Reiner eingeweiht war. Fast hätte sie Peter einfach darauf angesprochen, aber etwas hielt sie davon ab.

Da räusperte ihr Kollege sich und blickte sie direkt an. »Susann, ich möchte dir etwas erzählen.« Er sah kurz zu Reiner. »Reiner weiß das schon und die Eiskönigin habe ich gestern eingeweiht.«

Susann schluckte und sah ihren sichtlich gealterten Kollegen abwartend an.

»Es ist so«, fuhr Peter stockend fort, »ich habe seit geraumer Zeit ziemlich große Probleme zu Hause.«

Sofort dachte Susann an Scheidung, konnte sich Peter allerdings überhaupt nicht ohne seine Frau Karin vorstellen.

»Karin ist ...« Peter schluckte.

Entsetzt beobachtete Susann, wie seine Augen sich mit Tränen füllten. »Karin. Sie. Sie hat Alzheimer.« Mit seinem Handrücken wischte Peter sich die nun fließenden Tränen von der Wange. Noch nie hatte er sich so eine Blöße gegeben.

Susann glaubte, sich verhört zu haben. »Alzheimer«, wiederholte sie deshalb stumpfsinnigerweise.

»Ja. Schon weit fortgeschritten.« Peter hatte sich wieder gefasst. »Schon seit letztem Jahr waren da immer mal wieder so merkwürdige Situationen, aber wir haben uns eigentlich nichts dabei gedacht. Jeder vergisst doch mal etwas. Seit ein paar Wochen ging es ihr dann stetig schlechter. Ich kann sie praktisch nicht allein lassen.«

»Deshalb sieht man dich hier kaum noch«, stellte Susann fest.

»Ja. Ich muss mich mit meiner Tochter absprechen. Sie passt auf ihre Mutter auf, wenn ich außer Haus muss. Wir sind gerade dabei, einen Heimplatz für Karin zu finden.« Jetzt brach seine Stimme erneut. »Wie soll ich ihr denn erklären, dass ich sie abschiebe? Und wie soll ich ohne Karin leben?« Verzweifelt sah er seine beiden Kollegen an.

Reiner berührte Peters Arm. »Du schiebst sie doch nicht ab!«

»Sie wird das so empfinden. Ihr würdet sie nicht mehr wiedererkennen. Sie ist wie ein kleines Kind.«

Susann stand auf und ging um den Tisch herum zu ihrem Kollegen. Dann tat sie etwas, was sie noch nie getan hatte. Sie nahm Peter in den Arm, der lautlos an ihrer Schulter weinte. Kurz darauf löste er sich aus ihrer Umarmung und wischte sich über das Gesicht.

»So. Genug geheult. Danke für euren Trost. Ich schaffe das schon. Muss ich ja. Also, was gibt's Neues?«

Susann klopfte ihm auf die Schulter und begab sich zurück auf ihren Platz.

Reiner übernahm. »Meine Befragungen im Tierheim waren insgesamt nicht sehr ergiebig. Zuletzt habe ich mit dem Hundeausführer Thomas Lenz gesprochen. Das war ein etwas merkwürdiges Telefonat, hat auch zu keinen neuen Erkenntnissen geführt.«

»Wieso merkwürdig?«, hakte Peter nach.

»Ich habe es doch protokolliert.« Reiner blätterte in seinen Unterlagen.

»Ah, hier. Er berichtete, dass er in der letzten Woche einen Jogger mit einem Kind und dessen Hund im Wald gegenüber dem Tierheim gesehen habe.«

Alarmiert riss Susann die Augen auf. »Entschuldige, dass ich dich unterbreche, Reiner. Konnte er sich an den Tag erinnern?«

»Ja, er hat ja feste Tage, an denen er mit den Hunden ausgeht. Freitags geht er mit einem Pitbull raus und er kann sich genau daran erinnern, dass er mit diesem Hund im Wald war, als er seine Beobachtung gemacht hatte.«

»Dann konnte er ja sicher die Uhrzeit eingrenzen?«, fragte Susann angespannt nach.

Reiner sah sie irritiert an. »Ja, zwischen zwölf und dreizehn Uhr. – Glaubst du, das ist so wichtig? Ich meine, da geht ein Vater mit seinem Kind und dem Hund spazieren – So what?«

Susann hörte gar nicht mehr hin. »Wie sah das Kind aus? War es ein blondes Mädchen in einem roten Sommerkleid? Und der Hund – war das zufälligerweise eine französische Bulldogge, weiß mit braunen Flecken?« Susanns Stimme bebte.

Die beiden Männer im Raum sahen sich hilflos an. Fing ihre Kollegin da gerade an zu weinen? Oder bebte sie vor Zorn?

Reiner sah in seinem Protokoll nach. Dann wandte er sich langsam zu ihr um. »Ja und ja. Susann, kennst du …« Dann begriff er.

»Mirja?«, flüsterten beide Kollegen gleichzeitig.

Entgeistert sah Susann sie nacheinander an.

»Ja.« Sie merkte, dass ihre Stimme dabei war zu versagen. Einen Moment sammelte sie sich und hoffte, dass ihre Stimme ihr jetzt nicht den Dienst verweigerte.

»Am Freitagmittag riefen mich meine Eltern an.« Ein kurzer Blick zu Reiner. »Das war an dem Tag, als wir abends bei *John's* waren.«

Peter stutzte.

»Mirja war mit Pascha, dem Hund meiner Eltern, verschwunden. Meine Eltern hatten mich ganz aufgeregt auf der Dienststelle angerufen. Noch während des Telefonats war sie wieder da. Sie hat mir nichts von einem Jogger erzählt. Nicht mal, dass sie im Wald gewesen war. Sie behauptete, nur kurz um den Block gelaufen zu sein – ‚um die Ecke' nannte sie es, glaube ich.

Ich war skeptisch, sicher.« Und wie zu sich selbst: »Ich habe ihr trotzdem geglaubt.«

Schweigen erfüllte den Raum.

Dann berührte Reiner sie kurz an der Hand. »Das muss doch gar nichts heißen, Susann. Wenn das unser Mann gewesen wäre, dann …« Reiner beendete den Satz nicht.

»Genau.« Entschlossen sah Susann ihre zwei Kollegen an. »Wird wohl Zeit, ein ernstes Wort mit meiner Tochter zu reden.«

»Okay. Gut. Dann mache ich einfach mal weiter.« Mit einem kurzen Seitenblick auf seine Kollegin vergewisserte Reiner sich, dass es in Ordnung war, die Besprechung weiterzuführen. Die hob kurz ihre Hand.

»Alles klar. Danke. Susann, du hattest mich am Freitag ja um Unterstützung bei den Patenschaften gebeten.«

»Was denn für Patenschaften?«, hakte Peter nach. Er hatte ja so einiges verpasst.

»Entschuldige, Peter. Klar, wir hatten noch gar nicht weiter miteinander gesprochen.«

An der Stelle grätschte Susann dazwischen und brachte Peter auf den neuesten Stand.

»Okay. Dann bin ich ja jetzt im Bilde.«

Reiner fuhr fort: »Ich habe mit Katjas Hilfe die Firmen kontaktiert, die eine Patenschaft übernommen haben. Sogar das Grünflächenamt ist dabei. Die meisten zahlen einfach den monatlichen Beitrag und gut. Zwei Firmen haben Mitarbeiter, die ab und zu persönlich Kontakt mit dem Tierpark halten. Beide Male Frauen. Das Grünflächenamt hat einen Freiwilligen, der wohl regelmäßig das Patentier besucht, einen Schimpansen.«

»Das könnten wir doch auch einführen!« Peter grinste vielsagend. »Ich würde mich freiwillig zur Verfügung stellen. Vorausgesetzt, ich dürfte meine Enkelin mitnehmen.«

»Praktisch wäre es schon«, pflichtete Susann ihm bei. Regelmäßig gratis mit Mirja in den Tierpark zu gehen und sogar hinter die Kulissen gucken zu dürfen, war ein durchaus reizvoller Gedanke.

»Die Kontaktdaten dieses Mitarbeiters werden mir noch gefaxt.« Damit lehnte Reiner sich auf seinem Stuhl zurück und sah Susann aufmunternd an.

»Also, ich habe mich mit den Angestellten des Tierparks, die ins Täterprofil passen, vor Ort unterhalten.«

Sie machte eine kurze Pause und sprach dann mit einem entschuldigenden Blick in Peters Richtung weiter.

»Reiner hatte ich davon am Freitag bereits berichtet. Die Alibis konnte ich alle überprüfen, sind sauber. Am Mittwoch war ich im Altenheim und habe das Alibi von einen gewissen Michael Groth überprüft. Er hat am ersten Juni seine Mutter dort besucht. Es gibt Zeugen. Trotzdem hätte er Zeit gehabt, die Tat vorher zu vollziehen. Außerdem wirkte er bei der Befragung extrem angespannt. Gestern behauptete sein Kollege Axel Müller dann, dass er irgendetwas am Laufen habe im Tierheim. Ich habe ihn gestern angerufen und für Montag aufs Revier bestellt.«

»Klingt gut«, fand Reiner und sah Susann abwartend an.

»Danke. Dann bin ich erst mal durch.« Susann erhob sich. »Wenn es nichts mehr zu besprechen gibt, würde ich jetzt gern meine Protokolle auf den neuesten Stand bringen und dann zu Mirja fahren.«

»Ja, passt so.« Reiner stand ebenfalls auf und legte ihr die Hand auf den Rücken. »Und melde dich, falls es Probleme gibt. Wir sind für dich da, das weißt du ja.«

Susann nickte, schnappte sich ihre Lederjacke vom Stuhl und machte sich auf den Weg in ihr Büro.

Peter sah ihr nach und drehte sich dann zu seinem Kollegen um. Er sagte kein Wort, das übernahmen seine Augen. Unter seinem forschenden Blick wand Reiner sich innerlich. Doch er war viel zu gewieft, um darauf hereinzufallen und seine Karten auf den Tisch zu legen.

»Dann gehen wir mal wieder an die Arbeit.« Schweigend verließen die zwei Männer den Raum.

*

Nachdem Susann die lästige Büroarbeit erledigt hatte, machte sie sich auf den Weg zu ihren Eltern. Im Hasseldieksdammer Weg angekommen, bog sie auf die Einfahrt ihres Elternhauses ein und stieg aus.

Als sie die Autotür zuschlug, konnte sie Mirja schon im Garten spielen sehen. Sie blieb eine Weile an ihrem Auto stehen und beobachtete ihre Tochter dabei, wie sie ein Kunststück mit Pascha einübte. Mehrfach ließ sie den Hund sich auf den Rasen legen und auf Kommando eine Seitwärtsrolle machen. Ja, Mirja konnte sehr beharrlich sein. Obwohl erst acht, hatte sie bereits ihren eigenen dicken Kopf. Susann graute manchmal vor der Pubertät.

Mirjas blonde Zöpfe wippten auf und nieder. Plötzlich kam Susann ein furchterregender Gedanke. Könnte der Täter genau dort gestanden haben, wo sie jetzt stand, und das blonde Mädchen beim Spiel beobachtet haben? Hatte er sich vielleicht schon sein nächstes Opfer ausgesucht?

Mirja, dachte Susann, *was verschweigst du mir?*

Dann drückte sie die Schultern zurück und lief über den kleinen Plattenweg zum Garten. Ihre Tochter blickte überrascht auf und lief ihrer Mutter freudig in die Arme. »Mama! Da bist du ja schon! Guck mal, was ich Pascha beigebracht habe!«

Zum wiederholten Mal sah Susann sich das Kunststück des geduldigen Hundes an. Sie klatschte Beifall. »Prima, ihr zwei! So könntet ihr glatt im Zirkus auftreten!«

Nun kam auch Susanns Mutter nach draußen. »Na, wer ist denn da!«, freute sie sich. »Hast du etwas Zeit mitgebracht?«

Susann wollte eigentlich schnellstmöglich mit Mirja nach Hause, um zu erfahren, was am letzten Freitag vorgefallen war, doch sie brachte es nicht übers Herz, ihre Mutter zu enttäuschen.

»Wenn ihr noch Kaffee dahabt? Ein Glas Wasser tut es auch.«

»Kaffee kommt sofort. Erdbeerkuchen ist auch noch da!«, rief ihre Mutter auf dem Weg zur Küche. »Dein Vater hat es noch nicht geschafft, uns alles wegzuessen!«

Susann grinste. Wenn es einen Orden für die gierigste Naschkatze auf Erden gäbe, würde der um den Hals ihres Vaters baumeln.

Seit dem Vorfall vor einer Woche war Mirja recht anhänglich geworden. So schmiegte sie sich auch jetzt, sehr untypisch für sie, an die Hüfte ihrer Mutter. »Ich hab dich lieb, Mami.«

Susann streichelte die zarten Schultern ihrer Tochter. »Ich dich auch, mein Schatz.«

In dem Moment kam Susanns Mutter auch schon mit einem großen Tablett nach draußen und verteilte Becher und Teller auf dem Tisch. Sie setzten sich und aßen ihren Kuchen.

Susann sah sich um. »Wo ist Vati denn?«

Ihre Mutter nahm eine große Gabel Kuchen in den Mund. »Werfstatt«, brachte sie heraus und schluckte schnell hinunter. »In der Werkstatt«, wiederholte sie. »Der Motor macht merkwürdige Geräusche.«

So plätscherte die Unterhaltung dahin. Als Susann ihren Kuchen aufgegessen und den zweiten Becher Kaffee ausgetrunken hatte, machte sie sich auf den Weg. Nach einer herzlichen Umarmung schickte sie Mirja auf den Rücksitz, öffnete ihre Wagentür, winkte ihrer Mutter ein letztes Mal und fuhr rückwärts aus der Einfahrt heraus.

Die Fahrt nach Hause in die Wik verlief merkwürdig schweigend. Im Rückspiegel sah sie Mirja konzentriert aus dem Fenster blicken. Das passte so gar nicht zu ihr. War ihr das nur die ganze Woche nicht aufgefallen oder war ihre Tochter nur heute so in sich gekehrt?

Was bin ich nur für eine Mutter!, schalt sie sich.

Zu Hause angekommen, rief Mirja sofort ihre beste Freundin Thea an und die beiden Mädchen verabredeten sich auf dem Spielplatz an der Forstbaumschule, einem schön angelegten Park schräg gegenüber von Susanns Wohnung.

»Um achtzehn Uhr bist du bitte pünktlich wieder da!«, gab Susann ihr beim Abschied auf den Weg mit. Hier im Kieler Norden, zehn Kilometer weit von den Tatorten entfernt, fühlte

Susann sich einigermaßen sicher. Außerdem konnte und wollte sie ihre Tochter schließlich auch nicht einsperren.

Und trotzdem hatte sie ein ungutes Gefühl.

*

Wie sich zwei Stunden später zeigte, waren ihre Sorgen wieder einmal überflüssig gewesen. Pünktlich war Mirja zurück und saß ihr nun gewaschen und bereits im Nachthemd am Abendbrottisch gegenüber und knabberte an ihrem Käsebrot. Ihre Füße baumelten herunter. Noch berührten Mirjas Füße beim Sitzen nicht den Boden.

Ein paar Gelegenheiten hatte Susann inzwischen verstreichen lassen. Sie wusste einfach nicht, wie sie das Gespräch eröffnen sollte, ohne ihre Tochter zu verschrecken. Hier ging es nicht darum, ihr Kind zurechtzuweisen. Informationen wollte Susann bekommen. Da kam sie mit der Holzhammermethode leider nicht weit.

Erst als Mirja schon im Bett lag und Susann auf der Bettkante saß, um ihr Gute Nacht zu sagen, traute sie sich.

»Sag mal, mein Schatz, wenn du etwas auf dem Herzen hast, dann weißt du doch, dass du es Mami erzählen kannst, nicht?« Behutsam strich sie ihrer kleinen Tochter über die Stirn.

Die sah konzentriert auf ihre Bettdecke, die sie bis zum Kinn hochgezogen hatte.

»Auch wenn du etwas Dummes getan hast, etwas Verbotenes, oder wenn du etwas Schlimmes erlebt hast und dich schämst. Ich schimpfe ganz bestimmt nicht mit dir.« Sie nahm das Gesicht ihrer Tochter zärtlich in beide Hände.

Plötzlich liefen Mirja Tränen über das Gesicht und sie stürzte sich in die Arme ihrer Mutter. Laut schluchzend erzählte sie Susann alles, was am letzten Freitag passiert war. Es tat so gut, ihr Gewissen endlich zu erleichtern.

SAMSTAG, 29. JUNI, NOCH 7 TAGE

Normalerweise nahm Adrian keine Frauen mit nach Hause. Schon gar nicht, wenn er sie gerade im Club aufgerissen hatte.

Weil Saskia ganz in seiner Nähe wohnte und sie sich in der Vergangenheit tatsächlich einige Male beim Einkaufen über den Weg gelaufen waren, hatten sie sich gegen zwei Uhr nachts das Taxi geteilt. Adrian hatte sich gar nicht viel davon versprochen, bis Saskia die Initiative ergriffen und kurzerhand mit ihm gemeinsam aus dem Taxi gestiegen war.

»Hey, musst du nicht noch ein Stück weiterfahren?«, hatte er ehrlich verwundert gefragt. Doch sie hatte nur den Fahrer bezahlt und sich dann lächelnd zu ihm umgedreht.

»Ich könnte noch einen Kaffee bei dir trinken.«

Da hatte er endlich verstanden. So sehr recht war ihm das gar nicht gewesen. Viel lieber wäre er zu Saskia mit nach Hause gegangen. Das hatte sie aus irgendeinem Grund nicht in Erwägung gezogen.

Kurz sah er hinüber zum Fenster im zweiten Stock, hinter dem sich das Kinderzimmer von Klara befand. Die Kleine und ihre Mutter schliefen sicher schon lange. Sie müssten dies hier ja nicht erfahren. Er hatte noch mehr mit ihnen vor und wollte Irina nicht verärgern.

Prüfend sah er Saskia an. Sie war genau sein Typ. Sportlich, blond, schlank.

»Was ist los, Großer?«, neckte sie ihn da. »Falls du keinen Kaffee dahast – ich trinke auch Bier.« Lachend schmiegte sie sich an seine Brust und sah von unten zu ihm auf.

»Oder hast du Angst, ich könnte dir etwas zuleide tun?«

Adrian spürte ihren zarten Körper und in diesem Moment hatte er seine Entscheidung getroffen. »Vielleicht tue ich *dir* ja was zuleide. Hat man dir denn nicht beigebracht, nicht mit fremden Männern mitzugehen?«, konterte er scherzhalft und umfasste ihre Hüfte.

»Ach was, wir sind doch sozusagen Nachbarn und übrigens auch Vereinsmitglieder«, antwortete Saskia und schob ihre Hüfte etwas nach vorn.

»Vereinsmitglieder?«, fragte Adrian erstaunt.

»Klar, du gehst doch auch ins Fitnessstudio im Speckenbeker Weg, oder? Ich habe dich da schon oft trainieren sehen.«

Das wiederum war eine ganz neue Erkenntnis für ihn. Er entzog sich Saskias Umarmung und nahm ihre Hand. »Dann komm schnell mit. Vielleicht kann ich dir ja ein paar neue Gymnastikübungen beibringen.« Lachend war ihm Saskia daraufhin in seine Wohnung gefolgt.

Wie erwartet, waren sie gleich zur Sache gekommen und es musste gut gelaufen sein, denn sie war danach nicht gegangen, sondern mit ihm gemeinsam eingeschlafen.

Als er jetzt erwachte, war sie jedoch nicht mehr neben ihm. Draußen dämmerte es bereits, sodass er ihre Kleidung erkennen konnte, die auf dem Boden verstreut herumlag. Erleichtert schloss er wieder die Augen. *Sie wird für kleine Mädchen sein.* Er wollte einfach wieder einschlummern, in der Gewissheit, ihren fantastischen Körper gleich wieder neben sich zu spüren, da hörte er ein Geräusch.

Schlagartig war er wach und setzte sich aufrecht hin. Jemand war in seinem Arbeitszimmer zugange, das hörte er ganz deutlich.

Vorsichtig stieg er aus dem Bett und zog sich seine Boxershorts an. Horchend verharrte er. Da war es wieder!

Sie würde doch nicht …! Beunruhigt schlich er auf den Flur. Mit einem Blick bemerkte er die halb offene Zimmertür. Er war sich ganz sicher, die Tür zu seinem Arbeitszimmer fest geschlossen zu haben. Hektisch überlegte er, welche Möglichkeiten er nun hatte.

*

Der Sex mit Adrian war fantastisch gewesen. Saskia liebte es, im Bett die Kontrolle abzugeben. Sie mochte es, wenn der Mann die Führung übernahm und sie sich einfach nur hingeben durfte. Es stresste sie, wenn sie gefragt wurde, was sie wollte, oder wenn ihr Sexpartner sich nach ihrem Rhythmus zu richten versuchte. Mit Adrian war es anders. Sie war mehrfach zum Orgasmus gekommen, ohne auch nur einen Finger dafür krummgemacht zu haben. Wohlig erschöpft war sie anschließend in seinen Armen eingeschlafen.

Leider drückte ihre Blase nach einer Weile, weshalb sie sich aus seiner Umarmung schälte und nackt, wie sie war, ins Badezimmer schlich. Die Spülung betätigte sie nur kurz, um ihn nicht zu wecken, und machte sich schnell wieder auf den Weg zum Schlafzimmer, als sie beschloss, vorher noch ein Glas Wasser in der Küche zu trinken.

Als sie die vermeintliche Küchentür öffnete, bemerkte sie ihren Irrtum. Anstatt in der Küche war sie in einem weiteren Zimmer gelandet.

Neugierig betrat sie den Raum, der von einem großen Schreibtisch dominiert wurde, auf dem ein Computer stand.

»Aha, dein Arbeitszimmer, Adrian«, flüsterte sie und wollte die Tür schon wieder schließen, als sie in dem Regal hinter dem Schreibtisch etwas entdeckte, das sie zum Schmunzeln brachte.

Auf Zehenspitzen ging sie um den Schreibtisch herum und fasste nach einer der fünf Barbiepuppen, die nebeneinander im Regal saßen.

»Was zum Henker«, sprach Saskia in den dämmrigen Raum. Weiter kam sie nicht, denn die Puppe fiel ihr aus der Hand und landete polternd auf dem Laminatboden.

Erschrocken hielt sie in ihrer Bewegung inne. Sie wollte auf keinen Fall beim Schnüffeln ertappt werden. Als sich nichts tat, bückte sie sich und hob die Puppe wieder auf. Dabei bemerkte sie die weichen Haare. So weiche Haare hatten die Barbiepuppen aus ihrer eigenen Kindheit nicht gehabt. Fast konnte man glauben, dass es sich um echte Haare handelte.

Schnell setzte sie die Puppe wieder an ihren Platz, als sie Schritte im Flur hinter sich hörte, die sich dem Raum näherten.

Blitzartig drehte sie sich um und war gerade neben der Tür angekommen, als Adrian diese aufriss. Im Dämmerlicht konnte sie seine Gesichtszüge nicht eindeutig erkennen. Die unterdrückte Wut in seiner Stimme machte ihr plötzlich große Angst.

»Was *machst* du hier?«, wies er sie scharf zurecht.

Sie hatte keine Zeit, über eine adäquate Antwort nachzudenken, und tat das, was ihr Instinkt ihr riet.

»Mein Süßer! Hast du mich erschreckt!«, rief sie aus und warf sich in seine Arme. »Ich wollte zur Toilette und bin stattdessen hier gelandet!«

Mit ihrer Hand fand sie den Saum seiner Boxershorts und glitt hinein. »Zeig mir doch bitte den Weg, damit ich mich erleichtern kann«, bat sie und ließ ihre Hand nach unten gleiten. »Danach kümmere ich mich dann um deine Erleichterung«, warf sie scherzhaft nach.

Adrian strich ihr zärtlich über ihren nackten Rücken.

»Das klingt gut«, erwiderte er und führte sie aus dem Zimmer hinaus, jedoch nicht ohne heimlich einen prüfenden Blick auf die Puppen zu werfen.

Dann zeigte er ihr das Bad. »Ich warte im Bett auf dich«, flüsterte er und seine Stimme war wieder die alte.

Nur um ihre Tarnung aufrechtzuerhalten, setzte Saskia sich erneut auf die Toilettenschüssel und wunderte sich gar nicht, dass sie sich tatsächlich noch einmal erleichtern konnte. Während sie anschließend ihre Hände wusch, dachte sie kurz an das, was sie gerade gesehen hatte. *Wieso sammelt ein erwachsener Mann Barbiepuppen,* überlegte sie. *Und warum waren zwei der fünf Puppen glatzköpfig und nackt?*

Vielleicht würde sie ihn das irgendwann einmal fragen. Heute war sie nicht dazu bereit.

Sicherlich gab es eine ganz harmlose Erklärung dafür, dachte sie, als sie ins Schlafzimmer zurückging, wo der gut aussehende Mann mit einem süßen Lächeln auf sie wartete.

Nein, beschloss sie, heute wollte sie nur ihren Spaß haben.

Und den bekam sie auch.

SONNTAG, 30. JUNI, NOCH 6 TAGE

Ihr Herz schlug ihr bis zum Hals. So aufgeregt war Irina lange nicht mehr gewesen. Dies war ihr erstes Rendezvous. Den Tisch auf dem Balkon hatte sie hübsch eingedeckt. Die Flasche Weißwein stand im Kühlschrank, vorsorglich hatte sie auch Bier eingekauft. Nun überprüfte sie den Tisch zum x-ten Mal.

Es war fast zwanzig Uhr, Klara hatte bereits vor einer Stunde Abendbrot gegessen und lag in ihrem Bett. Irina hoffte nur, dass sie dort auch blieb, obwohl sie nicht wirklich daran glaubte. Klara würde mit Sicherheit mindestens einmal zu ihnen rauskommen, und sei es nur, um Adrian Gute Nacht zu wünschen und von ihm kurz auf den Arm genommen zu werden.

Seit letzten Samstag hatten sie sich täglich zum Gassigehen getroffen. Anfangs war er etwas zurückhaltend ihr gegenüber gewesen. Irina hätte sich mehr körperliche Nähe gewünscht. Andererseits gefiel es ihr, dass er nicht so aufdringlich war wie so viele andere Typen. Vor allem gefiel es ihr, wie gut er sich mit Klara verstand. Sein Interesse an ihr kam Irina echt vor.

Dieser Gedanke ließ sie augenblicklich an Pawel denken und, damit verbunden, an das kommende Wochenende. Sie hatte gar keine große Lust mehr, mit Albina nach Hamburg zu fahren und durch die Clubs zu ziehen.

Zum einen hatte sie ein ungutes Gefühl dabei, dass dieser große Junge auf ihr Kind und ihren Hund aufpassen sollte, zum anderen hätte sie das Wochenende viel lieber mit Adrian verbracht.

Na ja, überlegte Irina, *ein Paar sind wir noch nicht*. Sie hatte so eine Ahnung, dass der heutige Abend die Situation verändern würde.

Als es läutete, lief sie erwartungsvoll zur Tür und öffnete sie.

Adrian streckte ihr einen kleinen Blumenstrauß entgegen. In der anderen Hand hielt er eine Flasche Wein.

Irina fasste sich ein Herz und umarmte ihn, wobei sie ihm einen Kuss auf den Mund drückte. Nur ein kleiner Schmatzer, doch das reichte aus, dass sie förmlich in Flammen stand.

»Komm rein!«, bat sie und war froh, dass ihre Stimme sich fest anhörte.

Sie waren noch beim Essen, als Klara in ihrem kurzen rosa Pyjama den Balkon betrat.

»Adrian!«, rief sie erfreut und kletterte ungefragt auf seinen Schoß. Irina bemerkte, dass er sich unwillkürlich versteifte. Seine Stimme und Mimik blieben dabei jedoch entspannt.

»Hallo, Prinzessin. Solltest du nicht längst schlafen?« Ein Kuss aufs duftende Haar. »Du hast ja hübsche Zöpfe.«

Klara schmiegte ihren kleinen warmen Körper an Adrians Brust. »Die macht Mama mir vor dem Schlafengehen. Sonst sind sie am Morgen so verklettert.« Adrian schmunzelte.

»Soso, *verklettert*. Na, das wäre ja nicht gut.« Verschwörerisch sah er über Klara hinweg ihre Mutter an. Irina lächelte. Sie hatte Adrians körperliche Reaktion bemerkt, als Klara auf seinen Schoß geklettert war. Für einen kurzen Moment dachte sie … Doch nun war der Moment vorüber.

»Komm, kleine Maus. Abmarsch zurück ins Bett.«

»Adrian soll mich bringen.« Doch ihre Mutter schüttelte den Kopf. Da war dieser Moment … »Das ist Mamasache.« Und zu Adrian: »Bin gleich wieder da.«

Sie war so süß! Wie sie ihre Brut zu beschützen versuchte. Dafür hatte sie seine volle Anerkennung. Letztlich würde es ihr nichts nützen. Noch nie zuvor hatte er die Möglichkeit bekommen, seiner Beute so nah zu kommen. Innerlich bebte er regelrecht vor Erregung. Warte, kleine Klara, dachte er fast zärtlich. Bald gehörst du mir. Dann dachte er an die gestrige Nacht. Was er dort genießen durfte – sein erstes Mal. Saskia würde nie wieder einem anderen gehören. Der Rausch, den er erlebte, als ihre Augen brachen, war mit nichts zu vergleichen. Sie hatte tatsächlich geglaubt, ihn täuschen zu können, zu ihrem Unglück hatte er sofort bemerkt, dass sie seine Sammelpuppen bewegt hatte.

Bis dahin hatten ihn der wilde Duft des Affendungs, gepaart mit dem brechenden Blick der sterbenden Hunde stimuliert.

Doch wie viel berauschender und wilder war es gewesen, die Augen eines Menschen brechen zu sehen. Er vermochte sich die Lust nicht auszumalen, die ihn überkommen würde, wenn er dies noch mit dem Parfüm des Wildtiers krönen würde!

Dich will ich kosten, kleine Klara! Und ich werde das Letzte sein, was deine kornblumenblauen Augen sehen, und mein Geruch wird der letzte sein, den du atmest!

Freundlich lächelte er der Mutter zu, die sich wieder an den kleinen Balkontisch setzte.

»Hoffentlich musstest du nicht zu lange warten«, entschuldigte Irina sich höflich. Sie wollte auf keinen Fall, dass er sich durch ihre Initiative eben beim Zubettbringen ihres Kindes vor den Kopf gestoßen fühlte.

Doch ihre Bedenken waren grundlos gewesen, denn Adrian lächelte sie warm an. »Es ist gut, dass du auf deine Tochter aufpasst«, wischte er ihre Entschuldigung beiseite. »Das ist auch etwas, was ich so an dir mag.«

Bei diesen Worten legte er seine Hand auf ihre und streichelte sie zärtlich. Irina schmolz dahin. Nach so einem Mann hatte sie schon viel zu lange gesucht.

Mit weicher Stimme verkündete sie, dass sie ja um elf das Feuerwerk anlässlich des Endes der Kieler Woche ansehen könnten.

»Wenn du solange bleiben magst«, fügte sie mädchenhaft hinzu, »könnten wir aufs Dach steigen. Von dort hat man einen grandiosen Ausblick.« Schüchtern sah sie ihm in sein attraktives Gesicht.

»Das ist eine tolle Idee«, entgegnete Adrian. Auf diese Weise konnte er noch etwas länger in *ihrer* Nähe sein.

MONTAG, 1. JULI, NOCH 5 TAGE

Susann hatte das Wochenende dazu genutzt, sich ausgiebig mit ihrer Tochter über den Vorfall im Wald zu unterhalten. Nachdem Mirja sich ein wenig beruhigt hatte, waren die Worte nur so aus ihr herausgepurzelt, sodass Susann zeitweise Schwierigkeiten hatte, der Schilderung ihrer Tochter zu folgen. Einige Male musste sie ihren Redeschwall unterbrechen.

»Und wer hat jetzt gestunken? Der Jogger?«

»Nein, das Gebüsch. Da war bestimmt ein totes Tier drin, hat Micha gesagt.«

»So hieß der Mann?«

»Ja, hab ich doch schon gesagt.«

Als Susann gemerkt hatte, dass ihre Tochter ungeduldig wurde, hatte sie lieber nicht weiter nachgehakt, sondern sie wieder in die Arme genommen und sie eine ganze Weile lang einfach nur festgehalten, bis der zarte Körper schließlich erschlaffte und ihr Kind eingeschlafen war.

Gestern hatte sie sich viel Zeit für Mirja genommen, hatte ihr ab und zu eine Frage gestellt, sodass sie sich nach und nach ein genaues Bild von der Begegnung machen konnte.

Sie glaubte nicht, dass dieser Jogger der Täter war. Hätte er dann nicht zugeschlagen? Die Gelegenheit war doch mehr als günstig.

Andererseits stimmten die Begleitumstände mit denen der verübten Taten überein: ein Gebüsch, aus dem ein Gestank kommt, ein blondes Mädchen mit einem Hund und die Nähe zu den anderen Tatorten. Nur das Datum stimmte nicht. Weder war es ein Samstag noch geschah es in zeitlicher Nähe zum ersten Samstag des Monats. Hatte der Täter vielleicht seinen Modus Operandi geändert?

Bei dem Gedanken an all das Furchtbare, das hätte geschehen können, war ihr regelrecht schlecht geworden.

Nachdem sie Reiner am Sonntagabend über die neuen Fakten informiert hatte, beschlossen sie, ein Phantombild des Joggers anzufertigen.

»Mag sein, dass er nicht der Täter ist«, hatte Reiner bemerkt, »aber vielleicht war er es doch und wurde nur gestört. Möglicherweise hat der Hundeausgeher Lenz ihn von seinem Vorhaben abgehalten.«

Susann hatte ihm wohl oder übel zustimmen müssen.

»Morgen ist der erste Ferientag. Da könnte ich sie mit aufs Revier nehmen. Sagst du Volker Bescheid, damit er sich morgen früh Zeit nimmt für uns?«

»Ich rufe ihn gleich an«, hatte Reiner versprochen und sich verabschiedet.

Heute Morgen hatte sie Mirja dann darauf vorbereitet, was sie hier auf dem Revier erwarten würde. Sie hatten gleich morgens um halb zehn einen Termin mit ihrem Phantomzeichner Volker Behring festmachen können. So hatte Susann anschließend Zeit, Michael Groth zu befragen.

»Meinen Kollegen Peter kennst du ja, nicht?«

Schüchtern blickte Mirja den Kollegen ihrer Mutter an.

»Gut. Der wird dir einige Fragen stellen, und du musst ihm so genau und ausführlich wie möglich antworten.«

»Ich habe dir doch schon alles erzählt«, quengelte Mirja.

»Ich weiß, mein Schatz. So läuft das nun mal bei der Polizei.«

»Und du bist die ganze Zeit dabei.« Mehr Bitte als Feststellung.

»Ja. Ich bin da. Neben dir. … Nur darf ich nicht für dich sprechen, hörst du? Das musst du allein erzählen.« Aufmunternd lächelte Susann ihre Tochter an.

»Ist gut.«

»Und danach wirst du versuchen, einem anderen Kollegen den Mann so genau wie möglich zu beschreiben, damit ihr gemeinsam sein Gesicht auf dem Computer nachbilden könnt.«

»Ein Phantombild, meinst du.«

Susann grinste. »Genau.«

»Okay. Das krieg ich hin.«

Gerade betraten sie das Präsidium und machten sich auf den Weg in Peters Büro, das sich – wie ihr eigenes auch – im zweiten Stock befand. Oben angekommen, schritt Susann weit aus, klopfte kurz an Peters Tür und trat mit ihrer Tochter an der Hand in sein helles, aufgeräumtes Büro. Peter erhob sich von seinem Sessel und streckte Mirja die Hand entgegen.

»Hallo, junge Dame. Wie geht es dir denn heute?« Er schüttelte die kleine Hand.

»Gut.«

Mirja zog den Vokal ein wenig in die Länge und hob die Stimme. Es klang fast wie eine Frage, abwartend, auf der Hut.

»Das freut mich zu hören. Wollen wir drei uns an den Tisch dort vorn setzen?« Peter zeigte auf einen Tisch mit Kamera und Mikrofon am anderen Ende des Raums, und Mutter und Tochter setzten sich nebeneinander an das Tischende vor die Kamera, Peter nahm den beiden gegenüber Platz.

»Ich schalte jetzt die Kamera und das Aufnahmegerät ein, Mirja. So mache ich anschließend keine Fehler, wenn ich aufschreibe, was du mir erzählt hast.«

Die Anspannung schnürte ihr die Kehle zu. »Ist gut«, hauchte Mirja.

»Schön. Dann kann es jetzt ja losgehen.«

Zu Susanns großer Erleichterung entspannte Mirja sich nach und nach, was maßgeblich auf die einfühlsame Befragung durch Peter zurückzuführen war. Sie bekam so eine Idee davon, wie Peter mit seinem Enkelkind umgehen mochte.

In der Sache kamen keine neuen Details ans Licht. Mirja erzählte genau dieselbe Geschichte wie ihrer Mutter tags zuvor. Das Ganze dauerte eine knappe Stunde, dann durften sie sich von Peter verabschieden.

»Das hast du ganz toll gemacht«, lobte Peter die kleine Mirja, und sah dann über ihren Kopf hinweg ihre Mutter an. Sein ernster Ausdruck ließ Susann frösteln.

Gleich darauf betraten sie das Zimmer ihres Kollegen Volker, der vor dem Bildschirm sitzen blieb und Mirja aufforderte, neben ihm Platz zu nehmen. Susann stellte sich hinter die beiden und beobachtete gespannt, wie sich das Gesicht auf dem Bildschirm langsam vervollständigte.

Diesmal war Mirja mit Eifer bei der Sache. Wie erwartet, hatte sie Spaß an der Aufgabe. Heraus kam das Gesicht eines Mannes zwischen fünfundzwanzig und fünfunddreißig mit einem Pferdeschwanz, einem herzförmigen Kinn mit Spitzbart, schmalen Augen, hohen Wangenknochen und einer geraden Nase. Man konnte ihn durchaus als attraktiv bezeichnen.

Als sie mit Mirja zurück in ihrem Dezernat ankam, hatte Reiner bereits die Initiative übernommen.

»Bitte schicke das Phantombild an das Tierheim und die Tierparks rund um Kiel«, bat Reiner ihre Sekretärin. »Denke auch an die Wild- und Haustierparks.«

Katja war bereits dabei, die Kontakte herauszusuchen. »Mach ich! Soll ich bis Neumünster gehen?«

»Gute Idee. Sag mir Bescheid, wenn es eine Reaktion gibt.«

»Klar«, entgegnete sie, während ihre schlanken Finger eilig über die PC-Tastatur flogen.

Susann sah auf die Uhr. »Ist Herr Groth schon eingetroffen?«, fragte sie Katja.

Die sah kurz hoch. »Ja, der sitzt schon vor deinem Büro.«

»Schön. Dann werde ich ihm mal auf den Zahn fühlen.«

Etwas ratlos sah sie ihre Tochter an. »Mirja, du könntest solange doch hier auf Mami warten, ja? Es dauert auch nicht lange.«

Folgsam setzte Mirja sich auf einen der Besucherstühle.

»Hey, Mirja«, sprach Katja sie an, »Hast du Lust, mir bei dem Papierkram zu helfen?«

Strahlend sprang Mirja von ihrem Stuhl auf. »O ja!«

Katja zwinkerte Susann heimlich zu.

»Na, dann komm mal rum um den Tresen.«

Dankbar ging Susann daraufhin zu ihrem Büro. Katja würde ihre Tochter schon zu beschäftigen wissen.

Als sie sich ihrem Büro näherte, erhob Michael Groth sich von seinem Stuhl, der vor ihrer Bürotür platziert war. Susann streckte ihm die Hand entgegen. »Guten Morgen, Herr Groth. Schön, dass Sie es heute einrichten konnten, herzukommen.«

Groth ergriff die ihm dargebotene Hand, ohne den Gruß zu erwidern. Seine Hand war kalt und feucht, für Susann ein Zeichen seiner Unsicherheit. Sie öffnete ihre Bürotür und wies ihn an, sich auf den Besucherstuhl vor ihrem Schreibtisch zu setzen, und nahm dann selbst hinter ihrem Schreibtisch Platz.

»Herr Groth«, begann sie die Befragung. »Nach unserem letzten Gespräch sind noch einige Fragen offengeblieben.«

Abwartend sah er sie an.

»Zunächst einmal möchte ich Ihnen sagen, dass ich Ihr Alibi für den ersten Juni überprüft habe.« Sie hielt einen Moment inne, um seine Reaktion abzuwarten – die nicht erfolgte. Stattdessen starrte Groth sie weiterhin an, während er seine Hände an seinen Oberschenkeln abwischte.

»Jedenfalls wurde Ihr Alibi bestätigt.«

»Das habe ich Ihnen doch gesagt!«, wandte er nun mit bestimmter Stimme ein.

»Wenn auch ein kurzes Zeitfenster ungeschlossen bleibt.« Jetzt war es an Susann, ihr Gegenüber zu mustern. Sie überdachte kurz ihre Verhörstrategie und entschied sich dann für die direkte Variante.

»Was haben Sie eigentlich im Tierpark nebenher am Laufen?«

Diesmal fand sie seine Reaktion auf ihre Frage höchst interessant. Mit weit aufgerissenen Augen, den Mund zu einem O geformt, blickte er sichtlich erschrocken auf.

Seine Stimmlage sprang augenblicklich einige Töne in der Tonleiter aufwärts. Susann erkannte die Anzeichen, wenn ein Zeuge sich ertappt fühlte, auf Anhieb.

»Wie meinen Sie das? Was soll ich denn am Laufen haben?«, versuchte Groth sich zu verteidigen. Doch Susann überging die Frage.

»Einer Ihrer Kollegen hat uns über Ihr Nebengeschäft aufgeklärt«, bluffte sie – und hatte genau ins Schwarze getroffen.

Er gab augenblicklich seine Verteidigungshaltung auf. Stockend gab er zu, Tierdung über das Internet zu verkaufen.

Susann sah ihn überrascht an. »Tierdung?«, hakte sie nach. »Den kann man doch ganz legal überall bekommen«, fuhr sie fort. »Meist sogar umsonst.«

Groth nickte verständig. »Ja, wenn Sie Pferdemist haben wollen. Aber nicht, wenn es Dung von Wildtieren sein soll.«

»Was soll man denn damit anfangen?«, wollte Susann von ihm wissen, doch er zuckte nur mit den Schultern.

»Danach habe ich meine Kunden nicht gefragt. Für irgendwas werden sie den Kot schon gebrauchen können.«

Susann fiel nicht ein einziger Grund ein, weshalb Menschen Geld für Tierkot ausgeben sollten, den sie ja nicht einmal zum Düngen benutzen konnten. Andererseits gab es heutzutage ja so viele schräge Vögel auf der Welt. Manche bezahlten ja sogar für getragene Unterwäsche.

Plötzlich kam ihr ein Gedanke, den sie vorerst für sich behielt. Stattdessen forderte sie Groth auf, ihr die Kundenliste zukommen zu lassen.

Der willigte resigniert ein und äußerte eine Bitte: »Ich gebe Ihnen alle Kundendaten, die ich habe, wenn Sie mir bitte versprechen, nichts an die Tierparkleitung weiterzugeben. Ich habe ja niemandem geschadet damit. Wenn meine Chefin davon Wind bekommt, wird sie mich bestimmt feuern. Wie soll ich dann das Heim für meine Mutter finanzieren?«

Der Kummer in seiner Stimme wirkte echt, doch Susann konnte ihm solch ein Versprechen natürlich nicht geben.

»Herr Groth, ich kann Ihnen da keine Zusage machen«, wandte sie ein, »Sie werden sicher verstehen, dass ich diese Informationen nur zurückhalten kann, solange Ihre Aktivitäten unseren Fall nicht betreffen. Sollte sich das ändern …«, ließ Susann den Satz unbeendet im Raum stehen.

Groth hatte verstanden und gab ihr seine Internetadresse und das Passwort, damit sie selbst die Kontakte sichten und überprüfen konnte.

Den Tierpaten erwähnte er instinktiv nicht. Den würden sie schließlich auch nicht in seiner Adressliste finden.

Nachdem Susann ihn verabschiedet hatte, machte er sich schleunigst auf den Weg nach Hause. Dort würde er sich ein paar Biere genehmigen, um endlich entspannen zu können. Nächsten Samstag würde er den Paten noch einmal beliefern, dann würde damit erst mal Schluss sein.

*

Susann hatte derweil Peter angerufen und darum gebeten, die Kontakte zu überprüfen, was er gern tat. Anschließend wählte sie Reiners Durchwahl.

»Reiner, ich habe gerade Groth befragt.« Sie berichtete von dem Gespräch und ließ ihn dann an ihrer Schlussfolgerung teilhaben. »Als ich mir darüber Gedanken gemacht hatte, wozu jemand denn Wildtierdung brauchen könnte, kam mir plötzlich der Wildtiergeruch an den Tatorten in den Sinn«, erklärte sie Reiner. »Und wenn der Täter Dung am Tatort deponiert hat?«, fragte sie. »Wenn einer dieser Kunden unser Täter ist?«

Reiner überlegte eine Weile.

»An den Tatorten wurde nichts dergleichen gefunden«, erwiderte er.

»Vielleicht hat er den Dung wieder mitgenommen«, wandte Susann ein. »Der Täter wirkt extrem gut vorbereitet. Er hat ja auch sonst keine organischen Spuren hinterlassen«, ergänzte sie.

»Da hast du recht«, räumte Reiner ein.

»Reiner!«, rief Susann plötzlich. »Auch Mirja hatte einen unangenehmen Geruch im Wald wahrgenommen. Der kam aus einem Gebüsch, meinte sie.«

Kurze Stille.

»Susann, wir fahren dorthin. Mirja soll uns da hinführen!«, traf Reiner die Entscheidung.

Susann schluckte. Sie wollte ihre Tochter am liebsten dabei raushalten, fand hingegen keine Alternative zu Reiners Anordnung.

»Ist gut«, gab sie nach. »Ich rede mit ihr.« Kurze Pause. »Vielleicht finden wir ja auch nur ein totes Tier.«

Reiner antwortete darauf nicht.

Als Mirja erfuhr, was sie tun sollte, wurde sie sehr unsicher und erklärte den beiden Erwachsenen, dass sie nicht wisse, ob sie den Platz wiederfinden würde. Doch einen Versuch wäre es wert. Sie hatten beschlossen, Pascha mitzunehmen und ihn angeleint vorweglaufen zu lassen.

Durch die Beschreibung des Hundeausführers konnten sie das Gebiet zum Glück eingrenzen.

Susann fuhr mit Mirja direkt zu ihren Eltern, wo ihre Mutter mit dem Mittagessen auf sie wartete. Schließlich waren sie insgesamt fast drei Stunden im Dezernat gewesen, und Mirja brauchte dringend eine Pause und etwas zu essen. Dort sollte Reiner später hinzustoßen.

Nachdem sie Gemüseeintopf gegessen hatten, ging Mirja zum Spielen in den Garten und Susann setzte sich mit ihren Eltern auf die Terrasse.

Seit dem Vorfall war das Verhältnis zwischen ihr und ihren Eltern irgendwie angespannt. Sie spürte förmlich das schlechte Gewissen der beiden, obwohl sie ihnen nie einen Vorwurf gemacht hatte. Sie wusste doch, dass Mirja nirgends besser aufgehoben war als bei ihren Großeltern. Nun ergriff sie die Gelegenheit und sprach aus, was sie dachte.

»Ihr braucht kein schlechtes Gewissen haben, das wisst ihr doch?«

Wortlos sahen ihre Eltern sie an. Ihr Vater hob gerade zu einer Antwort an, doch sie sprach schnell weiter.

»Das hätte mir genauso passieren können. Mirja macht ganz gern, was sie will. Ihr habt nichts falsch gemacht, nur weil ihr ihr vertraut habt.« Dann sah sie den beiden älteren Leuten direkt in die Augen.

»Es bringt doch nichts, die ganze Zeit mit einer Trauermiene herumzulaufen. Und eins ist wohl sicher: Mirja wird sicher keine heimlichen Spaziergänge mehr machen nach dem ganzen Zauber heute.«

Sie grinste ihre Eltern verschmitzt an. Zu ihrer Erleichterung erwiderten diese ihr Lächeln. Beide atmeten hörbar aus.

»Dann wäre das ja geklärt«, stellte Susann zufrieden fest. Sie entschuldigte sich und ging ins Haus, um Reiner anzurufen. Der meldete sich nach dem ersten Klingelton.

»Hi!« Seine Stimme war ganz weich.

»Hi«, antwortete Susann. »Wir sind bereit. Die Adresse meiner Eltern kennst du ja.«

»Jepp. Ich mach mich auf den Weg.«

Eine kurze Pause entstand.

Susann hatte den Eindruck, dass Reiner noch etwas sagen wollte. Doch dann wurde das Gespräch weggedrückt.

Kurze Zeit später klingelte es an der Haustür. Pascha schlug wie gewöhnlich an, wenn die Klingel ertönte, und lief zusammen mit Susann zum Eingang.

»Das ging ja schnell«, begrüßte sie Reiner und bat ihn, um das Haus herum in den Garten zu kommen. Dort sagte er ihren Eltern und Mirja Hallo.

»Na, Mirja, wollen wir dann mal mit Pascha rausgehen?«, fragte er das Kind in freundschaftlichem Ton.

»Ja, ich hole schnell die Leine!«, quiekte Mirja und rannte wie der Blitz ins Haus. Freudestrahlend kam sie fast sofort wieder mit Leine bewaffnet nach draußen gehüpft und lächelte Reiner an.

Susann staunte nicht schlecht. Flirtete ihr Kind da gerade? War das so, wenn Mädchen ohne Vater aufwuchsen, dass sie sich quasi der nächstbesten Vaterfigur an den Hals warfen?

Susanns Magen verkrampfte sich bei dem Gedanken. Und sie fragte sich ernsthaft, wie sie unter diesen Umständen ihre Tochter vor den Monstern dieser Welt beschützen sollte.

Es war ein heißer Nachmittag, doch in dem kleinen Wäldchen war es angenehm kühl. Susann fühlte sich sogleich wie in einer anderen Welt. Alle menschlichen Geräusche wurden hier ausgesperrt. Vogelgesang und leises Blätterrauschen waren die einzigen Laute.

Sie hatten Pascha an der Flexileine vorweglaufen lassen. Er bewegte sich exakt in dem Gebiet, das sie mithilfe der Aussage des Hundeausführers eingegrenzt hatten.

Mirja hatte die Hand ihres Kollegen genommen, der dies, ohne zu zögern, zugelassen hatte. Sie kamen nicht schnell voran, da Pascha gefühlt an jedem Grashalm zum Schnüffeln stehen blieb.

»Das macht er ständig!«, erklärte Mirja ihm. »So war das auch vorletzte Woche.« Dann kamen sie an eine Weggabelung und Mirja blieb stehen. Plötzlich erhellte ihre Miene sich und sie zeigte nach rechts. »Da bin ich langgegangen! Und dahinten kommt das Gebüsch!« Aufgeregt tänzelte sie auf der Stelle. Auch Pascha schlug diese Richtung ein, nachdem er an einen Baum gepinkelt hatte.

Rechter Hand war der Weg von einem ausgedehnten Gebüsch begrenzt. Diesmal zeigte Pascha kein gesteigertes Interesse daran.

Susann bedeutete ihrer Tochter, mit dem Hund auf dem Weg zu warten, wogegen Mirja protestierte. Daraufhin legte Reiner dem quengelnden Mädchen eine Hand auf das Haar und sah ihr geradewegs ins Gesicht. »Deine Mama hat recht, Kleine«, sagte er, nahm seine Hand von ihrem Kopf und stapfte gemeinsam mit Susann Richtung Gestrüpp. Die staunte nicht schlecht darüber, wie einfach es sein konnte.

Ein totes Tier fanden sie nicht, dafür etwas, das wie die Reste von Kot aussah. Es handelte sich um einen Brocken von ungefähr zehn Zentimeter Durchmesser. Jetzt war er getrocknet, aber man konnte deutlich sehen, dass er einmal eine weiche bis breiartige Konsistenz gehabt hatte. Stellenweise war er von Fasern durchzogen.

Susann sah Reiner fragend an. »Was ist das?«

»Keine Ahnung. Hundekot ist es nicht. Menschenkot auch nicht.« Er zog den Geruch durch die Nase und überlegte. »Riecht irgendwie …« Kurz überlegte er.

»Wild!«, ergänzte Susann entsetzt den Satz.

Da hatte Reiner bereits sein Handy gezückt und rief auf der Dienststelle an. »Wir brauchen die Spurensicherung im Uhlenkroger Gehölz. Wenn ihr beim Tierheim parkt, werdet ihr von Susann Greve abgeholt.«

Während Reiner noch mit den Kollegen telefonierte, lief Susann zu ihrer Tochter, die artig auf dem Weg wartete.

»Habt ihr was gefunden?«, wollte diese wissen.

»Nö«, log ihre Mutter. »Wir müssen jetzt erst mal zurück. Ich möchte, dass du bei Oma und Opa bleibst, solange ich hier mit Reiner weitere Untersuchungen mache.«

Sehnsüchtig blickte Mirja zu Reiner zurück. Schließlich fügte sie sich den Anweisungen ihrer Mutter. So langsam war ihr sowieso langweilig geworden.

Nachdem Susann ihre Tochter bei den Großeltern abgesetzt hatte, eilte sie zurück, um auf die Spurensicherung zu warten. Sie wählte Katjas Dienstnummer.

»Katja«, beeilte sie sich zu sagen, »hier ist Susann. Sag mal, im Fall Finja wurde die Spurensicherung doch hinzugezogen.«

»Ja.«

»Hilf mir doch mal auf die Sprünge bitte. Wurde da Kot gefunden?«

Ihre Sekretärin hatte bereits die Akte geöffnet. Während sie darin las, entstand eine kurze Pause.

»Nein.«

»Danke, Katja«, beendete Susann das Gespräch.

Wenige Minuten später trudelte die Spurensicherung ein und sie zeigte den Kollegen die Fundstelle.

Als sie dort angekommen waren, gingen die Männer ihrer Arbeit nach. Zuallererst sicherten sie den Kot in einem durchsichtigen Beutel, den Reiner an sich nahm, um ihn auf dem schnellsten Wege zum Labor zu bringen. Nachdem sich die beiden Beamten rückversichert hatten, dass ihre Anwesenheit ab jetzt nicht mehr nötig war, verließen sie gemeinsam den Wald.

Vor dem Haus ihrer Eltern angekommen, blieben sie stehen. Susann fotografierte das Fundstück. »Ich recherchiere mal, wonach das aussieht«, erklärte sie und sah ihn dann an. »Könnte das Affenkot sein?«

Reiner kapierte sofort, dass das nicht die eigentliche Frage war, und drückte tröstend ihre Schulter.

»Sie ist jetzt in Sicherheit.«

Susann berührte die Hand, die auf ihrer Schulter lag.

»Danke, Reiner. Ich weiß das zu schätzen.«

»Soll ich euch nach Hause fahren?«, bot er an.

Susann winkte ab. Sie wollte auf keinen Fall noch mehr Schwäche zeigen. Als Kriminalbeamtin war man tough und stand seine Frau. Ansonsten ging man langfristig unter.

»Nee, ist nicht nötig. Ich hab alles im Griff. Danke.«

Reiner konnte sich in diesem Moment nur zu gut vorstellen, was in ihrem Inneren vor sich ging. Sie wollte stark erscheinen, sich keine Blöße geben, professionell handeln. Das alles kannte er von sich selbst. Deshalb bohrte er auch nicht weiter nach.

»Hey, du bist eine starke Frau und eine kompetente Ermittlerin.«

Dann schwenkte er den Beutel und zeigte sein breitestes Lächeln. »Ich bring die Scheiße hier weg. Und du fährst mit Mirja nach Hause und gießt dir ein kaltes Bier ein. Jedem das Seine.«

Lächelnd sah Susann ihm nach, als er in seinem Sportwagen davonfuhr.

DIENSTAG, 2. JULI, NOCH 4 TAGE

Frustriert saß die Soko *Stinktier* im kleinen Besprechungszimmer. Reiner hatte Zimtschnecken mitgebracht, an denen die Ermittler nur halbherzig knabberten. Der Raum roch nach Kaffee, dem einzigen Nahrungsmittel, das alle drei momentan zu sich nehmen konnten. Peter hatte tiefe Augenringe. Die halbe Nacht war er damit beschäftigt gewesen, auf seine Frau aufzupassen. Immerhin hatte er ab August einen Platz in der Tagespflege ergattern können. Daran hielt er sich fest.

Gerade hatte er seine Kollegen von den Ergebnissen in Bezug auf das Phantombild in Kenntnis gesetzt.

»Niemand kennt den Typen?«, fragte Reiner zum wiederholten Male nach.

Peter verlor langsam die Geduld. »Und wenn du mich noch zehnmal fragst, Reiner – Kein Mensch in allen Tierparks und Tierheimen, Geschäften für Tierbedarf oder Wildparks im Umkreis von fünfzig Kilometern hat das Gesicht schon mal gesehen.«

»Hat das Labor sich schon wegen des Tierkots gemeldet?«, mischte Susann sich ein, doch Reiner schüttelte den Kopf.

»Sie haben mir versprochen, bis spätestens Freitag ein Ergebnis zu liefern.«

Susann war entsetzt. »Wenn wir den Kerl nicht bis Samstag gefasst haben, wird er wieder zuschlagen!«

»Susann, das ist mir doch auch klar!«, ging Reiner in die Defensive. »Ich habe doch schon Druck gemacht, da ist einfach nicht mehr drin. Die stehen auch unter enormem Stress.«

»Susann«, wandte Peter sich an seine Kollegin. »Wie sehr können wir Mirjas Beschreibung vertrauen?« Und nach einem Blick in Susanns Gesicht schob er schnell nach: »Versteh mich nicht falsch, Mirja ist schließlich ein Kind. Könnte es nicht sein, dass sie etwas durcheinandergebracht hat?«

Kurz überdachte Susann Peters Überlegungen. Sie musste ihre Mutterrolle jetzt aufgeben und versuchen, neutral an die Sache heranzugehen.

»Kinder in ihrem Alter haben sicher eine blühende Fantasie«, räumte sie zögernd ein. »Andererseits hat sie den Mann so exakt beschrieben, kann man sich das denn alles ausdenken?«

»Wartet mal!«, rief Reiner plötzlich. »Ich rufe Lenz an, den Tierpfleger des Tierheims. Der hat den Jogger doch auch gesehen. Der soll ihn uns einmal aus seiner Sicht beschreiben.«

Schnell hatte er die Kontaktdaten gefunden und wählte die dort hinterlegte Handynummer.

Glücklicherweise meldete Lenz sich nach dem ersten Läuten und Reiner stellte das Telefon auf Lautsprecher.

»Guten Morgen, Herr Lenz, hier ist noch mal die Kripo Kiel, Groß.«

»Ja?«

»Könnten Sie mir bitte kurz beschreiben, wie der Jogger ausgesehen hat?«

»Welchen meinen Sie? Den mit dem Kind oder den anderen?«

Die drei Kommissare sahen sich verwundert an.

»Welchen anderen meinen Sie denn, Herr Lenz?«, hakte Reiner beunruhigt nach.

»Habe ich das denn gar nicht erwähnt?« Lenz war verunsichert. »Als der Mann mit dem Kind weggegangen war, bin ich ja noch eine kleine Runde durch den Wald marschiert. Da habe ich in der Ferne einen Jogger aus dem Gebüsch klettern sehen. Das machen die ja häufig mal, wenn die mal müssen. Ich habe einen Bekannten, der ständig beim Joggen in die Büsche muss, weil das Laufen seinen Darm, wie er sagt, anregt.«

Susann und Peter waren gleichzeitig aufgesprungen. Ihnen allen war klar, dass das ihr Täter war.

»Herr Lenz, könnten sie den Mann beschreiben?« Reiner hatte Mühe, seine Aufregung zu verbergen.

»Das war so ein junger Typ, durchtrainiert, kurz geschorene Haare. Jetzt fällt mir auch wieder ein, dass ich mich ein bisschen darüber gewundert hatte, dass der einen Rucksack dabeihatte. Wozu braucht man denn einen Rucksack beim Joggen?«

Reiner beantwortete diese Frage nicht.

»Ich muss sie dringend bitten, sofort aufs Revier zu kommen. Wir brauchen ganz schnell ein Phantombild von diesem Mann!«, forderte er Lenz stattdessen auf. Dem hörte man den Schreck an, als er erklärte, eigentlich verabredet zu sein.

»Das müssen Sie dann wohl absagen«, erwiderte Reiner ungerührt und legte auf.

»Das ist er!«, rief Peter aufgebracht.

»Genau das denke ich auch«, pflichtete Susann ihrem Kollegen bei.

Dann wurde ihr bewusst, in welcher Gefahr ihre Tochter sich befunden hatte, und sie rannte auf die Damentoilette, wo sie ihren Kaffee und die halbe Zimtschnecke erbrach.

*

Am Nachmittag hatten sie ein Phantombild des vermeintlichen Täters. Es zeigte einen muskulösen Mann um die dreißig mit kurz rasiertem Schädel und einem ebenmäßigen Gesicht mit einem kräftigen Kinn und großen Augen. Die Augenfarbe konnte Lenz nicht identifizieren, dafür war er einfach zu weit weg gewesen. Insgesamt zeigte das Phantombild einen gut aussehenden Mann mit einem offenen Blick.

»Der kommt mir irgendwie bekannt vor«, meinte Reiner.

»Kein Wunder«, versetzte Peter und musterte das Bild. »Der sieht aus, wie die jungen Männer heute eben aussehen.«

»Katja faxt das an alle Tierheime und Tierparks«, erklärte Reiner. »Hoffen wir, dass ihn jemand erkennt.«

»Ich gehe vorsorglich mit dem Bild zum Bahnhof«, bot Peter an. »Wir sollten nichts außer Acht lassen, auch wenn ich mir nicht denken kann, dass so ein gut trainierter und offensichtlich gepflegter Typ Verbindungen zur Szene hat.«

»Das sehe ich genauso, Peter. Wir sollten jetzt bloß keine Fehler machen.«

»Wie geht es Susann?«, erkundigte Peter sich.

»Die ist bei ihrer Tochter. Ich glaube, sie wollte sie am Wochenende zu ihrem Ex-Mann nach Hamburg verfrachten. Es ist allerdings wohl bisher nicht geklärt, ob der Papa Zeit für seine Tochter hat.« Reiner verdrehte bei seinem letzten Satz die Augen, um klarzumachen, was er von dem *Papa* hielt.

»Alles nicht so einfach«, bemerkte Peter und machte sich auf den Weg zur Bahnhofszene.

Reiner gab ihm in Gedanken recht.

MITTWOCH, 3. JULI, NOCH 3 TAGE

Michael Groth stand unter Schock. Gerade hatte die Chefin die Belegschaft in ihr kleines chaotisches Büro zitiert, wo sie ihnen ein Phantombild präsentierte mit der Aufforderung »genau zu gucken«, ob man die Person wiedererkannte.

Nachdem jeder das Bild in DIN-A-4-Größe in der Hand gehalten und angemessen interessiert gemustert hatte, stellte sich ein allgemeines Kopfschütteln ein.

»Noch nie gesehen.«

»Kenn ich nicht.«

»Keine Ahnung, wer das sein soll«, waren Worte, die Groth durch das Ohrenrauschen, das sich augenblicklich eingestellt hatte, hatte hören können.

Er kannte diesen Menschen nämlich ziemlich gut und es wunderte ihn, dass kein anderer seiner Kollegen ihn wiedererkannte.

Genau genommen war er sogar recht froh darüber, dass er der Einzige war, dem das Gesicht bekannt war, und er konnte nur hoffen, dass dies auch so blieb.

Wenigstens bis Samstag, betete er im Stillen. Denn dann würde diese Person ein vorerst letztes Mal Affenscheiße von ihm abkaufen.

Nun stand Groth in ebendiesem Affenkäfig und harkte den Kot der Primaten zusammen. Mit energischen Bewegungen schaufelte er die Haufen in die Schubkarre. Heute würden sie auf dem Misthaufen landen, doch am Freitag würde er mindestens einen Haufen in eine seiner kleinen Tütchen füllen. Am Samstagvormittag würde dieses Tütchen dann den Besitzer wechseln und er um hundert Euro reicher sein.

Bisher hatte er sich nie Gedanken darum gemacht, wozu seine Kunden seine spezielle Ware brauchten.

Seit die Polizei jedoch im Tierpark wegen eines Gewaltverbrechens ermittelte, konnte er sich keine Illusionen mehr darüber machen, welche Rolle sein Kunde dabei spielte. Trotzdem fiel es ihm schwer, sich vorzustellen, inwiefern Affenkacke einen Beitrag zu einem Verbrechen leisten konnte.

Ganz sicher wollte er jedoch nicht auffliegen und dadurch seinen Job verlieren. Deshalb behielt er sein Wissen vorerst für sich. *Am Samstag ist der Spuk vorbei,* machte er sich selbst Mut. Bis dahin würde er keinen Muckser von sich geben.

Entschlossen packte er die Griffe der Schubkarre und machte sich auf den Weg zum Misthaufen

DONNERSTAG, 4. JULI, NOCH 2 TAGE

Es war später Nachmittag. Die Sonne brannte auf die ohnehin stickige Wohnung und beleuchtete gnadenlos den Dreck und das Chaos. Karl saß im Schneidersitz vor dem Unterschrank seiner Pantryküche und hielt einen kleinen Pappkarton auf seinem

Schoß. Jetzt öffnete er den Deckel und legte ihn behutsam neben sich auf den Boden. Vorsichtig nahm er eines der knapp Dutzend Bilder heraus und strich sanft mit seinem schmutzigen Daumen über das abgebildete Gesicht eines etwa sechsjährigen blonden Mädchens, das eine Schultüte in den Armen hielt und ernst in die Kamera blickte.

Ein Dreijähriger stand neben ihr und sah stolz zu ihr auf, was sie jedoch nicht zu bemerken schien.

Bedächtig legte Karl das Foto beiseite und langte nach einem zweiten Foto, einem Schnappschuss desselben Mädchens, nur zwei, drei Jahr älter. Sie hockte Aug in Aug vor einem Mischlingshund, ihr trauriger Blick verriet ihre innige Liebe zu dem Tier.

Schnell legte Karl auch dieses Bild beiseite, denn der Schmerz verwandelte sich wieder einmal in Zorn, und er wollte das kostbare Foto nicht versehentlich zerknüllen.

Stattdessen holte er weitere Bilder aus dem Karton, meist Zeitungsausschnitte von Kindern, die dem Mädchen auf den beiden Fotos sehr ähnelten.

Karl bebte. Obwohl er seinen Schnapskonsum seit dem Besuch des Polizisten absichtlich erhöht hatte, wurde der Stimmenchor täglich lauter.

Er wollte das Kind nicht suchen, denn er fürchtete sich vor dem Kommissar. Doch ihm wurde langsam bewusst, dass er sich nicht länger dagegen wehren konnte. Deshalb sah er sich *ihre* Fotos an. Sie machten ihm Mut.

Vorsichtig sammelte er mit zitternden Fingern alle Bilder auf und legte sie zurück in die Pappschachtel, stülpte den Deckel auf und verstaute seinen Schatz im Schrank.

Dann legte er sich auf seine fleckige Matratze und griff nach der fast vollen Flasche Korn. Die würde er jetzt austrinken und hoffentlich lange schlafen. Danach, so versprach er den Stimmen, würde er wieder sammeln gehen.

FREITAG, 5. JULI, NOCH 1 TAG

»Ich habe dir alles aufgeschrieben.« Irina zeigte auf einen Plan in DIN-A-3-Format, den sie an den Kühlschrank geklebt hatte. Darauf waren alle Notfallnummern aufgeführt, außerdem der Futterplan für Felix und Hinweise zu allen möglichen Themen, wie beispielsweise wann und wie Klara Zähne putzen musste, wann sie schlafen ging, welche Gerichte Irina eingefroren hatte und vieles mehr.

Pawel warf ohne großes Interesse einen flüchtigen Blick darauf.

»Guck hin, Pawel!«, forderte Irina ihn deshalb nachdrücklich auf.

Pawel verdrehte genervt die Augen. »Jetzt mach doch keinen Staatsakt daraus, Irina. Am Sonntag bist du doch schon wieder zurück. Was soll bis dahin denn schon groß passieren? Ich kriege das hin, ehrlich.«

Eindringlich sah er sie mit seinen braunen Augen an.

»Du kannst mir vertrauen! Schließlich ist Klara auch *meine* Tochter. Ich passe auf sie auf wie auf meinen Augapfel.«

Nicht ganz überzeugt, trotzdem beruhigt über seine Worte, gab Irina schließlich nach. »Also gut. Ich habe mein Handy ununterbrochen an. Tag und Nacht«, schloss Irina ihren Vortrag mit Nachdruck.

Dann wandte sie sich an ihre Tochter. »Klara, du musst Papa gehorchen, ja?«

»Klar, Mama.«

Irina nahm ihre kleine Tochter in die Arme und drückte sie fest an sich. Wieso, so fragte sie sich zum wiederholten Male, tat sie sich das überhaupt an? Würde sie es überhaupt ohne ihre Kleine zwei Tage lang aushalten?

Außerdem vermisste sie Adrian jetzt schon. Ihr wurde wieder ganz warm ums Herz, wenn sie an letzten Sonntag dachte. Sie malte sich schon eine rosafarbene Zukunft mit ihm aus. Endlich würde sie eine eigene vollständige Familie besitzen. Im Geiste sah sie schon alles vor sich, einschließlich Hochzeitsglocken und Brautkleid.

Dabei wusste sie, dass sie zurzeit noch träumte. Nur hatten ihre Träume diesmal das Potenzial, Wirklichkeit zu werden. Dessen war sie sich ganz sicher.

»Pawel, und denke daran, Klara nie allein rauszulassen. Das musst du mir hoch und heilig versprechen!«

Pawel hielt zwei Finger zu einem Schwur nach oben. »Großes Indianerehrenwort.«

Seufzend löste Irina sich aus der Umarmung ihrer Tochter und griff nach ihrem kleinen Koffer, der im Flur stand.

»Tschüs, ihr zwei.« Sie winkte ihrem Ex-Freund und ihrer Tochter zu. Dann verschwand sie ins Treppenhaus.

Vor dem Haus wartete Albina bereits in ihrem Wagen auf sie.

»Das hat ja ewig gedauert«, beschwerte sie sich. »Ich habe schon geglaubt, du hättest es dir anders überlegt.«

»Hätte ich auch fast«, gab Irina lachend zu. »Jetzt wollen wir aber los. Auf in die Großstadt!«, rief sie fröhlich aus.

»Auf zu neuen Abenteuern!«, ergänzte Albina enthusiastisch und gab gut gelaunt Gas.

SAMSTAG, 6. JULI, TAG NULL

Es war wieder einmal alles glattgegangen. Michael Groth wischte sich die feuchten Hände an seiner Latzhose ab.

Gerade war der Tierpate mit der Ware im Rucksack durch den Ausgang des Tierparks auf den Parkplatz getreten. Groth hatte ihn diesmal unter einem Vorwand bis zur Drehtür begleitet. Nun drehte er sich erleichtert um und wollte sich auf den Weg zurück zu den Affengehegen machen, als sein Kollege Axel Müller plötzlich neben ihm auftauchte.

»Hey, Alter«, begrüßte der ihn, indem er ihm kumpelhaft auf den Rücken schlug. »Was geht?«

Groth zuckte leicht zusammen. »Alles klar«, antwortete er und hoffte, dass Müller seiner Stimme nichts anmerkte.

»War das gerade der Pate vom Grünflächenamt?«, wollte der wissen.

»Ja. Der hat den Affen wieder mal besucht.« Groth hatte eigentlich gar keine Lust, mit seinem Kollegen oder irgendwem sonst über Adrian Koll zu sprechen. Am liebsten hätte er den Kerl komplett aus seinem Leben verbannt, so unheimlich war der ihm inzwischen geworden.

»Was hat der eigentlich immer in seinem Rucksack dabei, Alter?«

»Keine Ahnung«, entgegnete er betont desinteressiert. Er wollte doch keine schlafenden Hunde wecken. Doch da hatte er die Rechnung ohne den Wirt gemacht.

»Weiß die Chefin eigentlich von deinem kleinen Nebengeschäft?«

Abrupt blieb Groth stehen und sah seinen Kollegen entgeistert an.

»Tja, irgendwann musste das ja einer hier merken, oder?«, tat Müller unschuldig. »Nur blöd, dass die Polizei nach diesem Freak fahndet. Ich glaube, da muss ich die hübsche Kommissarin doch glatt mal anrufen. Die freut sich sicher.«

Groth starrte ihn mit zusammengekniffenen Augen an.

»Was willst du?«

»Vorerst die Hälfte von dem Geld, das du heute eingenommen hast«, kam prompt die Antwort.

»Axel, ich bin raus aus dem Geschäft. Das war heute das letzte Mal.«

Doch das überzeugte Müller keineswegs.

»Ja nee, is' klar!«, rief er aus. »Dann muss ich wohl zum Hörer greifen.«

Groth überlegte. Ihm war klar, dass er Müller ab jetzt an den Backen haben würde. Letztendlich würde sowieso alles auffliegen. Er wusste, wie gierig Müller war. Der hatte in seinen Augen null Moral. Deshalb fällte er eine Entscheidung.

»Du kannst mich mal. Weißt du was, Müller? Ich gehe selbst zu den Bullen. Denn jetzt, wo du es sagst, fällt mir die Ähnlichkeit des Typen mit dem Phantombild gerade selbst auf.«

Mit diesen Worten machte er sich schnellen Schrittes zum Büro der Chefin auf und ließ den verdutzten Müller hinter sich stehen.

Er wappnete sich innerlich gegen das, was nun auf ihn zukommen mochte, und klopfte an die Tür. Nach einem knappen »Herein« öffnete er diese und trat vor den Schreibtisch seiner Chefin.

»Frau Martin«, begann er zögernd. »Ich muss Ihnen da was beichten.«

*

Sorgfältig packte er den Overall, die Hand- und Überschuhe sowie die Tüte mit dem Affendung in seinen Rucksack.

Er wusste, dass die Mutter gestern weggefahren war und ihre Brut schutzlos zu Hause zurückgelassen hatte.

Er konnte es kaum noch erwarten, seine Beute zu schnappen und zu seinem Eigentum zu machen. Angeekelt blickte er auf das in Unmengen von Frischhaltefolie eingewickelte Bündel zu seinen Füßen. Er musste sich langsam überlegen, wie er das faulende Fleisch, das inzwischen seit einer Woche in seinem Schlafzimmer lag, entsorgen konnte. Doch heute wollte er sie *kosten. Danach würde er schon eine Lösung finden.*

Bedächtig schritt er in sein Arbeitszimmer und nahm eine der zwei nackten Puppen in die Hand. »Klara«, flüsterte er mit rauer Stimme, »bald werde ich dich neu erschaffen.« Dann setzte er die Barbie zu den anderen und verließ den Raum. Die Jagd begann!

*

Nachdem Susann aufgelegt hatte, riss sie ihre Bürotür auf und schrie über den Flur des Dezernats: »Wir haben ihn! Wir haben ihn!«

Fast augenblicklich öffneten sich die Türen ihrer Kollegen und Reiner und Peter kamen angerannt.

»Der Tierpark hat angerufen! Sie haben den Mann auf dem Phantombild identifiziert!« Susann war vor Aufregung ganz außer Atem.

»Wer ist es?«, wollte Reiner wissen.

»Adrian Koll!«

»Unser Zeuge vom Grünflächenamt?« Peter stutzte verwundert.

»Ja. Er ist der Tierpate für das Grünflächenamt«, klärte Susann ihn hastig auf. »Er ist auch einer der Kunden für Affendung vom Groth.«

»Der stand nicht auf der Liste!«, wandte Reiner ein.

»Weil er kein Kunde aus dem Internet ist. Er hat jeden ersten Samstag Dung gekauft, weil er da in seiner Funktion als Pate den Tierpark besucht hat.« Susanns Stimme überschlug sich fast. Noch nie hatte sie einen Fall so persönlich nehmen müssen.

Reiner übernahm das Kommando und rief die Chefin an. Die Eiskönigin ließ sich kurz ins Bild setzen und meldete sich Sekunden später mit dem Go zur Wohnungsdurchsuchung und dem Haftbefehl für Koll.

Das SEK wurde informiert und Reiner und Susann machten sich mit Blaulicht auf den Weg nach Russee, während Peter im Präsidium die Stellung hielt. Sie hofften, nicht zu spät zu kommen, denn heute war der erste Samstag im Juli und somit der Tag des nächsten Überfalls, wenn der Täter sich an sein Muster hielt.

*

Pawel spielte auf seinem Handy, als Klara mit der Hundeleine in der Hand ins Wohnzimmer kam. »Papa! Du spielst schon den ganzen Nachmittag!«

Ohne aufzublicken, schüttelte Pawel den Kopf. »Ich habe gleich das nächste Level erreicht, Spatz. Dann machen wir was Schönes, ja?«

»Felix muss raus«, stellte Klara fest. Dass sie außer Kartoffelchips und Schokolade heute noch kein Mittagessen bekommen hatte, störte sie nicht sonderlich. Wenn Felix jedoch vor der Haustür saß, musste er Pipi machen. Das wusste sie genau.

»Felix muss *jetzt* raus!«, schob sie energisch nach, als Pawel keine Anstalten machte, sein Spiel zu unterbrechen. Der hackte wie wild auf die Tasten.

»Nur noch den Endgegner, Spatz, dann ist es geschafft!«

»Dann geh ich allein!«

»Okay«, willigte Pawel ohne Interesse ein. »Komm aber gleich wieder!«, schob er hinterher und glaubte, damit seine Vaterpflichten erfüllt zu haben. Ihm war bis jetzt ja nicht bewusst gewesen, wie ermüdend Kinder sein konnten. Während er angestrengt gegen ein achtarmiges Pixelmonster kämpfte, zog seine Tochter die Tür hinter sich zu und ging mit ihrem kleinen Hund nach draußen in die Sonne, wo sie den Weg ins Grüngelände einschlug.

*

Karls Stimmen schrien in seinem Kopf, sodass er sie nicht länger ignorieren konnte. Gestern hatte er es noch geschafft, sich ihnen durch noch mehr Alkohol zu entziehen, doch der war jetzt leer getrunken und Geld hatte Karl keines mehr.

Deshalb machte er sich auf den Weg, den seine Stimmen ihm befohlen.

»*Das Kleid so rot! Das Kind so tot!*«, schrien sie, gefolgt von: »*Sammeln, sammeln, SAMMELN*!« Diesmal musste er ihnen gehorchen und ging rasch nach draußen zu seinem Rad. Er schloss es auf und radelte in Richtung Westen.

»Ja, nach Russee«, beschwichtigte er den zornigen Chor in seinem Kopf und übersah die Leute, die schnell Abstand von dem stinkenden, verrückten Penner nahmen, der mit sich selbst sprach.

*

Er sah sie aus der Tür treten, ihren Köter an der Leine. Ihr rotes Kleid wippte im Takt ihrer Schritte. Von seinem Fenster aus wartete er darauf, dass ihr Vater aus der Tür kommen und sie einholen würde, was zu seiner Freude nicht geschah!

Schnell packte er seinen Rucksack und eilte die Stufen hinunter, hinaus auf die Straße, dem roten Punkt in der Ferne hinterher.

*

Wenige Minuten später trafen Reiner und Susann mit dem SEK vor dem Haus ein, in dem Adrian Koll wohnte.

Die vermummten Beamten jagten beinahe lautlos die Treppe zum ersten Stock hinauf. Oben angekommen, gab Reiner das Zeichen, an die Tür zu klopfen.

Doch auf die lauten und energischen Aufforderungen der Kollegen, die Tür zu öffnen, tat sich nichts, sodass Reiner ihnen bedeutete, die Wohnung zu stürmen.

Mit einem ohrenbetäubenden Knall bahnte der Rammbock sich seinen Weg durch das nun splitternde Holz der Wohnungstür, die daraufhin nachgab und aufsprang. Sofort stürmten die vermummten Beamten des SEK mit ihren Waffen im Anschlag die Wohnung.

Nach knapp dreißig Sekunden erschien der befehlshabende SEK-Beamte an der zersplitterten Wohnungstür. »Alles gesichert. Zielperson nicht anwesend, im Schlafzimmer ein Leichenfund.«

Reiner sah Susann kurz an und forderte die Spurensicherung an.

Dann betraten sie beide die Wohnung des Täters. Bereits im Flur schlug ihnen der unverwechselbare Geruch von Verwesung entgegen. Im Schlafzimmer entdeckten sie die in Frischhaltefolie eingewickelte nackte Leiche einer jungen Frau.

Vorsichtig sahen sie sich um. Die Leiche lag eingewickelt wie in einem Kokon auf dem Boden zwischen Bett und Wand. Ansonsten wirkte das Zimmer aufgeräumt. Offensichtliche Spuren eines Kampfes waren nicht zu entdecken.

Reiner bedeutete Susann mit einer Handbewegung, auf den Flur zurückzutreten. Die nächste Tür stand offen und offenbarte ein modern eingerichtetes Wohnzimmer. Die Tür zu dem Zimmer daneben war von den Kollegen geöffnet worden.

»Die Tür war geschlossen, als wir eintrafen«, unterrichtete der leitende SEK-Beamte Reiner. Außer einem Schreibtisch, auf dem sich ein Monitor und eine Heißklebepistole befanden, erkannten sie ein Regal, das an der Wand hinter dem Schreibtisch angebracht war. Susann stieß Reiner aufgeregt an und machte ihn auf die Barbiepuppen aufmerksam, die sorgfältig nebeneinander aufgereiht auf einem der Regalböden saßen.

Reiner ging näher an das Regal heran. »Was zum Teufel ist das?«, fragte er. Susann stellte sich neben ihn und nahm die erste Puppe in der Reihe in die Hand. Sie hatte sich zuvor bereits Handschuhe übergezogen und hielt eine Barbie mit blondem Haar und bekleidet mit Jeansrock und blauem Sweatshirt in den Händen. Langsam drehte sie die Puppe hin und her.

»Das war die Kleidung, die Mandy, sein erstes Opfer, am Tag der Tat trug«, bemerkte sie und sah Reiner bedeutungsvoll an. Dann wandte sie sich den anderen beiden Barbiepuppen zu. »Hier«, fuhr sie fort und zeigte auf die zweite Puppe. »Ein geblümtes Sommerkleid. Das war Lottas Kleidung am Tag ihrer Vergewaltigung.« Vorsichtig setzte Susann die Puppe wieder an ihren Platz und griff nach der dritten Barbie. »Jeans und Sweatshirt.«

»Finja!«, ergänzte Reiner. Dann zeigte er auf die beiden glatzköpfigen, nackten Puppen. »Und diese beiden?«

Susann nahm beide in je eine Hand und drehte sie unschlüssig herum. Plötzlich keuchte sie. Aufgebracht hielt sie Reiner eine der beiden Puppen entgegen. Der konnte einen mit

Kugelschreiber geschriebenen Namen auf dem Hinterkopf der Barbie erkennen.

»Mirja!«, flüsterte er.

Inzwischen hatte Susann beide Puppen zurück ins Regal geworfen und rannte auf den Flur.

»Mirja!«, rief sie. »Mirja ist in Gefahr. Schnell! Sofort zu meinen Eltern in den Hasseldieksdammer Weg!«

Sie wartete gar nicht mehr ab, ob ihr irgendwer folgen würde, sondern flog regelrecht das Treppenhaus hinunter, geradewegs zu ihrem Dienstwagen, der auf der Straße vor dem Haus abgestellt war, und sprang hinein. Da ihr Ex-Mann, wie zu erwarten war, keine Zeit für seine Tochter gehabt hatte, hatte sie Mirja wohl oder übel weiterhin bei ihren Eltern unterbringen müssen.

Reiner konnte ihr gerade noch hinterherspringen und zu ihr einsteigen, da hatte sie den Wagen auch schon gestartet, das Blaulicht aktiviert und fuhr wie der Teufel in Richtung Hasselsdieksdamm.

»Ich schwöre dir, Reiner«, knurrte sie. »Sollte Mirja etwas passiert sein, werde ich ihren Vater, diesen Mistkerl, eigenhändig erschießen!«

*

Am liebsten hätte Klara Felix von der Leine gelassen. Der kleine Hund zog sie von einem Grasbüschel zum nächsten und von einem Busch zum anderen. Ohne Leine wäre er viel schneller vorangekommen und Klara müsste ihm nicht überallhin folgen. Schließlich waren es die warnenden Worte ihrer Mutter, Felix nie allein von der Leine zu lassen, die sie davon abhielten.

Also ließ sie Felix den Weg bestimmen, der sie querfeldein durch das naturparkähnliche Gelände führte.

Mit einem Mal wurde Klara bewusst, dass sie nicht mehr wusste, wo sie sich befand. Sie sah sich um, in der Hoffnung, etwas Bekanntes zu entdecken – den Spielplatz oder die kleine Brücke, die über die Au führte –, fand jedoch außer meterhohem Gras, in dem unzählige Buschinseln standen, nichts Vertrautes.

Für einen dieser Büsche interessierte Felix sich ganz besonders. Mit aufrechter Rute blieb er plötzlich stehen und starrte in das dunkle Grün.

*

In Höchstgeschwindigkeit jagte Susann den Dienstwagen über den Russeer Weg und bog mit quietschenden Reifen in den Hasselsdieksdammer Weg ein.

Reiner hatte Mühe, sich in den Kurven festzuhalten. Seine Versuche, Susann zu beruhigen, schlugen fehl.

»Ihr Name steht auf einer Barbie«, war alles, was sie mantraartig wiederholte.

Nach wenigen Minuten stoppten sie vor dem Haus von Susanns Eltern. Susann riss die Fahrertür auf und rannte, nach ihrer Tochter rufend, über die Einfahrt in den Garten. Reiner folgte ihr auf dem Fuße.

»Mirja! Mirjaaa!« Suchend sah Susann sich um. Eigentlich hätte ihre Tochter bei dem schönen Wetter mit dem Hund im Garten sein müssen. Stattdessen kam ihre Mutter bestürzt aus dem Haus gerannt.

»Susann!«, rief die alte Frau voller Angst. »Was ist passiert? Was ist mit Mirja?«

In diesem Moment schaltete Reiner sich ein. Er packte Susann am Oberarm und schob sich vor seine Kollegin. »Frau Greve, wir suchen Mirja. Können Sie uns sagen, wo sie gerade ist?«

Mit weit aufgerissenen Augen blickte diese von ihrer keuchenden Tochter zu deren Kollegen. »Sie ist mit Pascha spazieren.« Und als sie die entsetzten Mienen der beiden Polizeibeamten sah, beeilte sie sich hinzuzufügen, dass sie natürlich nicht allein unterwegs sei, sondern mit ihrem Opa. Die Erleichterung ihrer Tochter war fast greifbar. Susann atmete stöhnend aus und Tränen liefen über ihre Wangen.

»Mama, könntest du Papa bitte auf dem Handy anrufen? Nur zur Sicherheit«, fügte sie schnell hinzu.

»Natürlich. Warte einen Moment. Ich hole schnell mein Handy.«

Als ihre Mutter kurz darauf wieder nach draußen kam, telefonierte sie bereits mit ihrem Mann. »Ja. Alles gut. Ich wollte nur mal hören, wann ihr zurück seid.« Während ihr Mann ihr antwortete, sah sie ihre Tochter an. »Ach, das passt ja gut. Dann bis gleich.« Beruhigend nahm sie ihre aufgelöste Tochter in den Arm. »Sie sind schon wieder auf dem Rückweg, praktisch schon in unserer Straße.« Sie löste sich von ihrer Tochter und sah sie prüfend an. »Was ist denn passiert?«

Doch bevor Susann ihr alles erklären konnte, hörten sie Mirjas Stimme aus der Einfahrt. »Mami! Bist du schon wieder da?«

Glücklich und erleichtert lief Susann auf ihre Tochter zu und schloss sie in ihre Arme. »Ich wollte nur mal nach dem Rechten gucken.« Es fiel ihr schwer, ihre Stimme zu kontrollieren. »Jetzt muss ich schnell wieder los. Ich hab dich lieb.«

»Ich hab dich auch lieb, Mama«, murmelte Mirja in den Bauch ihrer Mutter, an den diese sie fest gedrückt hielt. Inzwischen zu fest nach Mirjas Empfinden, weshalb sie sich aus der Umarmung ihrer Mutter löste. Dann winkte sie ihr zu und lief zu ihrer Oma. »Spielen wir jetzt, Omi?«

Die strich ihrer Enkelin über den Kopf, sah dabei jedoch ihre Tochter an. »Natürlich, wie versprochen.«

Susann signalisierte ihr, dass sie später alles erklären würde, drehte sich um und ging schnellen Schrittes zum Dienstwagen, wo Reiner bereits am Steuer saß. Gerade legte er sein Diensthandy zurück auf die Mittelkonsole.

»Es gibt noch eine Puppe mit einem Namen darauf«, erklärte er, als sie auf dem Beifahrersitz Platz genommen hatte. »Klara.«

»Der Name sagt mir nichts«, entgegnete Susann.

»Wir müssen zurück zu Kolls Wohnung«, stellte Reiner fest und startete den Wagen.

*

»Endlich!« Pawel war zufrieden, er hatte den Endgegner besiegt. Nun legte er sein Handy beiseite und sah sich um. *Wo ist denn meine Kleine?*, überlegte er. Dunkel erinnerte er sich daran, dass sie mit dem Hund nach draußen gelaufen war. Er sah auf die Handyuhr, um sich einen Überblick darüber zu verschaffen, wie lange sie schon weg war. Leider hatte er keine Ahnung, um wie viel Uhr Klara die Wohnung verlassen hatte. Plötzlich bekam er es mit der Angst zu tun. Hatte Irina ihm nicht ausdrücklich untersagt, Klara allein aus dem Haus zu lassen?

»Du Trottel!«, schimpfte er sich. »Okay, bleib cool«, versuchte er die Panik, die in ihm hochstieg, niederzukämpfen. Hoffnungsvoll ging er in ihr Kinderzimmer, um von dort auf die Straße zu gucken. Vielleicht konnte er sie ja da unten herumlaufen sehen. Stattdessen erblickte er dort mehrere Polizeiwagen mit eingeschalteten Blaulichtern. Polizisten, teils in Zivil, teils in Uniform, gingen in dem Haus gegenüber ein und aus. Pawel schluckte schwer. Was hatte das zu bedeuten? Und – dieser Gedanke riss ihn schließlich aus seiner Starre – hatte das womöglich mit seiner Tochter zu tun? Es gab nur eine Möglichkeit, das herauszufinden – Er schnappte sich den Wohnungsschlüssel und machte sich auf den Weg nach unten.

*

»Felix, komm weiter!« Klara fand es unheimlich, dass ihr Hund so starr vor dem Gestrüpp stand. Seine Anspannung übertrug sich auf sie und ihr wurde umso mehr bewusst, dass sie mutterseelenallein in dem hohen Gras stand, das ihr bis zur Hüfte reichte. Sie wollte nach Hause zu Papa, am liebsten jedoch zu Mami, die war ja in Hamburg. »Feeelix!« Sie zog mit aller Kraft an der Leine, doch der Hund blieb weiter wie angewurzelt stehen und starrte in das Gebüsch. Plötzlich nahm sie eine Bewegung darin wahr und im nächsten Moment sprang ihnen etwas Braunes entgegen, schlug einen Haken und verschwand in der Ferne.

»Ein Reh!« Klaras Herz, das vor Schreck ausgesetzt hatte, schlug vor Freude umso schneller gegen ihre zarte Brust. »Felix, hast du das gesehen? Ein Reh!« Klara hüpfte vor Aufregung auf und ab. Dann kam ihr eine Idee. »Lass uns mal nachgucken, ob sich da noch eins versteckt!« Vorsichtig bahnte sie sich einen Weg durch das Gras und spähte in das dunkle Grün der Büsche hinein. Zu ihrer Enttäuschung war das Gebüsch jedoch leer. Gerade wollte sie sich umdrehen und den Weg zurück nach Hause suchen, als sie plötzlich einen kräftigen Stoß von hinten bekam und bäuchlings in den Büschen landete. Ein schwerer Körper warf sich auf sie und eine schwielige Hand hielt ihr den Mund zu.

*

Reiner und Susann hielten hinter einem Polizeiwagen, der in einer langen Reihe von Fahrzeugen vor Kolls Hauseingang stand, und stiegen aus. In diesem Moment bemerkten sie einen Mann um die dreißig, der sich ihnen näherte.

»Bitte gehen Sie weiter!«, forderte Reiner ihn auf. Schaulustige konnten sie sicher nicht gebrauchen, doch der Mann ließ sich nicht abwimmeln.

»Was ist denn passiert?«, verlangte er zu wissen. Er war offensichtlich sehr beunruhigt.

»Bitte gehen Sie weiter!«, wiederholte Susann die Aufforderung. »Hier gibt es nichts zu sehen.«

»Meine Tochter«, begann der Mann stattdessen zu sprechen. Sofort wurden die beiden Ermittler hellhörig.

»Ja?«, hakte Reiner nach.

»Sie ist allein unterwegs. Mit ihrem Hund. Haben Sie sie gesehen?«

Susann und Reiner tauschten einen kurzen Blick. »Wie sieht Ihre Tochter denn aus?«, wollte Susann wissen.

»Klara ist fünf. Sie hat blondes Haar …« Weiter kam er nicht.

»Sagten Sie ‚Klara'?« Susann brach der Schweiß aus.

»Ja.« Hilflos sah Klaras Vater sie an.

»Wie lange ist sie schon weg und wohin ist sie gegangen?«

Die Fragen der Polizisten prasselten auf Pawel ein. »Ich weiß nicht genau, vielleicht eine halbe Stunde? Und da rechts in den Park geht sie normalerweise.« Er zeigte auf einen Sandweg, der von der Straße wegführte.

Reiner forderte bereits Verstärkung an, während Susann mit dem Vater des Kindes zu dem Fußweg rannte. Dort angekommen, blieb sie kurz stehen und musterte den Mann. »Ab hier übernehmen wir. Gehen Sie nach Hause, für den Fall, dass Ihre Tochter dort aufkreuzt.« Dann schüttelte sie missbilligend den Kopf. »Und Sie lassen eine Fünfjährige allein hier herumlaufen? Was sind Sie denn für ein Vater?«

»Kein guter«, flüsterte Pawel und ging mit hängenden Schultern zurück. Wenn Klara etwas zustoßen sollte, würde er seines Lebens nicht mehr froh werden. Er konnte nur auf ein Wunder hoffen.

*

Der Gestank war bestialisch. Klara drehte sich der Magen um und sie würgte in die schmutzige Hand.

»Pssst!«, machte der Mann, der sie mit seinem ganzen Gewicht niederdrückte. »Sonst findet er dich.« Dann löste er seine Hand ein wenig. »Nicht schreien, Sabine! Ich beschütze dich.«

Sabine? So hieß sie doch gar nicht.

»Wenn ich die Hand wegnehme, versprichst du, nicht zu schreien?«

Klara bewegte den Kopf, soweit es ihr möglich war, auf und ab, und tatsächlich nahm der Mann seine Hand von ihrem Mund. Gleichzeitig richtete er sich etwas auf, sodass er nicht mehr mit seinem ganzen Gewicht auf ihr lag. Erleichtert atmete Klara auf. Dann drehte sie den Kopf zur Seite und entdeckte Felix, der sie interessiert anblickte.

»Du hast einen süßen Hund«, flüsterte der Mann, dann zuckte er plötzlich zusammen und hielt sie wieder fester.

»Da ist er«, flüsterte er. Klara hob den Kopf und spähte durch das dichte Blattwerk hindurch. Was sie sah, ließ ihr Herz höherspringen.

»Adrian!«, rief sie, bevor der Mann seine Hand erneut auf ihren Mund legen konnte.

Blitzschnell drehte Adrian seinen Kopf in ihre Richtung.

*

Gemeinsam mit vier weiteren Polizisten liefen Susann und Reiner im Laufschritt den Sandweg entlang. Je weiter sie in den Naturpark eindrangen, desto wilder wuchsen Gräser und Büsche. Von einem Park konnte keine Rede mehr sein.

»Das Gelände ist viel zu unübersichtlich«, bemerkte Reiner frustriert.

Gerade passierten sie eine kleine Holzbrücke und betraten eine weiträumige Wiese, deren Gräser teils hüfthoch wuchsen und in der unzählige Inseln aus Dornen und Gestrüpp standen. Ein Blick über das Brückengeländer offenbarte ihnen ein mit Blumen geschmücktes Rad, das an der Böschung lehnte. Etwas ratlos nahmen die Polizisten es zur Kenntnis.

»Wir sollten sie rufen, auch auf die Gefahr hin, dass wir Koll aufschrecken«, meinte Susann gerade, als einer der uniformierten Kollegen plötzlich den Arm ausstreckte.

»Da läuft doch jemand!«

Jetzt sahen Reiner und Susann den Mann ebenfalls, der sich mit einem Rucksack auf dem Rücken einen Weg durch das hohe Gras bahnte.

»Das ist er!«, rief Susann.

Gerade blieb er wie angewurzelt stehen und drehte sich abrupt zu einer Buschinsel neben ihm herum.

»Was hat er vor?«, fragte Reiner laut.

Plötzlich blitzte etwas ist Kolls Hand auf.

»Er hat ein Messer!«, rief Susann.

»Zugriff!«, ordnete Reiner an.

Dann rannten sie los.

*

Klaras Freude über Adrians Anwesenheit schlug um in Angst, als sie sein Gesicht sah, das in ihre Richtung blickte.

Nicht das Messer, das er in der Hand hielt, war der Anlass für ihre Angst, sondern sein wilder, mordlüsterner Blick. Unwillkürlich musste sie an den Wolf in ihrem Märchenbuch denken. Auch der hatte diesen lauernden Ausdruck in seinen Augen.

In diesem Moment trafen sich ihre Blicke und Adrian (der Wolf) lächelte ihr zu (fletschte seine Zähne). Klara hatte den Eindruck, als wollte er zum Sprung ansetzen, als sie ein Rufen hörte. Mitten im Sprung hielt Adrian inne und sah sich danach um.

»Koll! Bleiben Sie stehen. Polizei!«

Sie hatten ihn! Er konnte es nicht fassen! Niemand würde ihn je fangen! Adrian machte auf der Stelle kehrt und setzte zum Spurt an, da brach etwas mit einem animalischen Brüllen aus dem Busch und warf sich auf ihn. Von dem heftigen Aufprall entwich ihm die Luft aus der Lunge. Pfeifend holte er Luft und musste sich angesichts des furchtbaren Gestanks beinahe übergeben, mit dem die Luft plötzlich verpestet war. Da wusste er, wer ihn angesprungen hatte.

»Du dreckiger Penner!«, knurrte er und versuchte, sich aus dessen Klauen zu befreien. Doch dazu kam er nicht, denn die Polizisten waren inzwischen bei ihnen angelangt. Sofort erschlafften alle seine Muskeln und ohne Widerstand ließ er sich die Handschellen anlegen. Seine einzige Aufmerksamkeit galt nun der Kommissarin, die das blonde Kind – seine Beute – aus dem Busch zog und in die Arme schloss. Als sich ihre Blicke trafen, grinste er und formte lautlos den Namen ihrer Tochter. Da traf ihn plötzlich eine Faust am Kopf.

Reiner hielt sich seine Hand. »Entschuldigung«, sprach er in die Runde. »Ich bin gerade gestolpert. Habt ihr ja gerade alle gesehen.«

Die Beamten blickten sich kurz an. Dann gingen sie ihrer Arbeit nach.

SONNTAG, 2. JULI

Sie saßen mit vielen anderen Menschen an der Kiellinie und betrachteten das Feuerwerk zum Abschluss der Kieler Woche. Reiner hatte ein Sixpack Holsten mitgebracht, von dem er Susann die vorletzte Flasche reichte.

»Auf uns!« Sie stießen mit ihren Flaschen an, ohne den Blick von dem Spektakel über der Kieler Innenförde abzuwenden. Seit einer Viertelstunde explodierten am Nachthimmel bunte Feuerblumen und Sternenkaskaden zu klassischer Musik.

Susann nahm einen großen Schluck. Heute würde keiner von ihnen mit dem Auto fahren. Ein Taxi zu bekommen würde auch nicht leicht werden. Wahrscheinlich würden sie gemütlich an der Kiellinie entlang nach Hause schlendern, schließlich lagen ihre Wohnungen nur wenige hundert Meter voneinander entfernt. Erschöpft, doch zufrieden lehnte sie ihren Kopf an Reiners Schulter.

»Er hat alles gestanden.« Noch immer staunte sie darüber, wie leicht alles nach Kolls Verhaftung verlaufen war.

Reiner grinste. »In der Haut von Klaras Papa möchte ich jetzt nicht stecken.«

Susann konnte sein Grinsen hören. »Nein, ich auch nicht. Ich habe noch das Gekreische im Ohr, das aus dem Telefonhörer kam, als er Klaras Mutter gebeichtet hat, was passiert ist.« Sie stellte sich vor, wie sie selbst reagieren würde, wenn Stefan ihre eigene Tochter in solch eine Gefahr gebracht hätte. »Ich glaube, die Kleine wird das gut verarbeiten. Auf mich machte sie einen recht selbstbewussten Eindruck. Sicherlich kann sie gar nicht ermessen, in welcher Gefahr sie geschwebt hat.«

Reiner legte seine Wange behutsam an Susanns Scheitel. »Der Flaschensammler … Meinst du, es stimmt, was er behauptet?«

Susann löste sich von Reiner und trank gedankenverloren ein paar kleine Schlucke. »Dass seine Stimmen ihn zu Klara gelotst hätten? Wer weiß? Auf mich hat er ein wenig verwirrt gewirkt.

Allein dass er Klara als Sabine bezeichnet hat. Andererseits – Weshalb hätte er sonst dort sein sollen?«

Nachdenklich hoben die beiden Ermittler ihre Flaschen zum Mund.

»Es war so schön, den Opfern und ihren Familien die gute Nachricht zu überbringen, Reiner!«

Reiner freute sich darüber, wie glücklich Susann klang. Am liebsten hätte er sie an sich gedrückt. Gerade wollte er seinem Impuls nachgeben, da gab Susanns Handy einen Ton von sich.

»Da muss ich nachgucken, könnten meine Eltern sein. Mirja übernachtet doch heute bei ihnen.« Sie öffnete den Messenger und las die Nachricht. Ein verstohlenes Lächeln huschte über ihr Gesicht und Reiner konnte gerade noch einen kurzen Blick auf ein rotes Herz im Display erhaschen, als Susann den Bildschirm auch schon wieder schloss. Enttäuscht nahm er den Arm zurück, den er bereits hinter ihrem Rücken abgestützt hatte.

»Und? Deine Eltern?«

»Alles in Ordnung«, wich Susann seiner Frage aus. Sie hatte nicht vor, Reiner von Danny zu erzählen. Zwar hatte sie ihm für heute abgesagt, trotzdem imponierte ihr, dass er so hartnäckig um sie warb. Vielleicht würde sie ihm später noch zurückschreiben.

Das Feuerwerk war inzwischen beendet und die Leute erhoben sich. Langsam leerte sich die Wiese, auf der sie saßen.

Reiner öffnete das letzte Bier. »Teilen wir uns das?«

Susann hob ihre Flasche. »Hab noch, danke.« Dann erhob sie sich. »Lass uns langsam nach Hause gehen«, bat sie und hielt ihm ihre Hand hin. Reiner ergriff sie und zog sich an ihr hoch. Er sammelte die leeren Flaschen in einen Beutel und schweigend machten sie sich auf den Rückweg.

*

Peter räumte sein Glas und die drei leeren Bierflaschen ein und trug alles von der Terrasse in die Küche. Er bemühte sich, leise zu sein, um Karin nicht zu wecken. Sie war früh am Abend ins Bett gegangen und schlief seitdem. Heute hatte er ihr keine Schlaftablette zu geben brauchen.

Gegen elf Uhr hatte er sich auf die Terrasse gesetzt, in der Hoffnung, etwas von dem Feuerwerk zu hören. Karin und er waren jedes Jahr zum Abschlussfeuerwerk gegangen, sofern er keinen Dienst hatte. Leider stand der Wind so ungünstig, dass er nichts vom Feuerwerk hören konnte.

Heute Morgen hatte eines der Heime angerufen und ihnen einen Platz angeboten. Morgen wollten er und seine Tochter mit Karin dorthin fahren. In Gedanken versunken wusch er das Geschirr ab und stellte es zum Trocknen auf die Ablage neben der Spüle. Ein Leben ohne seine Frau war für Peter undenkbar. Dies hatte er heute seiner Tochter gesagt.

»Mama ist doch längst weg, Papa«, hatte sie darauf geantwortet und ihren schluchzenden Vater in den Arm genommen.

»Du hast ja recht«, sprach Peter nun in die einsame Stille. Auf dem Weg ins Bad versuchte er sich vorzustellen, wie Karin sich morgen in der fremden Umgebung verhalten würde. Es gelang ihm nicht. Er musste sich eingestehen, dass er die Reaktionen seiner Frau sowie ihre Gedanken und Gefühle nicht mehr einschätzen konnte. Er konnte nur auf einen guten Tag hoffen. Alles Weitere würde die Zeit mit sich bringen. Darauf musste er jetzt vertrauen.

Seufzend machte er sich an seine Abendtoilette.

EPILOG

Die Augustsonne schien in die kleine Wohnung. In Karls Bude war es drückend heiß, obwohl er die Vorhänge zugezogen hatte.

Am Tag des Überfalls vor einem Monat hatten die Stimmen ihm ein letztes Mal Anweisungen gegeben. In den Park sollte er fahren, hatten sie ihm befohlen, und er hatte gehorcht.

Seitdem hatten sie sich nicht mehr gemeldet und so langsam schöpfte er Hoffnung, dass sie diesmal für immer verstummt waren.

Er hatte geduscht und sich rasiert. Sein Zimmer war aufgeräumt und durch einige Möbelstücke vom Sperrmüll bereichert worden.

Die kleine Pappschachtel lag geöffnet auf seinem Schoß. In seiner Hand hielt er das Foto seiner Schwester.

»Sabine«, sprach er zärtlich zu dem ernsten Mädchen mit der Schultüte im Arm. »Nun habe ich dich doch noch gerettet.«

Ihren Körper würde er sicher nie finden. Karl wusste, dass die Überreste seiner Schwester irgendwo verscharrt worden waren. Doch ihre Seele war nun frei. Denn er, ihr kleiner Bruder, hatte sie am Ende doch gerettet. Und für ihn machte es da keinen Unterschied, ob sie heute Klara gerufen wurde oder Mandy, Lotta oder Finja.

Als Junge hatte er nichts tun können, zu groß war die Angst vor seinem Vater gewesen. Doch nun hatte er endlich diese Schuld beglichen.

Behutsam schloss er die Schachtel, behielt das Foto jedoch in der Hand. Er blickte sich suchend um.

»Ja«, sprach er, »dort ist ein guter Platz.« Dann nahm er die Stecknadel vom Boden und heftete das Foto an die Wand über seinem Bett.

Endlich war er frei.